Crome-Schwiening
Unter fremdem Willen

Umschlag
Fassadenkletterer unter „Aufsicht" beim Diamantenraub
Zeichnung H.P. 1958/2022

Unter fremdem Willen

Ein Kriminalroman aus 1900

von Carl Crome-Schwiening

Neu gesetzt, illustriert und
herausgegeben
von
Harald Pinl

Altencelle 2022

Für
Barbara

© 2022 Harald Pinl, Altencelle

Herstellung und Verlag:
BoD - Books on Demand, Norderstedt

ISBN: 9783756202768

Inhalt

Didaskalia

Unterhaltungs-Beilage zu Nr. 113 der „Frankfurter Nachrichten und Intelligenz-Blatt"

Frankfurt a. M., den 24. April 1912.

Unter fremdem Willen.

Original-Roman von C. Crome-Schwiening.

Vorwort

Dieser Roman wurde im Original in 27 Fortsetzungen in der Unterhaltungs-Beilage „Didaskalia" der heute nicht mehr existenten „Frankfurter Nachrichten und Intelligenz-Blatt" erst 1912, also 6 Jahre nach dem Ableben des Autors, veröffentlicht. Durch wen und warum zu diesem Zeitpunkt, ist nicht bekannt. Womöglich befand sich das Manuskript dazu im Nachlass, der wohl von den Schwestern Carl Crome-Schwienings in Celle verwaltet wurde.

Ähnlich wie in den Romanen „Die Elbpiraten" oder dem „Fund in der Eilenriede" schrieb Crome-Schwiening wieder einen Kriminalroman, durchsetzt von einer Liebesgeschichte. Die Handlung beginnt 1900 in Köln am Rhein und spielt dann in Holland, in den Städten Rotterdam, Amsterdam und Delft. Die Verbrechen selbst finden im Haag, im königlichen Schloss im Bosch und in Rotterdam an der Brücke zum Hafenbecken Blaak statt.

Der Text des Original-Romanes ist in Fraktur gesetzt und wurde hier in eine heutzutage leserlichere Form übertragen. Die Texttranskription erfolgte vorlagentreu, in die Interpunktion wurde nicht eingegriffen, doch Schreib- und Druckfehler emendiert. Ergänzend wurden Kartenskizzen, Zeichnungen und Photos eingefügt, um die Örtlichkeiten des Geschehens zu illustrieren. Die Bilder werden im Abbildungsverzeichnis nachgewiesen.

Es erschien auch hilfreich, nicht sehr geläufige Begriffe, Ortsangaben etc., näher zu erläutern. Diese Stellen sind mit * gekennzeichnet und am Ende der Schrift beschrieben.

Altencelle, im April 2022   Harald Pinl

Die Personen

Blasma, Witwe in Rotterdam, Herbergs-Mutter

Der „Lange", auch „Bullenbeißer" genannt, Ganove

Der „Bucklige", auch „Feilenkönig" genannt, Ganove

Fergus, Lizzie, die „schöne Unbekannte", Nichte von Potter

Fergus, Professor: Deckname Potters als Professor für Spiritismus

Grawingk, junger Polizist, ausgebildet im Samariterdienst, an der Polizeiwache Seefischmarkt in Rotterdam

Greve, Kriminal-Unterbeamter

Hein, Führer eines Motorbootes

Helpert, Ernst, Dr., Bibliothekar und Schriftsteller

Hopkins, Anntje, Tante von Gesine und Karel van Rinschoten; Schwester von Tante Betty

Hopkins, Stewart, Amerikaner, Mann von Anntje Hopkins

Houßmans, Polizist am Signalskanal in Haag

Maartje, Bedienerin im Hause der Tante Betty

O'Fleghmore, Peggy, die „rote Peggy", irische Dirne im Rotterdamer Tivoli, Flamme des „Langen"

Pieter, Kapitän des Ausflug-Dampfers „Maasnymf"

Potter, Bill (alias Prof. Fergus), Onkel von Lizzie, Hypnose-Künstler und Gauner

Potter, J. Clarke, Pfarrer in Frederick (Maryland, USA)

Potter, Lizzie (alias Fergus), Hypnoseopfer ihres Onkels Bill

Rajah von Mataram, Herrscher auf Java

Smeedes (alias Van Linteloo), genannt der „Inder", Ganove großen Stils auf internationaler Bühne

Soesman, Jan, Deckadresse für Wapstra

Tante Betty, Tante von Gesine und Karel van Rinschoten in Delft

Van Linteloo, alias Smeedes, Dolmetscher in holländischen Diensten

Van Rinschoten, Gesine, Schwester von Karel v.R., aus Delft

Van Rinschoten, Karel, Kommissar der holländischen Geheimpolizei in Rotterdam

Vanderem, Polizist im Polizeipräsidium

Verheeven, Taverneneigentümer und Fuhrunternehmer im Haag

Verheevens Bruder, Hehler in Amsterdam

Wapstra, der „Hässliche", Ganove

Wouters, Oberwärter im Krankenhaus

Wynberg, Dr.med., Hausarzt von Tante Betty in Delft

Orte des Geschehens

Amsterdam, Zentrum

Delft, am Zuidwall

Fluss Ij und Zuiderzee vor Amsterdam

Frederick, Maryland, USA

Haag, Palais im Bosch (Huis ten Bosch)

Köln, Domplatz und Rheinufer

Leyden, Bahnstation

Muiden, Schloss (Muiderslot)

Pampus, Meeresrinne und Fort im Zuiderzee

Rotterdam, Zentrum

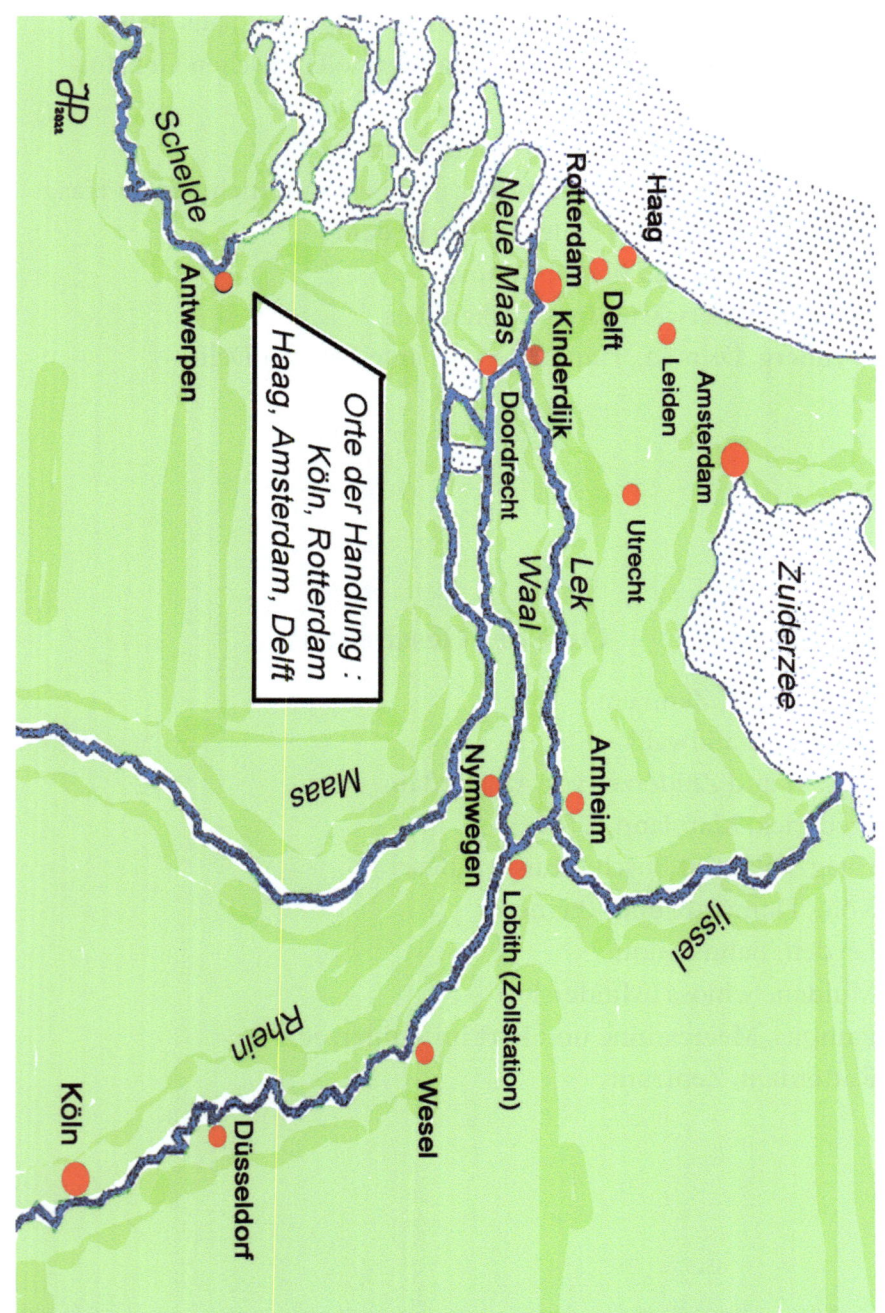

Orte der Handlung :
Köln, Rotterdam
Haag, Amsterdam, Delft

10

1 – Auf dem „Kinderdijk"

„Sie haben noch reichlich Zeit, Herr Doktor! Die flussab kommenden niederländischen Dampfboote haben fast regelmäßig Verspätung!"

Der junge schlanke Mann vor dem „Hotel Ernst"* in Köln, an den der Hotelportier diese Worte richtete, nickte leicht: „Um so besser! Der Abend ist so herrlich, dass es mir auf eine und selbst auf zwei Stunden Verspätung nicht ankommt. Meinen Koffer haben Sie nach dem Büro der niederländischen Reederei schaffen lassen?"

„Der Hausdiener ist soeben damit fort! Glückliche Reise, Herr Doktor!"

Der Portier zog ehrerbietig die goldbordierte Mütze. Das Trinkgeld war reichlich ausgefallen. Wohlgefällig sah er dem mit langsamen Schritten zum Dom hinüberschreitenden Reisenden nach.

Den leichten Mantel über den Arm gehängt, den breiten, grauen Filzhut aus der Stirn zurück auf das lockige blonde Haar geschoben, nahm an diesem letzten Juliabend des Jahres 1900 Doktor Ernst Helpert noch einmal mit Entzücken die herrlichen Umrisse des Kölner Domes in sich auf. Wie hatte in diesen wenigen Kölner Tagen das steinerne Spitzengewand dieses schönsten aller Gottesgebäude auf die Seele des jungen Schriftstellers gewirkt! Eine Flut neuer Gedanken, die sich zu einem großen historischen Werke verbinden sollten, hatten sie hineingerauscht, und dankbar grüßte sein Blick noch einmal, ehe er aus der alten Stadt schied, das erhabene Bauwerk. Dabei fiel sein Auge noch einmal auf die einfache Fassade des „Hotel Ernst" und, wie von einer plötzlichen Erinnerung festgebannt, blieb er stehen.

„Wie schön sie war!" murmelte er. „Wer dies stille, blasse Antlitz mit den großen dunklen Augen, die so seltsam scheu und ängstlich blickten, einmal gesehen hat, wird es nie vergessen! Unsinn!" scheuchte er sich selbst aus dem Sinnen empor, dem er sich hier auf dem offenen Domplatz willenlos hingab. „Wer weiß in welche Gegend der Windrose der morgige Tag sie treibt! Ernst, mein Junge, du bist auf einer Studienreise nach Holland begriffen; was kümmert dich eine schöne Unbekannte, die sich dir einen Augenblick in der zwei Hand breiten Spalte einer Hoteltür zeigte!"

Hotel Ernst am Dom © Rheinisches Bildarchiv Köln

Seine Rechte machte mit dem zusammengerollten Schirm einen leichten Lufthieb, als wolle er die Gedanken ein für alle Mal von sich abwehren, die sich mit dem Bilde der unbekannten Hotelgenossin beschäftigten. Dann wanderte er mit eiligeren Schritten den Weg zu den breiten Rheinkais hinab, dem Landungssteg der niederländischen Boote zu; denn die Domglocke verkündete soeben die achte Stunde. Das war auch die Abfahrtszeit des heute abend nach Rotterdam flussabwärts gehenden Dampfers.

Als er sich dem Landungssteg näherte, war dieser bis auf die beiden mächtigen Rotterdamer Kohlenkähne, aus denen die Dampfer ihre Bunker hier neu füllten, leer. Eine hastige Frage überzeugte ihn, dass seine Befürchtung, sich schon verspätet zu haben, grundlos war. Der Portier hatte Recht. Das Boot verspätete sich und zwar würde, wie man ihm im Kontor des niederländischen Reedereischuppens hart am Kai sagte, vor elf Uhr nachts kaum an eine Abfahrt zu denken sein. Der erwartete Dampfer „Kinderdijk"* sei noch nicht einmal in Sicht und habe hier noch eine tüchtige Ladung Stückgüter und außerdem Kohlen einzunehmen, ehe er seine Talfahrt nach Holland fortsetzte.

Kölner Rheinufer, um 1915

Doktor Helpert blieb einen Augenblick unschlüssig auf dem Kai stehen und blickte auf den Strom hinaus, der zu dieser Stunde noch stark belebt war. Eine flüchtige Sekunde kam ihm der Gedanke, noch einmal in das Hotel zurückzukehren, und er ertappte sich zugleich bei dem Wunsche, noch einmal seiner Unbekannten zu begegnen. Unmutig drehte er sich stracks auf dem Hacken um

13

und schlenderte ziellos in eine der nächstgelegenen Straßen der Stadt hinein.

Aus dem Garten eines Weinschanks tönte Musik. Doktor Helpert trat mit raschem Entschluss in den mit Gästen ziemlich besetzten Garten ein, in dem eine kleine Musikkapelle leidlich anhörbar spielte, und nahm in einer einsamen Ecke Platz. Es kam ihm gar nicht so ungelegen, hier bei einer Flasche Trarbacher* nochmals seine bisherigen Reiseeindrücke Revue passieren zu lassen.

Warme Lebensfreude glomm nach den ersten Gläsern des guten Weines in ihm auf. Licht wie die beiden letzten sonnigen Tage am Rhein, die ersten, die er an dem herrlichen Strome zubrachte, schien die Zukunft vor ihm zu liegen. Als fürstlicher Bibliothekar hatte er in der kleinen Residenz, der er nun für einige Ferienwochen entflohen war, sein gesichertes Auskommen, und seine ersten literarischen Arbeiten hatten ihm neben ansehnlichen Honoraren den ersten jungen Ruhm eingebracht. So stand er mit seinen dreißig Jahren an der Schwelle einer aussichtsreichen Zukunft. Er lächelte vor sich hin, als er daran dachte, und hob übermütig das Glas mit dem goldschimmernden Nass: „Also auf meine Zukunft!" Und er leerte es bis zur Nagelprobe*.

Zwar stand er einsam in der Welt. Die Eltern waren ihm gestorben und Geschwister hatte er nie besessen. Aber dafür hatte er seine stillen Freunde, die vielen Tausende von Büchern in der fürstlichen Bibliothek und seine anregenden Arbeiten in dem weinumsponnenen Häuschen nahe dem alten Schlosse, in welchem er mit einer alten Dienerin einsam und doch vergnüglich hauste.

In die grünumrankte Tür desselben zauberte seine rege Phantasie urplötzlich ein Bild. Eine schlanke, anmutige Gestalt lehnte darin, und ein von schwarzem Haar umwogtes Antlitz mit großen, bang und fragend blickenden Augen leuchtete ihm entgegen.

„Es hilft nichts!" dachte Doktor Helpert unmutig. Die schöne Unbekannte im Hotel scheint mich nicht loslassen zu wollen, so lange ich noch den Boden des „billigen Kölln" unter den Füßen habe. Einen Spuk vertreibt man am besten, wenn man ihm nicht ausweicht, sondern gerade entgegengeht. Gut also – beschäftigen wir uns mit dieser rätselhaften Unbekannten. Ich habe sie zehn Sekunden gesehen, als sie gerade, da ich in den Korridor passierte, die Tür öffnete und heraustreten wollte. Ein Gesicht von wunderbarem Liebreiz und blass, als leide sie – was weiter? Du hast schon manches reizende Antlitz geseh'n und in der nächsten Minute vergessen. Aber diese Augen mit ihrem seltsamen Ausdruck! Es stand wie Furcht darin geschrieben und zugleich wie ein stilles Flehen: Hilf mir! Und dann die fremde Hand, die sie am Arm zurückzog und die Tür hastig schloss! Ernst! Ernst! schloss der junge Schriftsteller unwirsch seine Gedankenkette. Sie ist vielleicht ein armes, leidendes Geschöpf, und deine Phantasie macht sofort eine Romanheldin daraus. Nun ist's aber vorbei mit dem Weiberspuk! „Kellner, zahlen!"

Es waren doch ein paar Stunden schnell vorübergegangen und die elfte Stunde nicht mehr fern, als Doktor Helpert aus der Bischofsgartenstraße trat und zur Frankenwerft* hinüberschritt, wo jetzt am Landungssteg mit qualmendem Schlot der niederländische Raddampfer „Kinderdijk" lag, ein großes geräumiges Schiff, dessen vorderer Mastkran ununterbrochen neue Stücklasten auf das Vorderdeck beförderte, während mittschiffs und hinten auf Laufplanken barfüßige Kohlenträger hin- und hereilten und kohlengefüllte Körbe durch die geöffneten runden Luken in die Kohlebunker des Schiffes entleerten. Als Doktor Helpert an Deck ging und den Decksalon auf dem Hinterdeck betrat, schien er zunächst der einzige Passagier zu sein. Er erstaunte nicht sehr darüber; denn er hatte schon erfahren, dass diese Boote selten mehr als ein Dutzend Kajütspassagiere von Köln ab mit stromabwärts nehmen. Die flachen Ufer des Niederrheins locken den großen Touristenschwarm nicht an, und Hollandreisende, die nicht überflüssige Zeit haben, benutzen die Bahn, die sie um viele Stunden schneller an das Ziel bringt.

Als Doktor Helpert wieder das Deck betrat und dem emsigen Hantieren zuschaute, entdeckte er, dass er doch nicht, wie er geglaubt, der einzige Passagier sei. An die Backbordbrüstung gelehnt stand ein Mann in dunklem Jackettanzug, mit einem runden steifen Hute auf dem Kopfe, eine kurze Maserpfeife* im Munde, der er stoßweise kleine Tabakwölkchen entlockte. Die Lichter auf dem Schiff und die elektrische Bogenlampe* auf dem Landungssteg gaben genügend Licht, um seine Züge erkennen zu können. Sie waren unschön und abstoßend genug. Ein kurzer, borstiger, rötlicher Schnurrbart stand unter einer hakenförmigen Nase, und unter buschigen Brauen hervor blickten hinter halb zusammengekniffenen Lidern zwei kleine stechende Augen. Ein Gefühl des Widerwillens kam über den jungen Schriftsteller. Es kam über ihn wie jüngst bei der Besichtigung eines Naturalienkabinetts, als er den Kopf einer ungewöhnlich großen Kreuzotter betrachtete.

„Hm!" brummte Dr. Helpert, indem er nach vorn schritt, wo der Kahn noch immer rasselnd seine Arbeit verrichtete. „Der Mann mag ein braver Christenmensch sein; aber die Natur hat jener Seele ein schlechtes Aushängeschild gegeben. Hoffentlich ist sein Gesicht morgen im Decksalon nicht das einzige außer meinem!"

Diese Befürchtung wurde schon in den nächsten Minuten zerstreut. Ein Ehepaar mit ein paar halberwachsenen Sprösslingen kam über die breite Laufplanke an Bord und ging gleich nach unten, wo ihnen der Restaurateur an Bord und dessen Frau, welche die Dienste einer Stewardess versah, die Kojen anwiesen. Doktor Helpert atmete noch befreiter auf, als ein älterer Herr mit klugem

Gelehrtenantlitz und zwei Damen, eine ältere und eine jüngere, an Bord kamen und ebenfalls gleich nach unten gingen. Jetzt schien auch die Ladung vollständig an Bord zu sein; denn das Gerassel auf dem Vorschiff hörte auf; die eisernen Deckel fielen wieder zu; die Kohlenluken und die Laufplanken der Kohlenträger wurden vom Boot gezogen. Die Dampfpfeife der Maschine stieß einen langen grellen Ton aus, das Zeichen, dass der Dampfer sich zur Abfahrt rüstete.

Dr. Helpert, der nahe dem Steuerbordradkasten stand, dort, wo der mit einem Geländer versehene Laufsteg das Deck mit der Landungsbrücke verband, sah in diesem Augenblick den Mann mit dem stechenden Blick auf seine Seite herüberkommen und in das Dunkel des Kais hinausspähen. Der Mann schien jemanden erwartet zu haben und sich nun in dieser Erwartung getäuscht zu sehen. Er stieß in einer fremden Sprache einen halbunterdrückten Fluch aus und stampfte ärgerlich mit dem Fuß auf das Deck. Schon machten sich die Arbeiter auf der Landungsbrücke daran, den Laufsteg ebenfalls vom Schiff zurückzuziehen, als ein Beamter der Reederei ihnen Halt gebot und gleichzeitig das Heranrasseln eines in schnellem Tempo fahrenden Wagens auf dem Steinpflaster des Kais hörbar wurde.

Der Wartende war näher an die Brüstung herangetreten; auch Doktor Helpert sah neugierig auf das jetzt neben dem Lagerschuppen haltende Gefährt, dem ein hochgewachsener junger Mann und eine in einen Mantel gehüllte und den Kopf in einer Kapuze bergende junge Dame entstiegen.

Als die Dame, von dem Begleiter halb geführt, das Deck betrat und das wenige, was von ihrem Antlitz zu sehen war, in den Lichtkreis der elektrischen Lampe kam, fuhr Doktor Helpert zusammen. Dieselben großen traurigen Augen, die den seinen schon einmal im „Hotel Ernst" mit hilflosem, flehendem Blick begegnet waren, richteten sich auch hier sekundenlang auf ihn. Dann führte der Begleiter der Verhüllten diese zu den Kabinen.

Aber etwas noch hatten die Augen des jungen Mannes, als er in einem seltsamen Gemisch von Schreck und Freude in der Verhüllten seine schöne Hotel-Unbekannte erblickte, bemerkt. Das war ein stummer Gruß, den ihr Begleiter mit dem Hässlichen austauschte. Es war nur auf beiden Seiten ein kurzes Kopfnicken gewesen, unauffällig vielleicht für jeden anderen. Aber Ernst Helperts durch das Überraschende des Erscheinens seiner Unbekannten auf diesem Boote geschärfter Blick hatte jenen Gruß doch aufgefangen.

„Was in aller Welt hatte dieser widrige Kerl mit dem Begleiter des jungen Mädchens zu tun? Wer mag ihr Begleiter sein, und wer ist sie selbst?"

Während diese Gedanken auf den jungen Schriftsteller einstürmten, erbebte das Schiff unter dem Angehen seiner Maschine. Die letzten Taue wurden losgeworfen; die Räder schäumten zu beiden Seiten das Wasser auf; der „Kinderdijk" steuerte ein paar Dutzend Meter stromaufwärts, beschrieb dann einen kurzen Halbkreis und nahm unter einem Bogen der gewaltigen Eisenbahnbrücke*, die hier den Rhein überspannt, hindurch seine Fahrt stromabwärts.

Nachdenklich ging Doktor Helpert in den Salon auf dem Hinterdeck. Er sah noch, während er sich nach hinten begab, wie der Hässliche in den kleinen Schankraum auf dem Verdeck trat, sich ein Glas Gin mit Bitter* mischen ließ und, nachdem er es getrunken, auf das oberste Deck stieg, dicht hinter der Kommandobrücke, wo neben dem Mann am Rade der Kapitän des „Kinderdijk" im dicken Nachtmantel stand.

Köln, Eisenbahnbrücke über den Rhein (Dombrücke), um 1900

2 – Zwei alte Bekannte

Mit den vorgeschriebenen Lichtern auf Deck steuerte der Dampfer seiner nächsten Haltestelle Düsseldorf entgegen. Die Nacht war warm, aber dunkel; nur vereinzelt erschien ein heller Stern am mondlosen Himmel. Im Decksalon brannte ein helles Licht. Doktor Helpert hatte für die wenigen Stunden, bis es wieder hell wurde, nicht erst eine Kabine genommen, sondern sich auf einer Bank des Salons ausgestreckt, in dem das eingedrehte Licht in der Glaskuppel unter der niedrigen Decke eine dämmerige Helle verbreitete. Obschon er sich rechtschaffen müde fühlte, wollte kein Schlaf über ihn kommen. Es war eine Art wachen Traumzustandes, in den er geriet und der seine Sinne unaufhörlich mit der blassen Unbekannten zusammenführte, die ein seltsam spielendes Geschick mit ihm in dasselbe Hotel und an Bord desselben Dampfers gebracht hatte. War sie die Gattin ihres Begleiters? Seine Schwester? Eine süße und bange Unruhe hatte ihn ergriffen; er versuchte nicht mehr, sie zu bekämpfen.

Der Mann mit dem borstigen roten Schnurrbart und den stechenden Augen hatte es sich inzwischen auf einer der Holzbänke auf dem Oberdeck bequem gemacht, und es hatte ganz den Anschein, als wollte er die Nacht dort oben zubringen. Er klopfte seine Pfeife aus, füllte sie aus einem kleinen tabakgefüllten Blechkasten, den er aus der Tasche seines Jacketts zog, aufs neue und setzte sie in Brand, ohne indessen den Eingang, der zu den Kabinen hinunterführte, aus den Augen zu verlieren.

Es mochte nicht mehr fern von Mitternacht sein, als ein Mann im Überrock, einen Shawl um den Hals geschlungen und eine Reisemütze auf dem Kopfe, durch jenen Eingang das Deck betrat und sich forschend umsah. In diesem Augenblick musste der Hässliche auf dem Oberdeck wohl etwas von dem Rauche seiner Pfeife verschluckt haben, denn er hustete ein paarmal kurz auf, räusperte sich und spuckte. Gleich darauf stieg der Mann im Überzieher die Treppe zum Oberdeck hinauf und trat zu dem Sitzenden. „Wollen wir nicht lieber hinuntergehen auf die Bank hinter dem Salon?" fragte er leise in englischer Sprache, indem er mit dem Kopfe eine Bewegung gegen den Kapitän und den Steuermann der „Kinderdijk" machte, die nur ein Dutzend Schritte von ihnen entfernt waren.

„'s ist besser hier!" gab der Angeredete in derselben Sprache zurück. „Der Wind kommt von vorn, und für das, was ich Euch zu sagen habe, Potter, muss ich vor jedem Ohr sicher sein. Die da vorn am Rade können nichts hören, und hier sehen wir wenigstens jeden, der etwa herankommt."

„So sprecht, Wapstra!" sagte der ältere, den der Rauchende mit Potter angeredet hatte. „Aber zuvor will ich Euch sagen, dass ich

20

Eurem Rufe nur ungern gefolgt bin. Ich habe genug von dem Misserfolg unserer letzten Arbeit. Wir sind nur haarscharf um das Zuchthaus und vielleicht um noch Schlimmeres herumgekommen."

„Unnötig, dass Ihr davon sprecht!" knurrte Wapstra und machte einige kurze paffende Züge aus seiner Pfeife. „Was hinter uns liegt, kümmert mich nicht mehr! Eure verd . . . Zaghaftigkeit war an dem Pech Schuld. Seid versichert, dass ich Euch zu der neuen Arbeit nicht herangeholt hätte, wenn's ohne Euch und Eure Macht auf Eure Nichte, oder was sie sonst sein mag, ginge – "

„Lasst sie aus dem Spiel, rat ich Euch!" sagte Potter mit Nachdruck, „und behaltet vor allem Eure Meinung über sie für Euch!"

Ein böses Lächeln zog über Wapstras Gesicht. „Noch immer kratzbürstig, wenn man mal mit einem unüberlegten Wort an Eurer Prinzessin rührt. Wer Euch so lange kennt, wie ich, alter Junge, dem wird's verteufelt schwer, an reine Wirtschaft zwischen Euch zu glauben. Und bei der Macht vollends, die Ihr über sie habt – "

Potter machte eine Bewegung der Ungeduld. „Habt Ihr mir weiter nichts zu sagen, so hättet Ihr die Kosten für Euer Telegramm sparen können! Zeigt endlich Eure Flagge, Wapstra; nach Euren dringenden Botschaften kann's kein kleines Stück sein, das Euch durch den Kopf geht!"

In den kleinen Augen Wapstras glomm es auf. „Kein kleines Stück? Ich sage Euch, Mann, es ist das größte. das Männer wie wir unternommen haben. Gelingt es, braucht's kein neues mehr. Ihr und ich haben genug, um ein Dutzend Jahre wie Fürsten zu leben!"

„Ihr nehmt den Mund gewaltig voll!"

„Noch nicht voll genug!"

„Zum Teufel, dann brennt endlich das Zündkraut* ab, dass ich es erfahre, um was es sich handelt. Ich kann das Mädel da unten nicht lange alleine lassen; die Kabine war von außen nicht verschließbar, und die Stewardess scheint eine der neugierigsten ihres Schlages zu sein. Das Mädel wird zudem immer schwieriger zu behandeln. Ihr Instinkt treibt sie an, aus der magnetischen Macht, mit der ich sie festhalte, sich zu befreien, und wenn ich nicht mit peinlicher Vorsicht jeden fremden Einfluss von ihr fernhalte, so kann's geschehen, dass sich die Bande meiner Macht über sie lockern. Kramt also endlich aus, Wapstra, oder beim Satan, ich lasse Euch hier stehen, gehe, wenn's Tag wird, in Duisburg oder sonstwo vom Schiff und lass Euch das Geschäft allein!"

„So hört!" flüsterte Wapstra und brachte, sich gleichfalls über das Geländer lehnend, seinen Mund nahe an das Ohr seines Genossen. „Seit acht Tagen ist der Rajah von Mataram* Gast der Königin von Holland* in Haag."

„Wenn das Euer ganzes Geheimnis ist," brummte Potter, „so hättet Ihr mich nicht von Köln wegzusprengen brauchen. Das steht in jeder Zeitung."

„Aber nicht, dass dieser Beherrscher von Lombok*, den die Holländer lange genug bekriegt haben, ehe sie ihn unterdrückten wie die anderen balinesischen Fürsten, seine ganzen Juwelen mitgebracht hat und dass diese Millionen holländischer Gulden an Wert haben," zischelte Wapstra.

Potter lachte. „Und diese Millionen-Juwelen des Rajah stecken Euch in der Nase, Mann? Seid Ihr verrückt geworden, um einer solchen Tollheit willen zwischen meine eigenen Pläne zu fahren? Wahrhaftig, Wapstra, wüsste ich nicht, dass es in der neuen wie in der alten Welt wenige solcher ausgemachten Teufelskerle gäbe wie Euch, ich zweifelte an Eurem Verstande."

„Zweifelt nur eine Weile! Ihr werdet bald genug einsehen, dass es mir nie so ernst gewesen um ein Geschäft wie um dieses. Und jetzt lasst mich aussprechen und unterbrecht mich nicht fortwährend; die Nachtluft wird kühl, und ich trage keinen Mantel wie Ihr. Der

Rajah von Mataram ist immer noch ein unsicherer Kantonist, und die Holländer haben zu einer neuen Lombok-Expedition* verflucht wenig Lust. Der Resident von Bali und Lombok* hat den alten Rajah von Mataram so lange mit Einladungen der Königin bombardiert und ihm Wunderdinge von Europa erzählt, bis dieser sich endlich mit einem halben Dutzend seiner Würdenträger aufgemacht hat, um das Wunderland Holland, aus dem die Bedrücker seiner Heimat kommen, aufzusuchen. Natürlich streichen ihm die schlauen Holländer den Honig fingerdick um die Backen; sie zeigen ihm daneben auch gründlich ihre Macht. In Surabaya* spedierten sie ihn auf ein Kriegsschiff, natürlich mit fürstlichen Ehren, und erwiesen sie dem bronzefarbigen Mächtigen auch in Haag. Sie haben ihm für die paar Wochen seiner Anwesenheit das Palais im Bosch* als Wohnung gegeben – "

„Und natürlich eine Ehrenwache!" fiel Potter ein. „Und da die Regierung natürlich von seinen Juwelen Kenntnis hat und weiß, dass der Rajah aufs neue rabiat wird, wenn er sie nicht sämtlich in seine Bambusresidenz in Mataram zurückbringt, so wird sie ohne Zweifel für eine ganz ausgiebige Bewachung Seiner braunhäutigen Hoheit gesorgt haben!"

„Stimmt!" sagte Wapstra gelassen. „Der Kerl mag ihnen im Grunde gleichgültig sein, und die holländische Regierung sähe ihn wahrscheinlich lieber heute zu seinen Ahnen, die ihr früher das Leben sauer genug gemacht haben, versammelt als morgen. Aber sie käme in des Teufels Küche, wenn ihm auf seiner Europareise etwas zustieße, und so hält sie alle Hände über ihn!"

Potter blickte Wapstra, der gelassen den Tabak in seiner Pfeife niederdrückte und ihn in ein paar schnellen Zügen zu neuer Glut brachte, verdutzt an. „Wenn Ihr das also wisst, wie kam Euch nur der unmögliche Gedanke – "

„Ob er so unmöglich ist, mögt Ihr selbst gleich entscheiden, Potter! Ich denke, Ihr kennt mich genug, um zu wissen, dass ich an vollkommen ausichtslose Dinge nicht Zeit und Kraft verschwende. Aber sagt, entsinnt Ihr Euch noch an Smeedes?"

„Smeedes?" wiederholte Potter nachsinnend.

„Ihr habt ihn unter einem anderen Namen gekannt. Weil er die Hälfte seines Lebens in den holländischen Kolonien zugebracht hatte, nannten wir ihn nur den Inder."

„Der Inder?" rief Potter überrascht, so laut, dass Wapstra seinen Arm ergriff und mit den mahnenenden Worten „Still doch, Mann!" presste. „Der Inder," fuhr Potter flüsternd fort, „ich denke, den sollte ich so wenig vergessen wie Ihr. Wo stand der Galgen, an dem sie ihn aufbaumelten?"

„Vorläufig steht er noch in irgendeinem Walde und grünt lustig fort," gab Wapstra zur Antwort. „Als er damals bei der Geschichte drüben, bei der uns der Boden Amerikas zu heiß wurde, dem Detektiv, der ihn verhaften wollte, sein Messer in den Leib rannte, entschwand er mir aus den Augen."

„Und jetzt habt Ihr ihn wiedergesehen," fragte Potter mit jäh erwachtem Interesse.

„Nicht nur gesehen, auch gesprochen," nickte Wapstra.

„Wo? In einer unserer Tavernen im Rotterdamer Hafenviertel?"

„Nein! Aber im Haag und in einer Equipage*, die direkt zum königlichen Schloss fuhr!"

Potter fuhr mit einer so unverhohlenen Überraschung aus seiner gebückten Stellung empor, dass sein Kopf eine der eisernen Stangen streifte, die das leichte Dach des Oberdecks trugen und seine Reisemütze auf das Deck hinabfiel. Das Geräusch veranlasste den behäbigen Kapitän des „Kinderdijk", sich nach den beiden Reisenden umzusehen.

Potter stieg behutsam die Treppe zum Deck hinab und Wapstra folgte ihm. Während jener seine Mütze aufraffte, sagte Wapstra umwirsch: „Seid Ihr nervös geworden, dass Ihr gleich so auffahrt, wenn man Euch mit etwas neuem kommt? Dann nehmt Eure Zunge und Eure Glieder in Acht bei dem, was ich Euch noch zu sagen habe."

Die Pfeife des Dampfers unterbrach ihn. Lichter tauchten zur Linken auf. Der neue Rheinkai* von Düsseldorf trug sie. Der „Kinderdijk" hielt seinen Kurs darauf zu. Aus dem Volkslogis des Dampfers* kamen Arbeitsleute an Deck, um beim Anlegen, zum Löschen und Laden der für Düsseldorf bestimmten und hier neu aufzunehmenden Stückgüter bei der Hand zu sein.

Der alte Rheinkai in Düsseldorf, auf einem Geschenkteller, 1840

Wapstra klopfte unmutig seine Pfeife aus; das Bogenlicht* der Anlegestelle warf seinen weißen Lichtschein über das Deck des Dampfers, der jetzt festmachte.

In diesem Augenblick steckte Doktor Helpert, durch das Stoppen der Maschine aus seinem halbwachen Schlummer geweckt, seinen Kopf aus der Tür des Decksalons und ließ den kühlen Nachtwind mit seinem weichen blonden Barte spielen, um alsbald gähnend sein Lager auf der Polsterbank wieder aufzusuchen.

Wapstra zuckte zusammen. Die Hand seines Gefährten hatte sich mit einem schmerzenden Griff um seinen Arm gelegt.

„Habt Ihr gesehen?" flüsterte Potter heiser. „Van Rinschoten, der geriebendste Kommissar der holländischen Geheimpolizei, ist an Bord!"

„Ihr seid krank, Mann!" knurrte Wapstra grob. „Van Rischoten sitzt in Rotterdam, und das hier ist ein Passagier, der zufällig in Gestalt und Barttracht einige Ähnlichkeit mit ihm hat. Glaubt Ihr, ich bliebe freiwillig eine Stunde auf einem Schiff, auf dessen Deck der Mann einen Fuß gesetzt hat?"

„Das mit dem Laden scheint noch eine ganze Weile hier fortzugehen," sagte Potter sichtlich erleichtert leise. „Ich will einen Augenblick hinabgehen und nach dem Mädel sehen. Erwartet mich, wenn der Dampfer wieder in Fahrt ist."

Wapstra nickte nur kurz, stopfte sich seine kurze Pfeife aufs neue und nahm seinen Gang auf dem Deck wieder auf.

3 – Eine unerwartete Begegnung

Im Osten begann der Tag zu grauen; ein leichter Nebel lag auf dem Strom und auf den Wiesenufern. Wapstra, der sich für eine halbe Stunde auf eine Bank des Decksalons geworfen hatte und befriedigt wahrnahm, dass der blonde Fremde, dessen Anblick Potter erschreckt hatte, jetzt fest eingeschlafen war, wie seine ruhigen, tiefen Atemzüge anzeigten, trat wieder auf das Deck hinaus, das unter den Kolbenstößen der mächtigen Maschine des „Kinderdijk" leise zitterte.

Raddampfer im Frachtverkehr

Er stand am Heck, an dessen Seiten die Ruderkette* sich knarrend hin- und herschob, Potter bereits seiner harrend.

Ein schneller Rundblick überzeugte beide, dass auf dem Hinterdeck alles leer war und niemand ihre Worte vernahm als der kühle Morgenwind und der schweigende Fluss.

„Wie kam der Inder in eine Equipage, und was beim Satan hatte er im Schloss der Königin zu schaffen?"

„Das ist mit einem Dutzend Worte erzählt. Wir haben übrigens auch Zeit für ein paar hundert. Ich hatte in Haag den ‚Langen' und den ‚Buckligen' aufgesucht; die Zeit war mir lang geworden in Rotterdam, wo der Streik der Hafenarbeiter die Polizei und die Mariniers* übrigens nicht mehr aus den Hafenvierteln herausbrachte. Die wussten auch nichts anderes zu erzählen, als was das Tagesgespräch vom Haag war: Der Rajah von Mataram, und dass die Königin ihn am selben Mittag in feierlicher Audienz im Schloss empfangen wollte. Die Javastraße* war schwarz von Menschen. Kannst dir den braunen Kerl, der Millionen an Juwelen und Diamanten auf seiner missfarbenen Haut trägt, auch einmal ansehen, denk' ich, und stell' mich zu den anderen Neugierigen. Na, pomphaft genug war's für Seine Hoheit von Lombok. Dauerte nicht lange, und ein Schwadron Husaren kam im Trab daher und dahinter eine Kalesche*, vierspännig, mit einem aufgeputzten General, dem Rajah, dessen Turban vor Juwelen blitzte und dem um den Hals ein Geschmeide hing, wie es in Europa keine königliche Schatzkammer kennt, und einem anderen Mann in goldbesetzter Uniform. Das sei der Assistent-Resident* von Lombok, der den Rajah nach Holland begleitet habe, so hieß es. Es kamen noch ein paar Wagen voll von solchen Braungesichtern mit bunten Tüchern um den Kopf und einer Art bunten Hemden am Leibe, und im letzten Wagen saß neben einem solchen ein Mann im schwarzen Leibrock* und spiegelblanken Zylinder, auf den ich am allerwenigsten geachtet hätte. Da will's der Zufall, dass der Wagenzug plötzlich langsamer fährt und der letzte Wagen dicht vor mir hält. Da sieht der Mann im Zylinder plötzlich nach meiner Seite herüber, und in dem Augenblick war's mir, als fahre der Blitz mir vor die Füße. Denn der feine Bursche da im Wagen, der mit zum Schlosse fuhr, war kein anderer als Smeedes, den ich längst irgendwo aufgeknüpft glaubte; denn dazu reichte sein Schuldregister, das mir bekannt war, vollkommen aus."

„Weiter!" drängte Potter, der seine Spannung nicht mehr zu verhehlen vermochte, als Wapstra eine kurze Pause machte.

„Ich blieb wie vor den Kopf geschlagen stehen, als die Menge sich schon verlief, und starrte noch immer dem längst den Augen verschwundenen Wagen nach. War ich denn toll geworden oder die Welt? Ein Mann meines Schlages in einem Wagenzuge mit Ehrengeleite? Etwas konnte ich mir die Sache schon zusammenreimen. Der Smeedes muss damals, als er mit heiler Haut sich an Sing-Sing, dem New Yorker Staatsgefängnis, vorbeidrückte, wieder nach Indien gegangen sein, nach Java oder Sumatra, wo er schon ein ganzes Dutzend Jahre in allen schiefen Winkeln gesteckt hatte. Genug, mit einem Male wusste ich, was ich im Haag zu tun hatte. Und ich ging fest an die Arbeit, sag' ich Euch, Potter!"

„Glaub's!" sagte dieser kurz. „Aber haltet Euch nicht mit Nebendingen auf. Bin verdammt neugierig, wie der Inder in die Gesellschaft kam!"

„In den Abendblättern stand ein langes und breites von dem Empfang des Rajah zu lesen. Auch von einem Dolmetscher war kurz die Rede. Van Linteloo sollte er heißen, der den Assistent-Residenten begleitete. Holla! dachte ich. Ob nicht dieser van Linteloo heute den Leibrock und Zylinder trug, in dem mein Smeedes steckte. Zuzutrauen war's ihm; denn er selbst hatte mir gesagt, dass er ein Dutzend der Dialekte von den Sunda-Inseln spreche, und einen gescheiten Kopf hatte er. Wollte mir dieser van Linteloo nicht aus dem Kopf, so wollten es mir die Diamanten des Rajah erst recht nicht. Blixem!* Wenn man die ergattern könnte! Und so strich ich denn zunächst um das Palais im Bosch herum, in dessen einem Seitenflügel sie den Rajah im oberen Stockwerk einquartiert hatten. Natürlich überall die grünen und gelben Uniformen des Jägerregiments, von dem eine Abteilung hier den Postendienst versah. Wetter, dachte ich, sie bewachen die Lombok-Herrlichkeit und ihre Diamanten nicht übel!"

„Und dennoch hieltet Ihr an dem Plan fest?"

„'s hat schon schwierigere Dinge gegeben, als in ein von Posten und Patrouillen bewachtes Landschloss einzudringen. Und die Örtlichkeit kannt' ich genau; hab' früher manchen Sonntag, wenn der Park vom Palais im Bosch geöffnet war, mit irgend einem schmucken Gravenhagener Mädchen drin promeniert. Hab' auch mal 'ne feine Art von Versteck dort aufgefunden. In der Nähe des Parkgitters von Willemsoord* steht eine alte mächtige Buche, die bis über Manneshöhe vom Boden auf hohl ist. Mitten in einem

Gebüsch steht sie, und am Fuß ist eine Höhlung, gerade groß genug, um auf allen Vieren hineinkriechen zu können. Als ich hineinkroch fühlte ich etwas Lebendiges und fuhr zurück; es waren aber nur ein paar wilde Kaninchen, die schleunigst Reißaus nahmen, als sie merkten, dass mir die Lust noch nicht vergangen war, ihre Wohnung genauer zu inspizieren!"

„Und Smeedes – was ist mit Smeedes?" rief Potter ungeduldig.

„Zwei Tage strich ich so herum, und ich bin sicher, dass keine Katze ins Schloss im Bosch hinein- und herausgekommen ist, die ich nicht gesehen hätte. Den Mann im Zylinder kriegte ich nicht zu sehen. Fast glaubte ich schon, der helle Gottseibeiuns hätte mich geäfft und mir in jener Stunde ein Trugbild vor die Augen gezaubert. Am Abend des zweiten Tages, es war schon dunkel, schlendere ich missmutig hinüber zur Endstation der Pferdebahn bei der Laan van Nieuwoost-Indie*, um wieder in mein Quartier in der Stadt zurückzukehren. Und just in dem nämlichen Moment, wen seh' ich drei Schritte vor mir? Den Mann im Leibrock und Zylinder. Auf fünfzig Schritt im Umkreise war kein Mensch zu sehen. Na, und reputierlich* angezogen war ich auch. So bugsiere ich mich denn mit ein paar raschen Schritten an Smeedes Seite und schlage ihm auf die Schulter: ‚Hallo, alter Junge, wie geht es?'

Er sieht mich an und tritt einen Schritt zurück. ‚Sie irren sich jedenfalls – ich kenne Sie nicht.'

So? sage ich höflich in meiner Freude, meinen Mann gefasst zu haben – und ich glaubte, Ihnen drüben einmal in New York begegnet zu sein! Er zwinkert ein bisschen mit den Augen und sagt dann: ‚Noch einmal, sie irren sich. Mein Name ist van Linteloo; ich bin Dolmetscher des Assistent-Residenten auf Lombok und in der Begleitung des Rajah von Mataram hier. Damit fasste er an den Hut und wollte ab. Aber da wir gerade an eine Laterne gekommen waren, halte ich ihn am Arm und sage gemütlich: Nun, mal herunter mit der Maske, Smeedes! Alten Freunden gegenüber zeigt man sein wahres Gesicht. Sieh mich an: Kennst du den Wapstra nicht mehr?

Er starrt mich an, als sei ich ein Gespenst. Keinen Blutstropfen hat er mehr im Gesicht. Ich denke, der Schreck wirft ihn mir tot vor die Füße. Er würgt und würgt an einem Wort und bringt keins heraus. Endlich fällt ihn ein Zittern an, dass er mir leid tut. – Smeedes sage ich, bei allen Streichen, die du auf dem Gewissen hast, sei ein Mann!

‚Was willst du von mir?' keucht er endlich. ‚Brauchst du Geld? Hier, nimm alles, was ich habe!' Und damit reißt er seine Brieftasche heraus, und ich sage Euch, Potter, es waren der hohen Guldennoten eine stattliche Anzahl drin.

Steck' Dein Geld weg, sage ich. Darum ist's mir nicht zu tun. Dich selbst will ich! Und da fängt der Mann mit einem Male an zu flennen wie ein altes Weib und beschwört mich hoch und teuer, von ihm zu lassen. Die Vergangenheit sei tot für ihn; er habe einen neuen Menschen angezogen und was der Faseleien mehr waren. Ich aber stellte ihm die Wahl zwischen einem Gang in mein Quartier in dem kleinen Gasthof in der Bankastraat zu einem gemütlichen Plauderstündchen oder einer höflichen Anzeige bei der Polizei über die seltsame Lebensgeschichte eines gewissen van Linteloo, der augenblicklich im Palais im Bosch Gast der holländischen Regierung sei."

„Und er ging mit?" fragte Potter gespannt.

„Mit dem gehen war es so 'ne Sache!" sagte Wapstra mit hässlichem Lachen. „Das Vergnügen dieser unerwarteten Begegnung war ihn zu sehr in die Beine gefahren. Zum Glück kam eine Droschke des Weges, und ich half meinem Mann hinein. Während der Fahrt bot er mir noch einmal sein ganzes Geld an. Ich lachte ihn aus. – Ich will mehr. ‚Was?!' fragte er bebend. – Und ich nehme seinen Kopf zu mir herüber und flüstere ihm ins Ohr: Die Diamanten Deines Rajah!"

Potter atmete hörbar. Seine anfängliche spöttische Gleichgültigkeit war bei der Erzählung seines Gefährten einer tiefen Erregung gewichen. „Was sagte er?" stieß er hervor.

„Er musste wohl glauben, ich hätte den Verstand verloren, so sah er mich an. Dann fasste er nach der Klinke der Wagentür, um hinauszuspringen. Dazu ließ ich ihn nicht kommen. Da fiel er zusammen, dass ich dachte, der Schlag hätte ihn gerührt. Ich ließ ihn gewähren, damit er sich erst einmal an den Gedanken gewöhnte. Er war ganz teilnahmslos, als er mit mir die Treppe zu meinem Zimmer hinauftaumelte. Ich wette, die Leute im Haus haben ihn für einen Betrunkenen gehalten. War mir ganz recht so, und ich ließ schnell noch eine Flasche Wein heraufkommen. Dann rückte ich ihm ernstlich zu Leibe. Und endlich war's ihm klar, dass er tanzen musste, wie ich wollte."

„Er sah dann wohl, dass es mit der Vergangenheit damit nicht abgetan ist, dass man einen am Fieber Sterbenden die Papiere stiehlt und nun mit einem anständigen Namen, an dem keine Schuld haftet, umherläuft. Daher hatte er seinen neuen Namen, unter dem er's auch versucht hat, sich rechtschaffen weiter durch das Leben zu schlagen. Ist ihm auch geglückt. Zuerst als Aufseher einer Plantage, dann, als man von seinen Kenntnissen der einheimischen Sprachen erfuhr, als Dolmetscher von Landvermessern und schließlich beim Assistent-Residenten. Dass der ihn mit nach Europa nahm, war sein Unglück, wie er sagte."

„Ich hatte Mühe, ihm einzureden, dass es sein Glück werden sollte. Denn die Gerüchte über den fabelhaften Wert der Diamanten des Rajah von Mataram hatten nicht gelogen. Das bestätigte auch Smeedes. „Aber teufelmäßig schwer sind sie zu kriegen. Vor dem Zimmer des Rajah liegt nachts ein vertrauter Hofbeamter, ein großer Balinese mit den Kräften eines Stiers. Er bewahrt nachts die Diamanten seines Herrn in einem Sack von weichem Leder unter dem Sarong* auf der bloßen Brust und schläft mit dem malaysischen Kris, dem runden Dolchmesser, mit dem sie mit einem Schnitt Euch den Kopf vor die Füße legen können, in der Hand. Kein Europäer darf das Gemach des Rajah und dies Vorgemach betreten, und zum Überfluss liegen die anderen braunen Herren von Lombok auf dem Korridor davor."

„Und trotzdem glaubt Ihr, dass Smeedes —?" warf Potter ein.

„Smeedes rührt bei der eigentlichen Tat keinen Finger, das habe ich ihm versprochen. Es genügt auch das, was er zu tun bereit ist. Die Tat selbst ausführen, den Lederbeutel von der Brust des Balinesen rauben, kann nur ein Wesen, das ich kenne —"

„Und wer ist das?"

„Eure Begleiterin oder Eure Nichte, wie Ihr sie nennt, Potter! Sie hat uns in dem hypnotischen Schlafe, in den Ihr sie versetztet, Dienste von großem Wert geleistet. Dies wird ihr Meisterstück, und Ihr könnt sie mit Gold aufwiegen, wenn Ihr wollt."

„Aber noch sehe ich nicht klar —"

„Ist auch noch nicht von Nöten. Wir haben noch manchen Tag der Vorbereitung nötig. Das andere erfahrt Ihr in Rotterdam. Ihr nehmt wieder Logis in der Jufferstraat bei unserer vertrauten Freundin, der Witwe Blasma. Ich wohne in dem kleinen Hotel Williamsbrug unter den Boompjes. Bis zur Tat bleibt unser Standquartier in Rotterdam, und wir treffen uns in Haag auf Verabredung, wenn es nötig ist. Heute abend werdet Ihr bei Eurer Nichte bleiben wollen – ich habe den ‚Langen' und den ‚Bucklinen', die ich, so weit es mir passte, in meine Pläne einweihte, nach dem ‚Kasino' bestellt. Alles weitere morgen, vorausgesetzt, dass Ihr die Millionen-Diamanten mit mir ausheben wollt?"

„Fragt nicht lange," sagte Potter rauh, und die Habgier loderte in seinen dunklen Augen auf. „Wenn die Arbeit überhaupt zu machen ist, so geschieht von meiner Seite alles. Und was das Mädel anbetrifft —" ein triumphierendes Leuchten ging über sein Antlitz — „so denk' ich, wird sie tun, was mein Wille ihr eingibt."

„Vorwärts dann!" sagte Wapstra. „Auf dem Schiff hier kennen wir uns nicht mehr. Da kommt die Sonne schon. Es wird Tag. Ich denke, eine Stunde Schlaf habe ich auch verdient. Wäret Ihr gleich auf meine Telegramme gekommen, hätte ich diese beiden Tage nicht eingebüßt, um Euch von Köln zu holen."

Wapstra blieb noch eine Weile auf der Bank hinter dem Decksalon sitzen, bis Potter hinabgegangen war. Dann ging er in den Decksalon und warf sich auf eine Bank, ohne sich um Doktor Helpert zu kümmern, der schon aufrecht saß, flüchtig Haar und Bart ordnete und an Deck ging, um mit vollem Behagen den Anblick zu genießen, wie die ersten goldenen Sonnenstrahlen zitternd über den Rhein schossen und die Milliarden Tautröpfchen auf den Uferwiesen wie ebenso viele Diamanten erschimmern ließen.

Der Vormittag verging, ohne dass Doktor Helperts Hoffnung, seine liebliche blasse Unbekannte im Salon oder auf Deck auftauchen zu sehen, sich erfüllt hätte. Ihr Begleiter hatte sich einen Feldstuhl auf das obere Deck gestellt und las eifrig in einem Buche. Einmal hatte der junge Schriftsteller einen Versuch gemacht, ein Gespräch mit ihm anzuknüpfen, indem er nach dem Namen eines am linken Rheinufer auftauchenden Städtchens fragte. Allein die in englischer Sprache gegebene Antwort: „Ich weiß nicht, mein Herr!" hatte so abweisend geklungen, und das unmittelbar darauf folgende Verlassen des Oberdecks seitens des Gefragten zeigte so deutlich, dass der Fremde eine Anknüpfung nicht wünsche, dass Doktor Helpert jeden weiteren Versuch aufgab.

Umsonst bemühte er sich auch, einen Zusammenhang des Begleiters seiner Unbekannten mit dem hässlichen rotbärtigen Manne festzustellen. Die beiden gingen so vollkommen fremd aneinander vorüber, dass er sich fragte, ob er sich nicht getäuscht habe, als er in Köln bei der Abfahrt des „Kinderdijk" einen geheim zwischen ihnen gewechselten Gruß bemerkt zu haben glaubte. Der Hässliche hielt sich übrigens den größten Teil des Tages über in der mit einem halben Hundert Likörflaschen besetzten Bar vor der Schiffsküche auf und ließ sich häufig von der gar nicht unschönen Tochter des Restaurateurs, die hier den Dienst einer Aufwärterin versah, ein Glas Gin mit Bitter mischen.

Kurz nach der Steuerrevision bei dem holländischen Grenzdorfe Lobith fanden sich die wenigen Passagiere des Dampfers im Salon zum Mittagessen ein; Doktor Helpert stellte mit Genugtung fest, dass der rotbärtige Mitreisende es anscheinend vorzog, in der Bar zu bleiben, und mit Bedauern, dass weder seine Unbekannte noch ihr Begleiter in dem kleinen Kreise der Speisenden erschienen.

Die Sehnsucht, sie wiederzusehen, wurde mit jeder weiterfließenden Stunde größer. Als der Dampfer Nymwegen anlief und hier kurzen Aufenthalt nahm, kam die Frau des Restaurateurs an Deck und stellte sich an die Brüstung. „Die armen Jungen," sagte sie in ihrem Holländisch, auf einen Trupp der blau-orangeuniformierten Soldaten der holländisch-indischen Armee deutend, der gerade an der Anlegestelle des Dampfers vorübermarschierte, und im Anschluss daran entspann sich ein kleines Gespräch zwischen der freundlichen und redseligen Frau und dem jungen Schriftsteller, in dessen Verlaufe er mit leise pochendem Herzen eine Frage nach dem jungen schönen Mädchen wagte, die in Köln an Bord und seitdem nicht zum Vorschein gekommen sei.

„Ach, das arme Fräulein!" sagte die Frau und tippte sich bedeutungsvoll an die Stirn; „sie soll da oben nicht ganz recht sein. Sie hat den ganzen Tag in ihrer dunstigen Kabine gelegen und wollte so gern heraus. Ich hörte, wie sie leise weinte und darum bat; aber der Herr, mit dem sie kam, sagte in einer fremden Sprache ein paar strenge Worte zu ihr, und dann war sie still."

Das Herz des jungen Schriftstellers floss über von Mitgefühl. Eine Gemütskranke – Leidende! Und in einer kurzen Stunde verschwand sie im Gewühl der riesigen Hafenstadt? Ein Gefühl der tiefen Trauer beschlich den jungen Mann, und teilnahmslos starrte er auf die wechselnden Bilder, die der Rest der Fahrt seinem Auge bot. Teilnahmslos sah er zu, wie im Hafen der malerischen Fischer- und Schifferstadt Doordrecht ein Teil der Passagiere von Bord ging, und erst als der „Kinderdijk" in die Maas einlief und immer gewaltiger zu beiden Seiten des Fahrwassers sich die Massen der verankerten Schiffe anstauten, belebte sich wieder sein Blick. Immer imposanter wurde das gewaltige Hafenbild Rotterdams, und als der Dampfer in der Nähe der großen Williamsbrücke neben dem Bollwerk* der Holland-Amerika-Linie* festlegte, hatte er nur den einen Gedanken, noch einen Abschiedsblick auf seine Unbekannte werfen zu können, ehe das brandende Leben der mächtigen Seestadt da vor ihm sie für immer von ihm trennte.

4 – Unter den „Boompjes"

Der mitten im Hafen von Rotterdam liegenden Insel Noordereiland gegenüber liegen die vom Leuvehaven bis zum Oudehaven sich erstreckenden Hauptkais von Rotterdam. Hier legen die großen Personen- und Frachtdampfer an, und hier herrscht vom frühen Morgen bis in die Nacht ein überaus lebendiges Treiben. Zwei Brücken, die große Eisenbahnbrücke und die für den Wagen- und Fußverkehr bestimmte imposante Wilhelmsbrücke verbinden das

Noordereiland mit dem belebtesten Stadtviertel Rotterdams. Eine Reihe von Bäumen gibt diesem Kai den Namen „De Boompjes," und auf diesem spielt sich ein großer und wichtiger Teil des Hafenbetriebes der wichtigen Seestadt ab.

1 Boompjes / Dampferkai
2 Jufferstraat
3 Blaak / Seefischhafen
4 Leuvenhaven
5 Willemsbrug

Rotterdam, Zentrum an der Neuen Maas

Vom Leuvehaven schritten die Boompjes entlang in der Richtung auf die Wilhelmsbrücke ein Herr und eine Dame. Der erstere war schlank und hochgewachsen; ein weicher blonder Vollbart umspielte Wange und Kinn, und ein weicher Filzhut deckte das blonde Haupt. Den weichen schönen Zügen entsprachen wunderbarer Weise die Augen gar nicht. Grau und groß, konnten sie stahlharte Blicke entsenden, die Wände zu durchdringen schienen und anscheinend gewohnt waren, zu scharfer Prüfung gebraucht zu werden. Schlank und groß war auch die Dame an seiner Seite. Dem stillen, sanften Gesicht gaben die halb über die Stirn gelegten glatten, einfach gescheitelten Haare etwas madonnenhaftes, wenn nicht beim Lächeln, das zwei Reihen fester weißer Zähne entblößte, in die runden, gesundfarbenen Wangen ein paar Grübchen getreten wären, die dann dem Antlitz der jungen Dame einen ungemeinen Reiz verliehen. Auch sie hatte die großen grauen Augen ihres Begleiters, und die Ähnlichkeit zwischen ihnen war eine so unverkennbare, dass man sicher sein konnte, in ihnen Geschwister vor sich zu sehen. Das einfache, aber geschmackvolle graue Seidenkleid, das die Dame trug, ließ ihre Figur günstig hervortreten, und manches Auge wandte sich wohlgefällig ihrer Erscheinung zu.

Die Dame schien in Rotterdam noch fremd zu sein, um so bekannter ihr Begleiter, der sie auf alles aufmerksam machte und manchmal stehen blieb, um ihren Blick auf etwas Besonderes hinzulenken. Auch musste er selbst hier eine bekannte Persönlichkeit sein; denn die Polizisten an den Straßenecken, die mit ihren Feuerwehrhelmen auf dem Kopfe gerade kein besonders anziehendes Bild gewähren, grüßten respektvoll, wenn er an ihnen vorüberkam.

Ein Pikett Seesoldaten* kam eben in voller Ausrüstung, von einem Wachtmeister geführt, die Boompjes herab und vor dem promenierenden Paare vorüber.

„Das sind gottlob die letzten Ausklänge des verflossenen Hafenarbeiterstreiks," sagte der Herr lächelnd zu seiner Begleiterin. „Seesoldaten-Patrouillen, die immer noch durch die Hafenviertel gehen; denn ganz hat sich die Aufregung noch nicht gelegt, wenn auch die Arbeit zumeist wieder aufgenommen worden ist. Vor acht Tagen noch hätten wir nicht so ungestört hier spazieren können, liebe Gesine. Da füllten die Boompjes hier wilderregte Menschenmassen, und unsere Polizei musste Kavallerie aufbieten und hat scharf einhauen lassen, um die Tausende auseinander zu treiben. Da drüben an der Straßenecke klebt noch das Aufruhrplakat der Stadtverwaltung, und auch jetzt noch werden im Hafenviertel Ansammlungen von Menschen nicht geduldet. Das waren schwere und böse Tage auch für mich, Gesine!" setzte er mit einem leichten Seufzer hinzu.

„Dass du auch einen so schweren Beruf wählen musstest, Karel!" sagte die junge Dame und sah ihren Begleiter liebevoll an. „Tante Betty und ich sind oft so voller Sorgen um Dich! Immer mit bösen Menschen zu tun zu haben, denen ein Menschenleben nichts ist!"

„Nun, Schwesterchen, in ihre Hand ist das meine doch nicht gegeben; das steht in einer höheren Hand, und die hat mich bis jetzt gnädig beschützt. Und was meinen Beruf betrifft, so liebe ich ihn. Und ist er nicht schön? Dem beleidigten Gesetz Geltung zu verschaffen, der schlimmen Tat die Sühne folgen zu lassen, indem man ihren Urheber entdeckt und der Bestrafung zuführt?" Wieder lag jener stählerne Glanz in den Augen des jungen Mannes, als er fortfuhr: „O, es steckt etwas unendlich Lockendes in dieser Jagd auf Menschen, die sich schwer wider das Gesetz und ihre Nächsten vergangen haben. Man muss alle Sinne anspannen bis zum Äußersten, wenn man Erfolg haben will, und ich sage Dir, Schwester Gesine, es ist eine starke und freudige Genugtuung, wenn man das Dunkel einer schweren Tat zu durchdringen und den Täter zu entdecken vermag. Und du siehst übrigens," schloss er lächelnd, „meiner Gesundheit hat der Beruf noch nicht geschadet, wenn es auch der gefahrvollen Momente in meinem Leben gerade nicht wenige gegeben hat."

„O, wir sind in Delft auch sehr stolz auf Dich, Karel!" sagte Gesine mit leuchtendem Blick. „Mit dreißig Jahren schon einer der ersten Kommissare in der geheimen Polizei! Aber das mindert unsere Sorge um dich nicht. Mein Gott, ich darf gar nicht daran denken, was alles dir zu jeder Stunde zustoßen kann!"

„Das sollst du auch nicht," sagte der Kommissar van Rinschoten zärtlich. „Und wenn ich in ein paar Wochen meinen kurzen Urlaub nehme, so verspreche ich dir, dass ich ihn von der ersten bis zur letzten Stunde in Eurem kleinen Häuschen in dem stillen Delft verleben will. Bist du nun zufrieden, Gesinchen?"

„Das ist das schönste Abschiedswort bei meinem heutigen Besuch in dieser großen Stadt, die uns so nahe liegt und nach der ich mich immer nur schwer zu gehen entschließe. Karel, um acht Uhr geht mein Zug, und allzu weit haben wir wohl nicht mehr bis dahin?"

Rotterdam, Börse und Börsenbahnhof um 1900

„Nicht eine ganze Stunde, und der Börsenbahnhof*, von dem du abfährst, ist in unmittelbarer Nähe. Wie ist es übrigens – willst du vorher noch eine Erfrischung genießen? Wir sind hier gerade bei der Wilhelmsbrücke; wir brauchen nur hinüberzugehen zum

40

Noordereiland, und das Cafe-Restaurant Fritschy*, das gleich neben der Brücke drüben liegt, ist recht sehenswert."

Die Willemsbrug vom Café Fritschy aus

„Ach nein, Karel," erwiderte die junge Dame. „Du hast heute so sehr für mich gesorgt, dass ich auch nicht das kleinste Bedürfnis mehr empfinde. Lass uns lieber die kurze Zeitspanne noch hier unter den Boompjes bleiben! Wie tausendgestaltig und buntfarbig das Leben hier ist! Sieh, da vor uns legt gerade ein ankommender Dampfer an!"

„Das ist ein Flussdampfer, der rheinabwärts gekommen ist," sagte der Kommissar van Rinschoten. „Wenn du Interesse daran hast, wollen wir einen Augenblick näher treten. Es ist indessen ein Schiff, das vorwiegend Fracht und wenig Passagiere führt."

Sie hatten sich inzwischen der Anlegestelle der Holland-Amerika -Linie genähert, wo zahlreiche Droschken, Hotel-Hausdiener, Dienstmänner und eine immer bei solchen Anlässen vorhandene Anzahl müßiger Schaulustiger das Festmachen des „Kinderdijk" erwartete. In diesem Augenblick trat ein unscheinbar aussehender Mann an van Rinschoten heran und machte ihm eine kurze Meldung.

„Nur einen Moment, Greve," sagte der Kommissar, „ich komme die paar Schritte sofort mit Ihnen! Gesine," wandte er sich dann an seine Schwester, „würdest du hier zehn Minuten allein bleiben können? Mir wird soeben eine Meldung gemacht, der ich sofort Folge geben muss. Ich gehe nur an das Telephon des nächsten Hotels, um das Nötige zu veranlassen."

„Geh' nur Karel!" sagte Gesine. „Ich genieße inzwischen das Schauspiel hier. Denk' nur daran, dass ich den Zug nicht versäumen darf. Tante Betty würde vor Furcht umkommen, träfe ich nicht rechtzeitig wieder in Delft ein!"

„Unbesorgt, Schwesterchen – in zehn Minuten bin ich zurück!"

Die wenigen Passagiere des „Kinderdijk" hatten bis auf Doktor Helpert und das geheimnisvolle Paar, das auch jetzt noch nicht auf Deck erschienen war, das Schiff verlassen. Der junge Schriftsteller zögerte noch und suchte sein Bleiben an Bord durch ein Gespräch mit dem Restaurateur auszudehnen, bei dem er sich nach einem bescheideneren Hotel erkundigte.

„Ein einfaches Hotel haben sie gleich an der Ecke rechts – nur wenige Schritte die Boompjes hinauf, Hotel Williamsbrug. Sie brauchen keinen Wagen. Sie rufen nur einen Kroyer*, einen Gepäckträger, der Ihre Sachen hineinträgt. Wollen Sie lange in Rotterdam bleiben?"

„Ein paar Tage, um die Stadt kennen zu lernen!"

„So! Sonst hätten Sie besser getan, eins der Fremdenpensionate aufzusuchen. Ja, mein Herr!"

Damit wandte sich der Restaurateur um, und Doktor Helpert erblickte Potter, der einige Worte mit dem Schiffsrestaurateur wechselte und dann einen Kroyer heranwinkte mit der kurzen, in

42

gutem Holländisch gegebenen Weisung, zwei elegante Lederkoffer zur nächsten Droschke zu tragen, worauf er selbst zum Hinterdeck zurückging.

Der Schriftsteller fühlte sein Herz erwartungsvoll pochen. Er trat hart an die Laufplanke und nahm seinen Koffer auf, entschlossen, noch einem Blick auf das junge Mädchen zu werfen, das jetzt, von ihrem Begleiter geführt und verhüllt wie in Köln, herantrat. Sie hatte das Köpfchen gesenkt und die Augen zu Boden geschlagen und schritt so an ihm vorüber, während ihn aus den Augen ihres Begleiters ein finsterer und drohender Blick traf.

Aber während sie über die Laufplanke schritt, wandte sie plötzlich den Kopf, und eine Sekunde lang traf ihr Blick den seinen. Wieder lag in den schönen traurigen Augen jener flehende Ausdruck, der das Herz des jungen Mannes erbeben machte und es war ihm, als zögere ihr Fuß sekundenlang im Weiterschreiten. Ein Ruck ihres Begleiters und ein unterdrücktes heftiges Wort zwangen sie vorwärts. Hastig schob jener sie in die Droschke, folgte und schlug den Schlag zu, nachdem er dem Kutscher ein paar Worte zugerufen, die Doktor Helpert in dem Lärm ringsum verloren gingen.

Dieser war ebenfalls ans Land geeilt. Einen Augenblick kämpfte er mit dem Entschlusse, in die nächste Droschke zu springen und jener zu folgen. Ein Gepäckträger, der ihm seinen Koffer abnahm und nach dem „Wohin?" fragte, unterbrach ihn. Er sagte ihm hastig den Namen des Hotels, das ihm der Restaurateur angegeben, und trat ein paar Schritte in die Straße hinein, um dem Wagen nachzublicken. Aber von der Reihe der Droschken, welche die Boompjes hinauffuhren, bogen einige in die erste Straße rechts ab, andere zur Brücke ein; wieder andere nahmen ihren Weg den Kai hinauf. Welche von ihnen seine Unbekannte barg, hätte er nicht mehr sagen können.

Da legte sich eine in einem grauen Seidenhandschuh steckende zierliche Hand auf seinen Arm, und in holländischen Worten klang es mit wohlklingender Stimme: „Ach, Karel, dass du endlich da bist! Ich bin doch zu ängstlich für das Gewühl und Getriebe hier!"

Überrascht wandte sich Dr. Helpert um und sah ein junges, anmutiges Mädchen vor sich, das plötzlich heiß errötete und verlegen stammelte: „O – ich glaubte – die Ähnlichkeit mit meinem Bruder – verzeihen Sie – " schloss sie in tiefer Verwirrung und blickte hilflos auf den Fremden, der flüchtig den Hut zog,. Mehr aus dem Klange der Worte und aus der Verwirrung der hübschen Holländerin erriet er, dass hier eine Verwechslung stattgefunden habe, und so wandte er sich mit einem höflichen „O, bitte!" ab und folgte seinem schon vorangeschrittenen Gepäckträger zum nahen Hotel Williamsbrug, einem schmalen Gebäude, in dessen zu ebener Erde gelegenes Restaurant sein Kofferträger ihn führte.

Als Kommissar van Rinschoten ein paar Minuten später wieder an der Landungsstelle erschien, eilte ihm Gesine, von deren Wangen das Rot der Verwirrung noch nicht geschwunden war, hastig entgegen.

„Was hast du?" fragte der Kommissar, dem ihre Erregung sofort auffiel. „Hoffentlich hat hier niemand gewagt, dich zu belästigen."

„Ach, Karel," sagte Gesine, halb lächelnd, halb noch befangen. „Ich war es, die jemand belästigt hat. Denke dir, hier stand eben ein junger Mann, der dir so überaus ähnlich war, dass ich dich in ihm zu sehen glaubte, und froh darüber, in diesem Getriebe wieder an deiner Seite zu sein, ihn ansprach."

„Gesine!"

„Ich bemerkte sofort meinen Irrtum, als er mich ansah. Nein, deine Augen hat er nicht, Karel, aber sonst deine Gestalt, deinen blonden Bart, deinen weichen grauen Hut alles das hatte auch er – er war wahrhaftig ein Doppelgänger!"

„Wo ist er?"

„Ich sehe ihn nicht mehr. Er muss wohl mit dem Dampfer angekommen sein; denn ich sah ihn mit einem Kofferträger an der Seite fortgehen."

„Nun, hoffentlich hat er dein Ansprechen nicht falsch aufgefasst!"

„O, nein! Er war sehr höflich und sah wohl gleich an meinem Schreck meinen Irrtum!"

„Nun, dann hast du ja auch noch in letzter Stunde ein kleines Abenteuer erlebt, Schwesterchen!" lachte der Kommissar. „Aber jetzt darfst du deine Füße ordentlich ausschreiten lassen; die Zeit ist rascher verflogen, als ich dachte, und wir müssen uns sputen. Nun, so erschreckt brauchst du mich nicht anzusehen; wir kommen zu deinem Zuge noch rechtzeitig auf den Börsenbahnhof, wenn wir auch nicht viel überflüssige Zeit mehr haben!"

5 – Im Rotterdamer „Kasino"

In der Kasino-Toneel* am Coolsingel* in Rotterdam, dem einzigen größeren Variete-Theater der Hafenstadt, geht es allabendlich recht bunt zu. Die Vorstellungen erheben sich wenig über das Niveau von mittleren; um so interessanter ist die internationale Zuhörermenge, die sich in den Zwischenpausen in den Foyers drängt und die Buffets umlagert oder hinabgeht in die weiten Räume des Café-Restaurants. Fremde, die mit dem Abend nichts anderes anzufangen wissen, Steuerleute und Kapitäne, Einheimische und Gentlemen von dunklen Lebensberufen mischen sich mit zahlreichen Dämchen, die aufgeputzt und geschminkt hier dem arglosen

Fremden gefährlicher sind als die Landhaie, jene gewissenlosen Gauner, welche hier so manchen Auswanderer um den größten Teil seiner Habe zu bringen wissen. Die Warnungen der Behörden erweisen sich als ebenso fruchtlos wie die ausgedehnten Bestrebungen der Polizei. In diesem mächtigen Menschendurcheinander, das täglich neu zu- und abflutet und in diesem riesigen Schiffsverkehr der dunklen Existenzen im Verein mit tausenden von Schlupfwinkeln, welche die Hafenviertel bieten, ein Verbergen doppelt leicht macht, sind die Spuren leicht verwischt, und selbst eine so ausgezeichnete und trefflich organisierte Polizei wie die der niederländischen Haupt- und Hafenstädte, bleibt in vielen Hunderten von Fällen nicht Siegerin in dem immerwährenden Kampfe mit den Verbrechern, die sich Rotterdam zum Schauplatz ihres lichtscheuen Tuns erwählen.

Wapstra musste sicher sein, dass die Geheimpolizei Rotterdams kein besonderes Interesse für ihn besaß, und auch der „Bucklige" und der „Lange" mussten ihr nicht besonders bekannt sein; sonst hätte Wapstra es wohl kaum gewagt, gerade das „Kasino" zum Rendezvous für diesen Abend zu wählen; denn unter den anscheinend harmlosen Zuschauern waren manche, die an der Innenseite des geschlossenen Rockes das wappengeschmückte Metallschild trugen, das sie als Mitglieder der Geheimpolizei auswies.

Die Vorstellung oben im „Kasino"-Theater war schon in vollem Gange, als Wapstra den Zuschauerraum betrat. Das Excentrice-Saker-Harlow-Trio, das gerade auf der Bühne seine Nummer aufführte, würdigte er nur eines sehr flüchtigen Blickes. Um so schärfer ließ er denselben durch das Parkett und über die Ränge hinschweifen. Aber er fand augenscheinlich nicht, was er suchte; denn die Unmutsfalte, die auf seiner von kurzem rotem Haar eingefassten Stirn lag, vertiefte sich zusehends.

Er ließ auch noch die nächste Nummer vorübergehen, ohne sich von ihr in seiner forschenden Durchmusterung des Zuschauerraumes unterbrechen zu lassen; dann erhob er sich, ohne die Programmpause abzuwarten, und drängte sich durch die Menge zum Ausgang.

Ein halblauter Fluch kam über seine Lippen. „Der Lange ist ein Durchgänger," murrte er. „Aber der Bucklige ist doch sonst zuverlässig, und mir liegt daran, zu erfahren, ob er den Zugang durch das Parkgitter vom Palais im Bosch für ausführbar hält. Der Abendzug vom Haag ist seit einer Stunde da; wir verlören wichtige Stunden, wenn die beiden nicht herübergekommen wären!"

Wapstra hatte während dieses kurzen Selbstgesprächs auch die Foyer durchwandert und die vor den Buffets stehenden Gruppen durchspäht. Mit verstärktem Missmut ging er in das Café hinab, um gleich bei seinem Eintritt an einem Ecktisch, der mit einem halben Dutzend Pale Ale-Flaschen* bedeckt war, die Gesuchten in Gesellschaft eines geschminkten und bunt aufgeputzten Mädchens mit brandroten Haaren zu sehen, das mit einem bartlosen, buckligen kleinen Manne an ihrer Seite, der aus den scharfen Gläsern einer goldenen Brille ihr verliebte Blicke zuwarf, sehr traut tat. Dem Paare gegenüber saß ein großer vierschrötiger Mann mit einem wahren Bulldoggengesicht und kleinen, kaum bis unter die Ohrläppchen hinabgehenden Backenbart, der beim Eintreten Wapstras gerade einen Scherz der rothaarigen Person, die nicht unschöne, aber verlebte Züge hatte, mit dröhnendem Lachen quittierte.

Einen verlegenen Blick tauschten die beiden aus, als Wapstra sich ihrem Tisch näherte, während die Rothaarige ihn mit nicht eben freundlichen Blicken maß; dann sprang der Bucklige eilfertig auf und kam ihm entgegen.

„Was soll's mit dem Weibsbild da?" fragte er leise und scharf mit einer Kopfbewegung gegen den Tisch hin. „Ich dächte, wir hätten wichtigeres vor als solche Possen!"

„Es ist eine alte Bekannte von dem Langen und mir – die irische Peggy, wie sie in unseren Kreisen heißt. Ein Satansweib, das mehr von der Welt und was in ihr vorgeht kennt, als ihr ahnt, Wapstra. Übrigens ist sie eine der Pflegebefohlenen von Mutter Blasma und würde sich lieber selbst bis an ihr seliges Ende einsperren lassen, ehe sie einen Freund verriete."

Die Auskunft schien Wapstra zu befriedigen; dennoch sagte er in demselben Flüstertone wie vorhin: „Schaff' sie fort – was wir miteinander zu besprechen haben, taugt nicht für das Ohr der Dirne!"

„Wenn's nur so leicht geht," sagte der kleine Bucklige und kratzte sich hinter dem Ohr. Sie ist anhänglich wie eine Klette, und sie scheint wieder mal fürchterlich auf dem Trockenen zu sitzen. Meint Ihr nicht, dass sie uns gute Dienste tun könnte? Für ihre Verschwiegenheit bürge ich wie für mich selbst."

„Ich arbeite nicht mit Weibern," entgegnete Wapstra trocken, „und was das Fortschaffen betrifft, so wird das keine große Schwierigkeit machen."

Er trat an den Tisch, nickte dem Mann mit dem Bulldoggengesicht zu und wandte sich zu der rothaarigen Irländerin, indem er ein schnell aus der Westentasche genommenes Zweieinhalbguldenstück vor sie hin auf die Marmorplatte des Tischchens legte. „Ich habe mit den beiden Herren etwas Geschäftliches zu reden, Fräulein. Das wird jedenfalls zu langweilig für Sie sein. Wollen Sie sich inzwischen die Vorstellung oben ansehen? Das hier ist für das Billet!"

Die irische Peggy, wie der Bucklige sie genannt, schien große Lust zu haben, das Geld zurückzuweisen; aber das finstere Gesicht des Ankömmlings verhieß ihr auch keine Unterhaltung mehr, wenn sie blieb, und so stand sie, ohne zu danken, auf, warf dem Buckligen ein kurzes „Dich sehe ich noch, Kleiner!" zu, grüßte den Langen mit einem Kopfnicken und verließ das Café. Der Bucklige sandte ihr durch seine scharfen Brillengläser einen sehnsüchtigen Blick nach.

Das große Café-Restaurant des Kasinos war während der Dauer der Vorstellung meist leer; erst nach derselben füllten sich seine Räume. Wapstra winkte dem Kellner, der neue Ale-Flaschen brachte, und gab dann seinen Genossen einen Wink, näher an ihn heranzurücken. „Du hast dir die Stelle angesehen, die ich dir bezeichnete," wandte er sich flüsternd an den Buckligen. „Wieviele Gitterstäbe müssen heraus, um eine schlanke Person durchzulassen?"

„Zwei!" versetzte der Gefragte rasch und bestimmt, „wenn's ein schmiegsamer Körper ist. Die Eisenstangen des Gitters haben einen Abstand von zehn Zentimetern, und ein Raum von dreißig Zentimetern genügt, um sich durchzuzwängen. Die Stäbe müssen unten dicht über dem eisernen Querband durchgefeilt werden und einen halben Meter hoch so weit angefeilt sein, dass es nur weniger Züge mit der Feile bedarf, um die beiden Stäbe herauszunehmen."

„Und traust du dich, die Sache zu machen?"

Der Kleine lächelte geringschätzig. „Man hat mich den ‚Feilenkönig' genannt, seitdem ich mit einer Feile, nicht größer als die Hälfte einer Semmel, in der man sie mir zukommen ließ, drinnen in Deutschland die Gitter meiner Zelle durchsägte und entkam," sagte er nicht ohne Stolz. „Hier aber liegt die Schwierigkeit auf einem anderen Fleck!"

„Auf welchem?" fragte Wapstra gespannt.

„Die durchfeilten Enden lassen sich nicht nach dem Herausnehmen wieder an ihren Ort bringen. Wenn uns der Posten überrascht, so sieht er sofort die Öffnung im Gitter und schlägt Alarm."

Wapstra sah den Buckligen forschend an. „Ich sehe dir's an, du hast schon an einen Ausweg gedacht?" sagte er schnell.

„Ihr habt's erraten, Wapstra. Ich denke mir die Sache so: das Durchfeilen der unteren Stabenden muss ganz geschehen sein, das der Stäbe weiter oben so weit, dass nur ein geringer Halt noch besteht, den man in einer Minute beseitigen kann. Die beiden herausgenommenen Stabenden müssen mit fortgenommen werden. Außer der Person, die den Raub vornimmt, muss eine zweite durch das Gitter kriechen, und die folgenden Manipulationen müssen von innen vorgenommen werden, während wir uns von der Stelle entfernen."

„Gut!" sagte Wapstra. „Nun weiter!"

„Wir müssen zwei Eisenstäbe von genau derselben Länge und Dicke vorbereiten, wie die sind, die wir entfernen. Diese haben oben eine Hülse, in die das oben stehenbleibende Ende des durchfeilten Eisenstabes genau passt. Während wir uns mit den Originalen entfernen, kriecht einer durch die Öffnung und befestigt die vorbereiteten Stäbe mit einer Hülse oben, während das untere Ende seinen natürlichen Halt findet. Ist die Tat geschehen, so werden die Stäbe mit einem Griffe wieder entfernt, um das Wiederdurchschlüpfen der beiden eingestiegenen Personen zu ermöglichen, und nun von außen in gleicher Weise wie vorhin vermittelst der Hülse wieder an ihre Stelle geschoben. Es wird dann schon selbst bei Tage ein aufmerksamer Blick dazu gehören, um zu entdecken, dass das Gitter eine falsche Stelle besitzt," vollendete der Bucklige mit augenscheinlicher Befriedigung.

Wapstra nickte ein paar Mal mit dem Kopfe. „Ich wusste, dass du der richtige Mann für das Geschäft sein würdest!" sagte er zu dem Buckligen. „Wie viel Zeit wird das Durchfeilen der Eisenstäbe in Anspruch nehmen?"

„Ich habe Instrumente, die das schnell und sauber besorgen; immerhin muss ich damit rechnen, zu verschiedenen Zeiten arbeiten zu müssen. In zwei bis drei Tagen kann ich mit allem fertig sein."

„Gut! Ich kann dir noch einen Tag und selbst zwei, wenn's nötig sein sollte, länger Frist geben. Nun zu dir, Langer! Du wirst bei Willemsoord mit dem geschlossenen Wagen warten, den Verheeven uns besorgen wird. Von morgen an, wenn du nach dem Haag zurückgehst, verdingst du dich bei ihm als Kutscher. Fahren kannst du. Die beiden nächsten Tage benutzest du, um alle fahrbaren Wege in der Umgebung des Schlosses im Bosch dir genau einzuprägen. Du und der Bucklige, ihr bleibt auch nach der Tat ruhig im Haag; wir gehen nach Amsterdam zu Verheevens Bruder. Dort erhaltet ihr drei Tage später den Anteil, den ich euch bestimmt habe. Und ihr wisst, ich halte Wort in allem, was ich sage."

Die beiden Zuhörer nickten schweigend zum Zeichen ihres Einverständnisses.

„Ich selbst bin morgen wieder drüben," nahm Wapstra weiter das Wort. „Wir sehen uns vor Einbruch der Dunkelheit in Verheevens Taverne. Und noch eins: Macht keine Streiche inzwischen, die euch mit der Polizei in Konflikt bringen oder ihr Augenmerk auf euch richten können, und merkt euch wohl: jede Mitteilung trifft mich hier in dem kleinen Hotel Williamsbrug unter meiner Adresse Jan Soesman. Habt ihr verstanden?"

Der Bucklige nickte; der Mann mit dem Bulldoggengesicht trommelte mit den bis zu den Nägeln behaarten Fingern verlegen auf die Tischplatte.

„Was hast du noch, Langer?" fragte Wapstra, aufmerksam werdend.

„Ich wäre gern morgen noch in Rotterdam geblieben," grinste er. „Was mir bei Eurem Geschäft zu tun bleibt, ist ja ein Kinderspiel.

Fahren kann ich wie der beste Kutscher, und auf den Wegen im Bosch bin ich groß geworden."

„Was hält Euch hier?"

Der Lange schien nicht recht mit der Sprache heraus zu wollen. Endlich sagte er: „'n paar alte Bekannte haben morgen einen kleinen Scherz vor."

„Was du und deine Bekannten einen kleinen Scherz nennen, ist zuweilen eine blutige Geschichte," sagte Wapstra zögernd. „Rede deutlicher, Langer!"

Dieser neigte sich zu Wapstra hinüber und flüsterte ihm ein paar Worte ins Ohr.

„Seid Ihr toll, Mann?" flüsterte Wapstra erschreckt. „Das ist keiner von den ‚Leichten'! Der könnte den Spieß umdreh'n und euch dreien ein halbes Dutzend Revolverkugeln in den Bauch schicken, dass ihr das Aufstehen vergäßet."

„Die anderen haben ihm den Tod geschworen!" entgegnete finster der „Bullenbeißer", „und ich selbst habe eine alte Rechnung mit diesem Kommissar. Er hat meinen Bruder auf zehn Jahre ins Zuchthaus gebracht!"

„Und ich sage Euch, es ist eine gefährliche Geschichte, die, selbst wenn sie glückt, einen Riesenlärm machen wird!" warnte leise Wapstra.

„Könnte das nicht Eurem Geschäft zugute kommen?" flüsterte der Lange. „Das würde alle Spürhunde der Polizei aus den elf Provinzen hierher hetzen, und Ihr hättet vielleicht dort leichteres Spiel!"

„Die ganze Sache will mir nicht behagen!" sagte Wapstra unmutig. „Mit solchen Dingen will ich nichts zu tun haben, und ich mag nichts davon wissen. Stellt sich mir einer in einem kritischen Augenblick entgegen – gut, dann tut er's auf seine Gefahr; aber jemand auflauern – das überlasse ich anderen. Und das sag' ich dir,

Langer, bist du übermorgen nicht bei Verheeven im Dienst, so nehm' ich zu unserem Geschäft einen anderen!"

„Ich bin dort!" sagte der Lange vergnügt, indem er den Rest seines Bierglases in sich hineingoss. „Darauf könnt Ihr Euch heilig verlassen, Wapstra."

„Schon gut!" sagte dieser aufstehend. „Da kommt übrigens deine rothaarige Flamme zurück, Kleiner. Mich gelüstet nicht nach ihrer Bekanntschaft; ich gehe!"

Die irische Paggy schnitt eine Fratze hinter ihm her. „Wer ist der eklige Mensch, Kleiner?"

„Frag ihn selbst," gab dieser lachend zur Antwort, was Peggy veranlasste, ihn mit einem Schwall irischer Worte zu überschütten, die alles, nur keine Kosenamen waren und die zum Glück niemand am Tische und in dem sich allmählich füllenden Café verstand.

6 – Unter fremdem Willen

Das Haus der Witwe Blasma in der Jufferstraat war eines jener schmalen, nur zwei Fenster in der Front breiten holländischen Häuser, die eine große Tiefe haben, und mit ihren bald rechts, bald links ansteigenden Treppen und langen Fluren wahre „Handtücher" von Bauten sind. Mutter Blasma hatte das ihrige zu einer Herberge eingerichtet. Wandernde Künstler dritten und vierten Ranges und „Damen" von nicht besonders fester Moral bildeten ihre Stammkundschaft. Aber da sie in ihren Räumen nichts Ungehöriges litt und in ihrem Hause strenge Ordnung hielt, sah ihr die Polizei sonst in manchem durch die Finger. Die Witwe Blasma war ein muskelstarkes, robustes Weib, die eines besonderen Hausknechtes entraten konnte. Um ihre jeweiligen Mieter kümmerte sie sich nicht viel, noch weniger um deren lichte oder dunkle Geschäfte. Ordentliche Leute kamen nicht zu ihr; das wusste sie. Mochten sie außerhalb ihres Hauses tun was sie wollten; im Innern litt sie keine wüste oder lärmende Szene. Obwohl sie als Megäre* galt, mit der niemand gern anband, hatte sie mitunter gutherzige Anwandlungen, und wenn einmal einer ihrer Klienten oder, was häufiger vorkam, eine ihrer Klientinnen in Not kam, so beherbergte sie diese auch einmal auf Pump, wusste sie doch, dass sie immer wieder zu ihrem Gelde gelangte, wenn für jene wieder flottere Zeiten anbrachen.

So hatte auch die irische Peggy bei Mutter Blasma wieder einmal gutwillige Aufnahme gefunden; dem Langen aber und dem Buckligen, welche die rothaarige Schöne am späten Abend heimbegleiteten, hatte sie mit barschen Worten die Tür gewiesen. Ihre Zimmer wären besetzt; sie sollten sich anderswo Unterkommen suchen. Grinsend war der Bullenbeißer, trübselig der Bucklige abgezogen.

Mutter Blasma hatte aber einige Stunden früher einem anderen Paare einen freundlicheren Empfang bereitet. Potter und seine blasse Begleiterin waren ihr aus früheren längeren Aufenthalten wohlbekannt, wenn sie ihn auch nur unter dem Namen und Titel eines „Professors" Fergus, der Vorstellungen in Spiritismus und Gedankenlesungen gab, und seine Begleiterin als sein Medium und seine Nichte Lizzie Fergus kannte. Für das scheue, blasse Mädchen, dessen rührende Schönheit auch ihr unwillkürlich zu Herzen ging, hatte dieses rauhe Weib ein fast mütterliches Interesse und vor ihrem Begleiter die Hochachtung, die ein gut und pünktlich zahlender Gast ihr immer einflößte. Als ihr Wapstra, der auch zu den häufigeren Gästen ihrer Herberge gehörte, die bevorstehende Ankunft des Professors gemeldet, hatte sie das Vorzimmer im zweiten Stock, das beste, das sie hatte, zu deren Aufnahme gerüstet. Hier schlief das junge Mädchen in einem einfenstrigen dunklen Vorraume, durch den man hindurchmusste, um in das Vorderzimmer, dessen Fenster auf die Jufferstraat gingen, zu gelangen. Auch sie hielt, wie andere, das junge, teilnahmslose Mädchen, dessen liebliche Züge nie der Sonnenstrahl eines Lächelns belebte, für eine geistig Kranke, die das harmloseste Geschöpf von der Welt war und nur Mitleid und Mitgefühl verdiente.

„Da habt Ihr uns für kurze Zeit wieder," sagte Potter, als sie ihr Obdach erreicht hatten und Lizzie apathisch auf einen Sitz gesunken war. „Ich will wieder eine Tournee von Vorstellungen in Holland arrangieren, bleibe aber für einige Zeit vorerst in Rotterdam. Ich zahle Euch die ersten Tage im voraus, für Logis und Kost – da nehmt, Mutter Blasma. Was darüber ist, gilt für Eure guten Dienste. Ich werde manche Stunde am Tage fort sein müssen, und da ist's mir lieb, das Mädel dort unter Eurer Obhut zu wissen," raunte er ihr heiser zu. „Ihr wisst ja, dass ich sie nicht gern alleine lasse; sie ist zeitweilig völlig geistesabwesend und könnte Schaden nehmen, wenn sie in einem solchen Zustande das Haus alleine verließe. Also ich kann mich wieder auf Euch verlassen?"

„Wie immer, Professor Fergus," sagte die Frau. „Schade um das schöne junge Blut, wenn Ihr wohl auch Nutzen aus ihrem Zustande ziehen mögt."

„Nutzen?" sagte Potter achselzuckend. „Sie ist mir mehr eine Last. Wenn's nicht das Kind meines leiblichen verstorbenen Bruders wäre, hätte ich sie längst ihrem Schicksal überlassen. Auch zu meinen Produktionen kann ich sie nur wenig verwenden – na, das interessiert Euch am Ende weniger, Mutter Blasma!"

Diese schüttelte energisch den Kopf mit den sich schon leicht grau färbenden Haarsträhnen, blinzelte aber dabei dem „Professor" zu, als wollte sie sagen: „Du wärst der Letzte, um sie mit dir herumzuschleppen, wenn du nicht deinen Nutzen dabei fändest!" Die Worte dachte sie auch, strich dann das Geld ein und lief die

Treppe hinunter, um Tee und ein frugales Abendbrot für die neuen Ankömmlinge zu besorgen.

Am nächsten Morgen suchte Potter die Wirtin in der kleinen halbdunklen Küche auf, in der sie mit einer älteren halbtauben Magd, die schon lange Jahre in ihren Diensten war, herumwirtschaftete. „Ich muss ein paar Stunden fort, Mutter Blasma. Ich habe sie oben indessen eingeschlossen; vielleicht sehen Sie mal nach ihr!"

„Soll geschehen!" gab die Frau kurz zurück; aber eine Menge anderer Obliegenheiten hinderte sie zunächst, das gegebene Versprechen einzulösen.

Teilnahmslos saß das junge Mädchen am Fenster, den starren Blick auf die regungslos im Schoße liegenden Hände gerichtet. Endlich löste ein schwerer Seufzer den Bann, der sie umfangen hielt, und wie aus einem Traum erwachend sah sie umher. Als ihre scheuen Blicke das Zimmer durchmessen hatten und sie sich allein fand, atmete sie wie von schwerer Last befreit auf. Die Furcht vor ihrem Oheim, die sie fast wie etwas Körperliches umgab, wich langsam von ihr, und ihr Gesicht, über dem der Druck eines fremden Willens lag, fing an, schwer und langsam verworrene Gedanken zu entwickeln. Blasse und farblose Bilder entstanden zuerst in ihrer Seele; allmählich erst rannen sie zu bestimmten Umrissen zusammen und formten sich zu einem Antlitz, das wie durch eine Nebelwand zu ihr herüber zu grüßen schien, ein Antlitz, von blondem Haar und Bart umgeben, mit offenen Zügen und treuen und guten hellen Augen. Mit geschlossenen Augen suchte das bleiche junge Mädchen diese Züge festzuhalten, und schnellere Atemzüge hoben ihre Brust. Dies Antlitz, das in den letzten Tagen vor ihr aufgetaucht, hatte in das Dämmernde ihres gequälten und gemarterten Geistes den letzten Funken Licht geworfen, und es war ihr, als müsste von ihm die Erlösung aus einem Zustand ausgehen, den sie nur stumpf und dumpf als eine Qual empfand. Neben diesem entsetzlichen Mann an ihrer Seite, dessen Blick hinreichte, um ihren Willen zu töten, dessen Berührung ihren Gliedern die Fähigkeit der Bewegungen nahm und dessen Wille ihre Seele gleichsam aus dem Gehäuse des Körpers hinausgeleitete, mehr noch, der selbst ihren Körper zwang, unbewusst die Wege zu gehen, die er ihm vorschrieb – neben diesem Furchtbaren, an den sie obendrein Bande des Blutes fesselten, waren selbst ihre Gedanken geronnen, sie selbst zu einer Maschine geworden, die stillstand, sobald sein Wille ihr nicht Triebkraft gab. Sonst hatte er sie stundenlang allein gelassen, ohne dass sie aus ihrer Apathie erwacht wäre – jenes Männerantlitz war der erste Eindruck gewesene, den sie seit vier Jahren empfunden, seit der Zeit, da der Mann, den sie fürchtete und dem sie doch mit allen ihren Sinnen untertan war, sie jenseits des Weltmeeres von dem Sterbebett des schweigsamen Mannes hinwegnahm, den sie seit ihrer frühesten Jugend Vater genannt hatte. Und als wäre jenes blondumrahmte Antlitz der Schlüssel zu den Pforten ihres Geistes, schoben und drängten sich mit einem Male neue Bilder an seine Stelle. Wie aus weiter Ferne kamen sie herangezogen, aus dichten Nebelschleiern immer klarer hervortretend, das Bild einer gütig blickenden Frau, die ein kleines Mädchen auf dem Arm trug und mit ihr in einer Sprache redete, die fast so klang wie jene, in welcher die alte hässliche Frau gestern hier in diesem Zimmer mit dem Bruder ihres Vaters redete. Und vor diesem klarer und klarer aufsteigenden Bilde schmolz etwas in ihr, was sie mit stählernen Banden gefesselt hatte, und plötzlich brach dies arme einsame Geschöpf in ein lautes, den ganzen zarten Körper vom Scheitel bis zur Spitze der kleinen Füße erschütterndes, herzzerreißendes Schluchzen aus.

Die rothaarige Irländerin, die noch einen halben Stock höher mit einer halbdunklen Dachkammer hatte vorlieb nehmen müssen und dies auch mit dem vollen Gleichmut einer Person tat, die in einem erbärmlichen Leben voller Laster nur wenige Sonnenblicke gesehen, kam gerade die schmale Treppe herab, die auf den kleinen Vorplatz vor dem zu Lizzies Zimmer führenden Vorgemach ging. Peggy war in einem ziemlich starken Negligé und wollte zu Mutter Blasma in die Küche hinuntersteigen, um ihr Frühstück heraufzuholen. Da drangen die Laute eines so schmerzlichen und erschütternden Weinens an ihr Ohr, dass sie sofort still stand und an die Tür des Vorgemaches, in der der Schlüssel steckte, klopfte. In diesem so tief gesunkenen Wesen pochte immer noch der Rest eines guten und mitfühlenden Herzens unter der dicken Kruste von Egoismus und Zynismus, welche das Laster darum hatte anwachsen lassen. Jemand, der so weinte, musste der Hilfe bedürftig sein, und Peggy hätte nicht die resolute Tochter der grünen Insel sein müssen, hätte sie noch einen Augenblick gezögert, dieser Trauernden Hilfe zu bringen. Als ihr Klopfen keine Antwort brachte, aber auch das schmerzliche Schluchzen nicht unterbrach, drehte sie, ohne sich zu besinnen, den Schlüssel im Schlosse herum und öffnete die Tür. In dem dunklen Vorgemach war niemand. Das Weinen klang aus dem Zimmer dahinter zu ihr herüber, und gewöhnt, auf halbem Wege nicht stehen zu bleiben, öffnete Peggy auch diese Tür.

Selten standen sich wohl zwei verschiedenartigere Wesen gegenüber, als die zitternd sich erhebende Lizzie, die in ihrem Traumleben unberührt geblieben war von dem Schlamm dieser Welt, und das sündige rothaarige Weib mit den frechen Gesichtszügen, in denen jetzt, Gott weiß, seit wie langen Jahren, ein leises Rot emporstieg. Peggy hatte erwartet, in der Weinenden eine Ihresgleichen zu finden, und nun sah sie in zwei große, angstvoll fragende Augen, deren Ausdruck sie verwirrte. Denn mit dem Instinkt des

Weibes erkannte die Irländerin, dass von jener dort eine Welt sie trennte, die Welt, die sie durchwatete.

„Verzeihen Sie," sagte die sonst kecke Peggy leise und scheu, „ich hörte Sie weinen, und da dacht' ich – und doch! Sie waren es! So weint nur, wer sich vollkommen elend fühlt – kann ich Ihnen helfen?"

Lizzie starrte die Eingedrungene noch immer wie eine unbegreifliche Erscheinung an. Peggys Stimme war rauh und unschön; aber den Ohren des jungen Mädchens erklang sie voller Harmonie. Noch immer stand sie, die Hand auf die Brust gepresst, die großen Augen erschreckt und fragend auf die mit Unterrock und Nachtjacke bekleidete Irländerin gerichtet, da, während die letzten Tränen ihre schmalen, blassen Wangen hinabbrannen.

„Ach," sagte Peggy plötzlich, „Sie sind die, mit welcher der ‚Professor' seinen Hokuspokus vormacht; ich hörte gestern abend schon davon, als ich nach Hause kam, dass er wieder da sei. Da brauchen Sie mich also nicht."

Peggy wendete sich zum Gehen; da tönten ihr von den Lippen des jungen Mädchens in englischer Sprache die Worte nach: „Bleiben Sie! Bleiben Sie! O, verlassen Sie mich nicht!"

Mit einem Sprunge stand Peggy neben ihr. „Misshandelt er Sie?" fragte sie mit blitzenden Augen, und ihre Hände krallten sich wie die Tatzen einer sprungbereiten Katze. Lizzie schüttelte den Kopf.

„Sonst zeigt' ich ihm 'mal meine Nägel. Peggy O'Fleghmore fürchtet keinen Mann! Aber wenn er Ihnen nichts tut, warum weinen Sie denn?"

„Ich fürchte ihn," sagte Lizzie mit der ganzen Hilflosigkeit eines Kindes, „und ich möchte fort!"

„So gehen Sie doch von ihm – halten kann er Sie doch nicht!"

„Ich kann nicht," hauchte das junge Mädchen; „sein Wille hält mich fest!"

Peggy schüttelte den Kopf. „Das begreife ich nicht! Mich hielten hundert Männer nicht fest, wenn ich weg wollte!"

„Er hält mich, auch wenn er fern von mir ist!" flüsterte Lizzie. „Er hat mir meinen Willen geraubt, und nun muss ich tun, was er will. Nur einer könnte mich befreien –" Ein schwärmerischer Glanz kam in die Augen des Mädchens, die sich nun, wie magisch angezogen von dem Sonnenschein, dem Fenster zuwandten.

„Nur einer –"

Ein leiser Schrei brach von ihren Lippen, und ihre zitternde Rechte zeigte auf die Straße hinab. „Der – der dort!"

„Der blonde hübsche Mann?" fragte Peggy interessiert, der Richtung ihres Blickes folgend. „Kennen Sie ihn? Er geht ja vorüber, ohne heraufzusehen? Weiß er nicht, dass Sie hier sind?"

„Still!" sagte Lizzie und erfasste den Arm der Irländerin, während sich ihre Augen auf die Zimmertür richteten, und eine furchtbare Angst malte sich in ihren Zügen. „Er kommt zurück!"

„Wer?"

„Er, dem ich gehöre, der mich nicht loslässt. Jetzt tritt er unten auf das Haus zu – jetzt tritt er ein – jetzt spricht er mit der alten Wirtin – sie steht in der Tür der Küche und spricht verlegene Worte – jetzt springt er die Treppe hinauf – o, wie zornig er ist – jetzt steht er draußen und jetzt fasst seine Hand den Türgriff – „

Peggy fuhr zusammen; denn im nämlichen Augeblick trat Potter in das Zimmer.

„Was wollen Sie hier?" herrschte er finster Peggy an. „Hinaus mit Ihnen!"

Die Irländerin schürzte schon die Lippen, um ihm eine derbe Antwort zu geben. Aber sie warf nur einen unendlich mitleidigen Blick auf das geisterhaft blasse Mädchen am Fenster, das wie vor etwas Entsetzlichem die Hände vorgestreckt hielt, und verließ das Zimmer.

Langsam, mit kleinen Schritten Lizzie sich nähernd, seinen Blick in den ihren bohrend, näherte sich Potter. Langsam fielen die Hände des Mädchens herab; jeder Ausdruck wich aus ihren Augen, über denen sich langsam die Lider schlossen. Mit einem leisen Stöhnen sank sie in den Stuhl zurück und blieb regungslos liegen.

7 – Der Überfall

Das Zimmer, das man Dr. Helpert im Hotel Williamsbrug angewiesen, hatte ihm ein leises Kopfschütteln entlockt. Es war ein großes Zimmer mit einem mächtigen Bett, in dem drei Personen bequem Platz gehabt hätten, auf der einen und einem schmäleren Bette auf der anderen Seite. Das Fenster lag in Manneshöhe, und an der Wand unter diesem standen ein verblichenes Sofa, ein Tisch und ein paar Polsterstühle. Eine Ecke des Zimmers sprang vor, und hier führte ein Tritt von drei Stufen zu einer Tapetentür hinauf, die anscheinend von der anderen Seite verschlossen war. Es war so ganz anders wie die gewohnten Hotelzimmer, dass der junge Schriftsteller im Augenblick nicht wusste, ob er sich darüber ärgern oder, da es seine Phantasie anregte, sich freuen sollte. „Na,“ dachte er, „jedenfalls bleibe ich diese Nacht hier. Gefällt es mir nicht, kann ich morgen immer noch ein anderes Hotel aufsuchen.“

Nachdem er sich erfrischt, machte er noch einen Weg durch einige Straßen und aß in einem gut aussehenden Restaurant zu seiner Befriedigung zu Abend. Zu rechter Zeit kehrte er heim und begab sich zur Ruhe. Mit den Gedanken an das süße bleiche Gesicht schlief er ein. Würde er die Trägerin desselben noch einmal wiedersehen? Der Traumgott war so gnädig, ihm diesen Wunsch zu gewähren; die Unbekannte trat an sein Lager und streckte die Hände nach ihm aus: „Befreie mich!“ Und dann erschien plötzlich eine andere Gestalt neben der ersten und er sah in ein anmutiges, in holder Verwirrung erglühendes Gesicht. Dann lösten sich beide Gestalten in weiße zerflatternde Nebel auf, und der junge Schriftsteller verfiel in einen tiefen, durch keine Träume mehr gestörten Schlaf.

Frisch und gestärkt erwachte er am andern Morgen. Mochte auch das Zimmer einen befremdenden Eindruck machen, das Bett war jedenfalls gut gewesen. Auch das Frühstück, das er unten in dem Restaurationszimmer einnahm, überraschte ihn durch seine Güte und Reichhaltigkeit. Zu dem Tee, den er sich bestellt, gesellte ein bescheidenes junges Mädchen, das der Besitzerin des kleinen Hotels zur Hand ging, als in Holland selbstverständlich zwei Eier, je eine Schüssel mit Schinken und Fleischwurst, ein großes Stück goldgelben Edamer Käses, Honig und ein Glas mit eingelegten Gurken, dazu ein Körbchen weißen Brotes. Doktor Helpert frühstückte mit großem Appetit; dann lockte ihn der warme Sonnenschein in das bunte fremde Leben hinaus.

Aber mit jedem Schritt ertappte er sich dabei, dass er alle ihm Begegnenden daraufhin ansah, ob nicht seine Unbekannte darunter sei. Er hatte auch ganz unwillkürlich den Weg eingeschlagen, den die Droschke, die sie entführte, die Boompjes entlang genommen hatte.

Es half ihm nichts – er kam nicht los von der Fremden, die ihm die Wege des Schicksals entgegengetrieben. Mit jener eigentümlichen Sicherheit, die keinen Einwurf des Verstandes gelten lässt, fühlte er, dass jenes junge Mädchen unglücklich sei, dass sie in Banden läge, aus denen auch sie eine Erlösung hoffe, und dass sie bestimmt sei, tiefer in sein eigenes Leben einzugreifen. Jeder Mensch, der eine größere Phantasiekraft besitzt, ist bis zu einem gewissen Grade Fatalist, und auch Ernst Helpert war nicht frei von einer Hinneigung zum Fatalismus. Dieses Wesen, das einen so tiefen Eindruck auf ihn gemacht, mehr noch, das die ganzen Tiefen seines Innern in Aufruhr gebracht hatte, konnte nicht mit diesem letzten flehenden Blick für immer von ihm geschieden sein.

Der Zweck, den er mit dieser Reise nach Holland erreichen wollte, Land und Leute zu studieren, die Kunstschätze des Landes in Augenschein zu nehmen und die reiche und mächtige Vergangenheit desselben aus den historischen Denkmälern heraus auf sich wirken zu lassen, trat zurück. Er war gestern abend an dem Standbild des berühmten Gelehrten Erasmus von Rotterdam auf dem Grooten Markt vorübergegangen, ohne stehen zu bleiben, und auch augenblicklich empfand er sogar eine heftige Abneigung gegen den Besuch des Museums Boijmans*, den er sich für heute vormittag vorgenommen hatte, um die Galerie holländischer alter Meister darin zu besichtigen. Er fühlte sich so vollkommen von den Fäden gehalten, die von ihm zu jenem schönen unglücklichen Mädchen sich hinüberspannen, dass er nichts mehr dachte, nach nichts anderem Begehren trug, als die Spur, die er gestern hier auf den Boompjes verloren hatte, wieder aufzufinden.

Es war natürlich, dass seine Phantasie sich in den unmöglichsten Kombinationen erging; aber nicht einmal kam ihm der Gedanke, jenes Paar, das sich so geflissentlich von der Welt absonderte, könne Rotterdam nur als Durchgangsort nach einem englischen oder gar übeseeischen Hafen benutzt haben. Und doch hätte die in englischer Sprache erfolgte kurze Antwort, die er auf dem Schiff von ihrem Begleiter empfangen, diesen Gedanken ihm nahe legen können. Nein, der junge Schriftsteller traute seiner inneren Stimme, die ihm zurief: „Die, welche du suchst, weilt noch in dieser Stadt!"

Und von diesem Gedanken allein getrieben, sah er in die Fenster der Restaurants, lief er durch die Straßen, immer in der Hoffnung, das schöne blasse Gesicht mit den großen dunklen Augen vor sich auftauchen zu sehen. Der Mittag kam, und er fühlte sich müde und abgespannt. Da fiel ihm zu gelegener Zeit das Schild des Pschorr-bräurestaurants* in der korten Hoogstraat* in die Augen, und er trat ein, hungrig und durstig geworden und müde zugleich von dem Herumlaufen auf dem heißen Pflaster.

Während er seine Mahlzeit einnahm und sich dabei an dem kühlen Bier erfrischte, hatte er den „Rotterdamer Courant"* zur Hand genommen und las ohne große Mühe hier und dort ein Stückchen des Textes. An mehreren Stellen war die Rede von der großen Revue der Fischerflotte im Zuydersee* vor der jungen Königin Wilhelmine*, die übermorgen auf dem Amsterdam zunächst gelegenen Teile derselben, dem sogenannten „Pampus"* in Gegenwart der beiden Königinnen* abgehalten werden sollte. Namentlich im Anzeigenteile wurden noch auf Dutzenden von Vergnügungsdampfern Plätze für die Revue angeboten, die alle halbe Jahrhundert einmal stattfindet und der die Holländer stets mit großen Erwartungen entgegensehen.

Sonst wohl hätte ein solches Schauspiel Doktor Helpert aufs Höchste interessiert, und er würde nicht gezögert haben, sich den Genuss desselben zu verschaffen; in seiner augenblicklichen Gemütsstimmung war ihm alles gleichgültig, was außerhalb der Mauern Rotterdams lag. Er blieb auch nach Einnahme der Mahlzeit bei seiner Zigarre und dem trinkbaren Bier noch ein Stündchen in dem Etablissement, lesend und rauchend, ohne eigentlich zu wissen, was er las. Ziellos strich er dann aufs neue durch die Straßen, von immer heftigerer Sehnsucht gequält, je mehr die Aussicht schwand, sie erfüllt zu sehen.

Als Doktor Helpert wieder in das Hafenviertel geraten war, begegnete er in einer engen und winkligen Straße einer auffallend gekleideten rothaarigen Person, die bei seinem Anblick eine so deutliche Überraschung verriet, dass er sich umwandte und ihr nachsah. Das Gleiche tat jene und gleich darauf sah Doktor Helpert, als er kopfschüttelnd seinen Weg fortsetzte, sie wieder an seiner Seite auftauchen, und ein paar hastig hervorgestoßene holländische Worte schlugen an sein Ohr.

Ohne sie zu verstehen, wandte der junge Schriftsteller sich unwillig ab und trat auf die andere Seite der Straße hinüber. Über den Charakter jener Person war er keinen Augenblick im Zweifel; die Hartnäckigkeit aber, mit der sie ihn verfolgte, empörte ihn. Denn sie eilte an der anderen Seite des Trottoirs an ihm vorüber, bog ebenfalls auf seine Seite ein, und blieb an der Straßenecke stehen, die er passieren musste.

„Ein Mädchen suchen Sie! Sie ist sehr unglücklich. Ihr müssen gewerden holfen!" raunte die Person ihm in schlechtem Deutsch zu, und als er mit einer Gebärde des Ekels zur Seite trat, fuhr sie eindringlicher fort: „Das Mädchen bei Mutter Blasma in der Jufferstraat."

Doktor Helpert ging achtlos weiter. In den großen Hafenstädten sind derartige Vorkommnisse an der Tagesordnung. Aber sonderbar war die gewählte Form, und plötzlich durchlief es den jungen Schriftsteller wie flüssiges Feuer: Wenn diese rätselhaften Worte in Beziehung standen zu seiner Unbekannten?

Er wandte sich kurz entschlossen zurück. Seinen heftigen Widerwillen gegen Personen dieses Schlages besiegte die neu aufkeimende Hoffnung. Die geputzte Person war in einen Hausflur getreten und beobachtete ihn voller Spannung.

Helpert trat zu ihr: „Sie sprachen von einem Mädchen, dem geholfen werden müsste; welches meinen Sie?"

„Eine junge Mädchen – ganz weiß im Gesicht – so große dunkle Augen – so traurig –"

Dem jungen Schriftsteller stockte der Atem. „Wo ist sie?" rief er erregt.

„In Herberge von Mutter Blasma, Jufferstraat 202. Aber nicht gehen hin – böser Mann bei ihr. Sie kommen heute abend in Tivoli, Coolsingel* – ich werde Ihnen sagen mehr – hier ich nicht darf stehen!"

Und zufrieden mit dem Zufall, der ihr den „blonden Herrn" in den Weg getrieben, schritt die irische Peggy an ihm vorüber und die Straße hinab, Doktor Helpert in voller Bestürzung zurücklassend.

„Herberge – Mutter Blasma – " das deutete auf ein Niveau, vor dem er schauerte. Und diese Person – konnte jenes schöne, liebliche Geschöpf wirklich in Beziehung zu einer solchen stehen? Er sah den Himmel seiner Sehnsucht einstürzen, und doch vermochte er sich nicht zu entschließen, nun mit einem Male alles abzutun. Und so sehr fühlte er sich noch im Bann der alten Empfindungen, dass er unwillkürlich den nächsten ihm Begegnenden fragte, wie er nach der Jufferstraat gelangen könne.

Sie war ganz in der Nähe; er brauchte nur zwei Querstraßen zu durchschneiden, und das Eckschild der nächsten Straße zeigte den gewünschten Namen. Und während die widerstreitendsten Empfindungen in ihm tobten, suchte und fand er die Nummer 202, deren wenige Vorderfenster er nun mit pochendem Herzen observierte.

Obschon er eine halbe Stunde auf dem gegenüberliegenden Trottoir auf und abging, sah er nichts an den Fenstern auftauchen. Er sah auch nicht, wie hinter den Geranienstöcken des Parterrefensters, in dem die Mutter Blasma selbst wohnte, ein paar funkelnde Augen ihn beobachteten. Es war Potter, den das Herumspazieren des Fremden, den er schon in Köln und auf dem Schiffe getroffen, hier vor dem Hause mit heftiger Unruhe erfüllte. Woher wusste er, dass sie hier Quartier genommen, und was wollte er überhaupt?

Als Doktor Helpert endlich sein fruchtloses Spazieren aufgab und die Straße verließ, folgte ihm ein Mann, der den Hut tief in die Stirn gedrückt hatte. Es war Potter. Als er den blonden Fremden in das kleine Hotel Williamsbrug eintreten sah, vermehrte sich seine Unruhe. Dort wohnte Wapstra. War der Fremde wirklich nur ein harmloser Reisender oder ein Späher? Nun war er entschlossen, ihn für heute nicht mehr aus den Augen zu lassen.

Es wurde eine harte Geduldsprobe für Potter. Stunden verrannen, ehe der Schriftsteller, den Überrock über dem Arm, wieder auf die Straße hinaustrat. Er war inzwischen mit sich zu Rate gegangen. Er wollte das Tivoli aufsuchen, den Ekel vor der rothaarigen geschminkten Person, die ihn angesprochen, bekämpfen, und von dem, was er erfuhr, es abhängig machen, ob er morgen weiterreiste und damit sich von den Begebnissen dieser Tage endgültig trennte oder blieb.

Als Potter eine halbe Stunde später das hellerleuchtete Etablissement betrat und den Gesuchten neben dem rothaarigen Mädchen sitzen sah, das er am Vormittag bei Lizzie angetroffen, erfasste ihn wilde Angst und Wut. Nun hegte er keinen Zweifel mehr, dass Lizzie das Ziel jenes Mannes war, und die glühende Gier, sich dieses gefährlichen Neugierigen zu entledigen, stieg in ihm auf. Ein Dutzend Grachten hatte jener zu passieren, ehe er sein Hotel wieder erreichte, und ein plötzlicher Stoß in diese die ganze Stadt durchziehenden offenen und tiefen Kanäle hatte schon manchen Mund verstummen lassen.

Es war später Abend, als Doktor Helpert das „Tivoli" und die von ihm reich beschenkte Peggy verließ. Was er vernommen, machte ihm den Kopf wirbeln. Mit Hilfe von Peggys mangelhaftem Deutsch und seinem wenig zureichenden Englisch hatte er doch ein ziemlich richtiges Bild der Verhältnisse bekommen. Rein und lieblich wie zuvor glänzte das Bild des jungen Mädchens, das sich vollkommen in der körperlichen und geistigen Gewalt ihres Begleiters befand. Er hatte auch aus Peggys Schilderung erraten, dass die letztere Macht suggestiver Natur war, und er beschloss, heimkehrend und von Zeit zu Zeit nach dem Weg fragend, alles aufzubieten, um sich dem jungen Mädchen zu nähern und sie aus ihrer unwürdigen Lage zu befreien. Er verschmähte, eine Droschke oder die Pferdebahn zu nehmen, von deren Geleisen er abbog, um den Seefischmarkt zu kreuzen. Das Wandern in den dunklen Straßen, die jetzt nur spärlich belebt waren, tat ihm wohl.

Potter hatte seine Absicht aufgegeben. Er war im Grund eine feige Natur, und ein Misslingen hätte ihren Plan vorzeitig zum Scheitern gebracht. Er würde morgen in aller Frühe das Haus der Witwe Blasma mit Lizzie verlassen und nach dem Haag übersiedeln. Dort mochte sie jener weitersuchen.

Als der junge Schriftsteller der Brücke sich näherte, die zwischen dem Leuvehaven und dem Blaak zum Zuid-Blaak* hinüberführt, löste sich aus dem Dunkel am Wasser eine Gruppe von drei Personen, die sich untergefasst hatten und taumelnd nach Art Betrunkener ihm folgten. Helpert, der gerade die Brücke passiert hatte, blieb stehen, um sie vorüber zu lassen. In diesem Augenblick löste sich die Gruppe; Doktor Helpert fühlte sich brutal angerempelt. Entrüstet verbat er sich das; da zuckte die Hand eines der drei nach seiner Brust, und ein jäher wütender Schmerz durchzuckte ihn. In demselben Augenblick sauste ein furchtbarer Schlag auf sein Haupt nieder und einen einzigen gellenden Schrei ausstoßend, sank er bewusstlos zusammen, während seine Angreifer einzeln im Dunkeln verschwanden.

Der Schrei war weithin durch die stille Nacht gedrungen. Der auf dem Fischmarkt patrouillierende Konstabler eilte dem Schalle nach über die Brücke und beugte sich über den Niedergesunkenen, dem das Blut über die bleiche Stirn rann. Der Signalpfiff des Polizisten alarmierte die Mannschaften der Polizeiwache auf dem See-fischmarkt, von denen einige den Leblosen aufhoben und in das Wachlokal trugen. Als sie ihn hier niederlegten und das helle Licht auf ihn fiel, entstand unter den Mannschaften eine wilde Erregung.

Blaak mit Postkontor, um 1910

„Kommissar van Rinschoten!" rief der Wachhabende. „Die Schufte haben den Kommissar ermordet!"

„Was ist's mit dem Kommissar van Rinschoten?" klang da eine helle gebieterische Stimme von dem Eingang des Wachlokals her, und ein junger Mann mit blondem Haar und Bart, den die Polizisten betroffen anstarrten, trat über die Schwelle:

„Ihr irrt Euch Jungens; der Kommissar van Rinschoten ist nicht ermordet; ich bin heil und gesund!"

8 – Der Doppelgänger

Als der junge Kommissar sich über den Leblosen niederbeugte, fuhr auch er betroffen zurück. Er verstand jetzt die Rufe des Staunens, die in der kleinen Gruppe der Polizisten laut wurden. Dieser da, der blutend zu seinen Füßen lag, besaß eine wunderbare Ähnlichkeit mit ihm selbst. Seine Schwester Gesine fiel ihm ein und ihre gestern von ihm belachte Verwechslung seiner Person mit einem Fremden. Von einem Doppelgänger hatte seine Schwester gesprochen. Wahrhaftig – hier lag eine dieser merkwürdigen Launen der Natur vor. Ein Blitz des Verständnisses durchzuckte ihn, und tiefernst sagte er: „Dieser dort blutet für mich, Leute! Mir ist der Streich zugedacht gewesen. Ein unseliges Geschick hat den Fremden da dem Gesindel in den Weg geführt, das mir auflauerte!" Eine tiefe Rührung niederkämpfend setzte Kommissar van Rinschoten eilig hinzu, während er Helpert die Weste aufriss. „Ah, mit dem Schlag haben die Schurken noch nicht genug gehabt; hier in der Brust ist noch ein Messerstich. Grawingk –" wandte er sich einem jungen Polizisten zu, der an der anderen Seite des Leblosen niedergekniet war, „Sie sind im Samariterdienst ausgebildet. Er ist nicht tot; ich fühle noch schwach das Herz schlagen. Schnell einen Notverband, ehe er sich verblutet. Haben Sie eine Patrouille an den Tatort geschickt, Wachhabender?"

„Vier Mann, Herr Kommissar!" sagte der alte Polizist. „Wenn's auch nicht viel helfen wird. Wenn der Anschlag Ihnen galt, so sind es alte Kunden, die mit allen Hunden gehetzt sind, und das Gesindel hat ja leider Gottes hier der Schlupfwinkel mehr als genug!"

„Sie sollen mich kennen lernen!" sagte mit zusammengebissenen Zähnen van Rinschoten und wandte sich dem Verwundeten wieder zu, über dessen Lippen jetzt ein leises schmerzliches Stöhnen drang.

"Recht so, Grawingk, und ihr anderen, – haltet die Tragbahre bereit, wir müssen ihn sofort in die Hände des Arztes schaffen – zum Glück ist das Krankenhaus in der Nähe. Ich komme selbst mit. Und dann Wachhabender, die Meldung könnt Ihr Euch sparen; die übernehme ich. Und euch allen rate ich Schweigen an. Wir wollen die Schurken so lange wie möglich in dem Glauben lassen, dass sie mir den Garaus bereitet hätten. Grawingk, was haltet Ihr von den Verletzungen?"

„Mit dem Stich in der Brust hat's nicht allzu viel auf sich!" sagte der junge Polizist. „Wäre die Lunge getroffen, so käme schaumiges Blut. Aber der Schlag über den Kopf ist mit riesiger Wucht geführt worden."

„Will's ihm von Herzen wünschen, dass er davonkommt!" murmelte van Rinschoten. „Ah, da steckt eine Brieftasche im Rock; da haben wir ja genügend Ausweise über die Personalien des Fremden. Einen Pass und Visitenkarten. – Doktor Ernst Helpert, Schriftsteller und fürstlicher Bibliothekar. – Armer Kerl! Ein deutscher Gelehrter – macht, fort, Jungens, schnell – dass wir ihn ins Krankenhaus und in ärztliche Behandlung bekommen. Habt ihr die Tragbahre? Gut! So – vorsichtig, dass der Verband sich nicht lockert. Grawingk, Sie kommen mit. Die Brieftasche nehme ich an mich. So-o! Langsam, Leute, und sacht!" Und während der traurige Zug über die Schwelle der Polizeiwache ging, dachte van Rinschoten erschüttert: „Gesine, mein armes kleines Schwesterchen! Um ein Haar hätten sie mich dort so fortgetragen!"

Noch war die nächste halbe Stunde nicht verflossen, da lag der junge Schriftsteller, dessen Besinnung noch nicht zurückgekehrt war, in einem Einzelzimmer des großen Krankenhauses, und der Oberarzt selbst, den van Rinschoten um diesen Dienst hatte bitten lassen, beschäftigte sich um ihn. Der Kommissar blieb so lange, bis der Arzt die Natur der Verletzungen festgestellt hatte, und er atmete wie von einer ihn selbst bedrückenden Last auf, als jener erklärte: „Die Brustwunde ist unbedenklich. Das Messer hat die Rippe getroffen und ist darauf abgeglitten, so dass eine starke Fleischwunde entstanden ist, die in acht Tagen, wenn der Verwundete sonst eine gute Natur besitzt, heilt. Der Schlag über den Kopf wäre ohne den Schutz des Hutes tödlich gewesen, und auch trotz desselben, wenn er nur einen Zentimeter mehr nach rechts gegangen wäre. Immerhin hat der Schlag die Kopfhaut auf fünfzehn Zentimeter bloßgelegt. Einen Schädelbruch kann ich nicht entdecken; ob aber nicht eine Gehirnerschütterung vorliegt, vermag erst der morgige Tag zu entscheiden. Hoffnungslos ist der Zustand des Verwundeten keineswegs.“

Erleichtert war der Kommissar mit dem Versprechen, am Frühmorgen des nächsten Tages wieder vorzusprechen, geschieden und sofort zum Hauptgebäude geeilt, wo er erfuhr, dass der Chef der Kriminalpolizei zu dieser späten Nachtstunde noch anwesend sei und befohlen habe, den Kommissar van Rinschoten sofort zu melden, falls dieser komme.

Gleich darauf stand van Rinschoten vor seinem Chef.

„Ah, vortrefflich, dass Sie da sind, van Rinschoten! Ich hatte schon in Ihre Wohnung gesandt, um Sie herüberbitten zu lassen. Aber ist Ihnen etwas begegnet? Sie sehen erregt aus?“

Kurz berichtete der Kommissar von dem Überfall auf einen Fremden, der zweifellos ihm selbst zugedacht gewesen sei, indem er die auffallende Ähnlichleit des Überfallenen mit ihm selbst schilderte. „Die Wunden sind derart, dass der Mann sofort bewusstlos zusammengebrochen sein muss. Hätte es sich um einen gewöhnlichen Raubüberfall gehandelt, so wäre dem Gesindel Zeit genug geblieben, dem Zusammengesunkenen Uhr und Kette, Portemonnaie und Brieftasche zu nehmen. Aber alles das fand ich bei ihm vor. Sie müssen auch gut unterrichtet gewesen sein; denn die Tat ist am Zuid-Blaak geschehen, wo ich diese Nacht eine Nachschau vornehmen wollte. Der Streich galt mir, und ein fremder Gast unserer Stadt hat ihn aufgefangen."

„Jedenfalls muss alles geschehen, um ihn am Leben zu erhalten," sagte der Chef, nachdem er sich über die Persönlichkeit des Überfallenen orientiert hatte; „sorgen Sie dafür, dass nach dieser Richtung alles aufgeboten wird. Und nun zu einer anderen Sache. Wir sind von der Regierung ersucht worden, noch einen unserer tüchtigsten Kommissare für die Revue der Fischer vor Ihrer Majestät der Königin Wilhelmine abzuordnen. Ich habe Sie dazu ausersehen. Sie werden übermorgen in Amsterdam Ihre Kollegen auf einer kleinen Privatdampfjacht finden, die zu diesem Zwecke gemietet worden ist. Das ungewohnte Schauspiel wird eine Riesenmenge von Zuschauern anlocken und von denen, für welche wir ein spezielles Interesse haben, werden nicht wenige darunter sein. Die Jacht führt im Top einen kleinen blauen Wimpel; die Torpedoboote, welche während der Revue die Wasserpolizei ausüben und verhindern sollen, dass die Zuschauerdampfer in die Gassen der Fischerboote fahren, sind verständigt, dass die diesen Wimpel führende Jacht von dem Verbot befreit ist. Schade, dass Sie nicht verheiratet sind, lieber van Rinschoten; denn es ist den Beamten erlaubt, ihre nächsten Angehörigen mit an Bord zu nehmen."

Ein schneller Gedanke blitzte in dem Kommissar auf. „In diesem Falle wäre es mir lieb, wenn ich schon morgen dienstfrei sein könnte," sagte er rasch. „Ich habe in Delft eine Schwester, der ich das Vergnügen des seltenen Schauspiels gern gönnen würde. Das Gesindel, das mir heute ans Leben wollte, wird durch mein zweitägiges Fernsein von Rotterdam in der Annahme, mich getroffen zu haben, nur bestärkt werden, und es wagt sich vielleicht offener hervor."

„Mit Vergnügen, lieber van Rinschoten," verabschiedete ihn der Chef. „Und glückliche Reise!"

Zu der Zeit der ersten Krankenvisite war der Kommissar am anderen Morgen im Krankenhause. Der Oberarzt, der ihn persönlich kannte, kam ihm mit zufrieden lächelnder Miene entgegen.

„Ich glaube es jetzt nicht nur, sondern ich hoffe es bestimmt, dass der Verwundete genesen wird," sagte er. „Augenblicklich liegt er im Wundfieber und phantasiert tolles Zeug durcheinander. Die Wunden selbst werden, wenn keine Komplikation eintritt, bald geheilt sein; aber der Kranke wird nachher einer gründlichen Pflege bedürfen, ehe er sich gänzlich erholt. Der bedeutende Blutverlust hat ihn gewaltig geschwächt."

Leichteren Herzens stieg der Kommissar in seine vor dem Portal haltende Droschke und fuhr nach der Zentralstation der Staatseisenbahn hinaus. Er kam rechtzeitig genug, um den Vormittagszug nach Delft zu erreichen, und malte sich, im Kupee sitzend, das Vergnügen aus, das Gesine und Tante Betty empfinden würden, wenn er bei ihnen eintrat.

Gesine stand in dem kleinen Vorgarten eines mit wildem Wein umsponnenen Häuschens am Südwall in Delft und schnitt sorgfältig die verblühten Rosen aus den Sträuchern. Aber mit einem Schrei froher Überraschung ließ sie Schere und Körbchen fallen und flog zur Gittertür des Vorgartens, hinter welcher eine wohlbekannte Stimme einen hellen Gruß entgegenrief.

„Karel!" rief Gesine, den Bruder umarmend. „Welche Freude, dich so bald schon wiederzusehen!"

„Tante!" rief sie in das offene Parterrefenster hinein, „Wir bekommen lieben Besuch; Karel ist da!"

Das Gesicht einer älteren Dame, unter deren schwarzem Kopfputz sich schon leicht ergraute Haarlöckchen zeigten, wurde im Fenster sichtbar und rief ihm ein Willkommen zu. „So ist doch etwas Wahres an meinem Traum gewesen," setzte sie mit einem gewisssen feierlichen Ernst hinzu; „denn du hast mir in dieser Nacht in meinem Träumen schwere Sorge gemacht, Karel!"

„Ein Traum, Tante," sagte Gesine lächelnd. „Und obendrein einer, der sich mit meinem Bruder beschäftigt, und du hast mir nichts davon erzählt?"

„Er war nicht erfreulich, und ich wollte dir keine Angst machen, Gesine," sagte die ältere Dame. „Du bist ohnehin nur allzu geneigt, dir Sorgen um Karel zu machen."

„Und was träumtest du?" fragte Karel ernst.

„Ich sah dich mit blutendem Gesicht und erschrak so darüber, dass ich aufwachte."

„Hu!" machte Gesine, sich an ihren Bruder lehnend. „Da sieht man es ja wieder, dass Träume Schäume sind!"

„Sonderbar!" sagte der junge Kommissar, „denn so ganz ohne Bedeutung war der Traum nicht. Mach' kein so entsetzliches Gesicht, Gesine. Du siehst ja, ich stehe wohlbehalten an deiner Seite. Komm ins Haus; auch dich wird es interessieren, was am gestrigen Spätabend vorgefallen ist."

Mit sich entfärbenden Wangen lauschte Gesine, mit großer Neugier Tante Betty dem Bericht van Rinschotens.

„Der arme Mann!" flüsterte Gesine, als er geendet. „Seine Ähnlichkeit mit dir ist ihm zum Verhängnis geworden. Sagte ich es dir nicht, dass er dein Doppelgänger sei? Und du lachtest mich aus. Großer Gott, wenn ich denke, dass jene Unholde ihr wirkliches Ziel erreicht hätten!"

Alles, was er von seinem Doppelgänger wusste, musste der Kommissar den beiden Frauen erzählen. Gesine war stumm geworden und sah sinnend vor sich nieder. Das Schicksal des Fremden, der ihr durch die große Ähnlichkeit mit ihrem Bruder wie ein alter Bekannter erschien und den der Umstand, dass er an ihres

Bruders Stelle das Opfer des Überfalles geworden war, ihr menschlich nahe brachte, ging ihr zu Herzen, und auch sie fühlte sich erleichtert, als der Kommissar schließlich die günstige Ansicht des Arztes mitteilte. –

„Nun aber nach der betrübenden eine angenehme Nachricht," schloss der Redende. „Ich will mir mein Frühstück, zu dem ich den besten Appetit mitbringe, verdienen. Was meint Ihr, hättet Ihr Lust, morgen die Fischer-Revue vor der Königin auf der Zuidersee mit anzusehen?"

Gesine klatschte jubelnd in die Hände; Tante Betty schüttelte lächelnd den Kopf. „Von meiner Begleitung wirst du absehen müssen, Karel! Ich bin zwar von altem holländischen Blut; aber an Wasserfahrten habe ich trotzdem nie großes Vergnügen gefunden. Und zudem ist morgen der 4. August, an dem ich meine arme Schwester zum letzten Male sah, ehe sie sich nach Amerika einschiffte."

„Seltsam, dass sie nie wieder ein Lebenszeichen von sich gab," meinte van Rinschoten. „Noch seltsamer freilich ist die ganze Art ihrer Abreise gewesen. Ich entsinne mich ja der Sache nicht mehr deutlich; aber unsere Eltern sprachen, als sie noch lebten, oft darüber. Wie lange ist es her? Es müssen bald an die zwanzig Jahre sein?"

„Gerade morgen sind zwanzig Jahre um," sagte Tante Betty wehmütig. „Auch deinen Vater, meinen Bruder, traf der Schlag sehr hart."

„Es war eine echte und rechte Entführung, nicht, Tante?" Die ältere Dame nickte. „Sie hatte ihr Herz diesem Amerikaner geschenkt, von dem niemand so recht wusste, was er eigentlich war. Dein Vater, Karel, wies ihn ab; er mochte den Mann nicht. Morgen jährt sich wieder der Tag, an dem Anntje, die jüngste von uns Geschwistern, knapp zwanzig Jahre war sie damals alt, abends an mein Bett kam und mich herzte und küsste, während ihre Tränen mir auf die Stirn perlten. – Was hast du, Anntje? – Nichts, Betty! sagte sie und huschte aus dem Zimmer. Und am anderen Morgen war sie verschwunden. Von Baltimore aus erhielten wir Nachricht von ihr. Sie habe dem Manne ihrer Wahl folgen müssen, schrieb sie; wir möchten ihr verzeihen. Seit jenem Briefe ist keine Nachricht mehr von ihr gekommen."

„Und der Vater hat doch seinerzeit gewiss nichts versäumt, sie drüben ausfindig zu machen. Irre ich nicht, so nannte sich der Mann Hopkins oder so?"

„Ganz recht, Karel, Hopkins, Stewart Hopkins. Noch wenige Monate vor dem Tode Eures Vaters erließen wir in einer Anzahl großer amerikanischer Blätter ein Aufgebot. Ohne jeden Erfolg. Meine arme Schwester ist wohl längst verschollen und tot. Nun begreifst du, lieber Karel, warum ich morgen am liebsten still in meinem Zimmer bleibe."

„Soll ich bei dir bleiben, Tante?" sagte Gesine rasch. „Verzeih' meine Freude vorhin; ich hatte nicht an diesen traurigen Gedenktag gedacht."

„Gott behüte, Kind!" sagte die alte Dame rasch und entfernte die Träne, die ihr im Augenwinkel stand. „Nichts soll dir die Freude schmälern. Du lebst so wie so hier einsame Tage, und ich freue mich mit dir, dass du das gewiss schöne Schauspiel zu sehen bekommst. Bleib nur bei Deinem Bruder, Gesine, ich richte das Frühstück schon selbst!"

Die Nachmittagsstunden verflossen den Bewohnern des traulichen Häuschens in dem alten stillen Delft, einer der charakteristischsten Städte Hollands, unter anregenden Gesprächen schnell genug. Gegen Abend fuhren van Rinschoten und Gesine über den Haag, Leyden und Haarlem nach Amsterdam und nahmen in einem Hotel in der Nähe des Zentralbahnhofs Wohnung. Gesine hätte nicht eine Holländerin und eine glühende Verehrerin der jungen Königin Wilhelmine sein müssen, um sich nicht der vollen Vorfreude über das am nächsten Tage zu erwartende Schauspiel hinzugeben. Und doch stieg ab und zu das Bild des blonden Fremden vor ihr auf, der den Streich von dem Haupte des Bruders abgewendet hatte, um von ihm selbst dahingestreckt zu werden.

9 – Die Taverne „Zu den drei Seefahrern"

Die kleine Taverne „Zu den drei Seefahrern" an der Hooi-Gracht* im Haag, die im Keller lag und zu der man von der Straße drei niedrige Treppen hinabstieg, unterschied sich in nichts von den andren kleinen Kneipen gleichen Schlages, in denen man das dubbelte Amstel Gerstenbier*, Genever*, Gin* und ein paar andere Getränke und etwas kalte Speisen erhielt. Ein halbes Dutzend blank gescheuerte Tische mit Rohrstühlen, die lederbezogenen Bänke an den Wänden und als einziger Schmuck billige Bilder der drei berühmten alten niederländischen Admirale Piet Hein*, van Tromp* und de Ruyter*, nach denen das Lokal den Namen hatte, an den Wänden bildeten das Inventar. Die Tür hinter der blechbeschlagenen Schenke führte in einen Gang, in dem zunächst eine rauchige Küche lag, an die sich ein kleines Gemach schloss mit einem runden Tisch unter einer alten Hängelampe und einem alten Ledersofa und wenigen Stühlen. Hier verkehrte Verheevens, des Wirtes, Stammkundschaft, und die Geheimpolizei hätte erstaunte Augen gemacht, wie viele ihrer eigenen alten Kunden zu denen Verheevens gehörten. Der geriebendste Hehler in den ganzen elf vereinigten holländischen Provinzen war Verheevens Bruder in Amsterdam; sein Partner in dem einträglichen Geschäft war der Haager Verheeven, der Besitzer der Taverne „Zu den drei Seefahrern" und eines Lohnfuhrwerks. Der Betrieb desselben geschah zumeist zur Maskierung der eigenen lichtscheuen Geschäfte; Verheeven war zuweilen tagelang mit seiner Droschke unterwegs, und nur die Wissenden wussten, dass er dann gestohlenes Gut an eine Kanalstelle brachte, wo eine seinem Bruder gehörende Barke lag, die dasselbe in die unterirdischen Räume in dem Hause des Amsterdamer Verheevens brachte.

Die Stammgäste der Taverne „Zu den drei Seefahrern" erschienen auch sehr selten in dem vorderen Lokal. Sie gingen durch die breite Einfahrt des Hauses auf den Hof und von dort in die Hinterstube; sie wählten auch zumeist das abendliche Dunkel. Wenn Verheeven „in Geschäften" auswärts war, vertrat ihn seine Frau, eine kleine, magere Person, die bei den Gästen fast noch mehr Respekt genoss als der vierschrötige Wirt und Fuhrherr selbst; weitere Bedienung hielten sich die beiden kinderlosen Leute nicht. Sie fühlten sich allein sicherer, und niemand von den schlimmen Gesellen, die bei ihnen vorsprachen, hätte gewagt, hier einen Raub zu planen. Sie waren alle viel zu sehr abhängig von den Hehlern, bei denen sie ihre Beute erst zu Geld machen konnten, um einen von ihnen anzutasten.

Hier saß nach Einbruch der Dämmerung Wapstra in dem Hinterzimmer allein und wartete auf den Langen und den Buckligen. Der erstere war richtig heute bei Verheeven erschienen und war mit dem geschlossenen Wagen desselben, den Weisungen Wapstras folgend, unterwegs, um sich jeden Weg um das Schloss im Bosch genau einzuprägen. Wapstra hatte sein großes Glas Gin mit Bitter* vor sich stehen und sog mit Behagen daran. Er war zufrieden mit dem Lauf seiner Geschäfte. Auch die Nachricht, die der Lange ihm heute gebracht, war ihm im Grunde nicht unwillkommen gewesen. „Dieser Hund von Polizeigeier wird uns nichts mehr anhaben!" hatte der Mann mit dem Bullenbeißergesicht ihm mit teuflischem Grinsen zugeflüstert. „Er lag da wie eine Ratte, mit vier Zoll Eisen in der Brust und einem Hieb mit dem Totschläger* über den Kopf, der einen Ochsen zum Nimmerwiederstehen gebracht hätte!"

Van Rinschoten war der holländischen Verbrecherwelt zu bekannt gewesen, als dass nicht die Kunde von dessen Beseitigung auch Wapstra eine willkommene gewesen wäre. Er verhehlte sich nicht, dass ihr Streich, wenn er gelang, ein ganz gewaltiges Aufsehen machen musste und die gesamte Kriminalpolizei des Königreichs in Alarm bringen würde. Und da war es immer eine kleine Beruhigung, einen ihrer fähigsten und gewandtesten Führer beseitigt zu wissen.

Der Rajah von Mataram war heute schon mit seinem ganzen Gefolge nach Amsterdam übergesiedelt, um den heutigen Tag der Besichtigung der alten Amstelstadt* zu widmen, und wollte morgen von Schloss Muiden* aus die königliche Dampfjacht besteigen, um im Gefolge der beiden Königinnen die Schifferrevue mitzumachen. Van Linteloo-Smeedes hatte unter Vorgabe einer Unpässlichkeit sich die Erlaubnis erwirkt, einen halben Tag später fahren zu dürfen, und diesen Vormittag hatten Wapstra und sein alter ihm so gelegen ins Garn gekommener Spießgeselle gründlich ausgenutzt. Es war van Linteloo ein leichtes gewesen, Wapstra eine Eintrittskarte zum Schloss im Park zu verschaffen. Sie hatten auch beide die Sehenswürdigkeiten des Schlösschens, das chinesische und das japanische Zimmer und vor allem den Oraniensaal*, in Augenschein genommen; dann aber nahm niemand Anstoß daran, dass der Dolmetscher seinen Freund mit in das obere Stockwerk geleitete, und hier war Wapstra Gelegenheit gegeben, die Örtlichkeit auf das Genaueste in Augenschein zu nehmen.

Das Schlafzimmer, das dem Rajah von Mataram eingeräumt war, ging nach der Frontseite des Schlosses hinaus; das Zimmer, in wel-

chem der Hüter seiner Kleinodien schlief, war nur von einem großen Fenster erhellt, dessen immerhin einen halben Meter im Ge-
viert messende untere Scheibe als Luftscheibe* eingerichtet war
und nach innen schlug, wenn man den kleinen Riegel zurück-
schob. Ebenfalls in der Höhe eines halben Meters lief unter dem
Fenster an der ganzen Seite des Schlosses ein Sims, der wenig mehr
als eine Handlänge breit war. Als Wapstra ihn erblickte und zugleich das Eisenband des Blitzableiters an der Ecke der Hinterfront
des Schlosses bemerkte, hellte sich seine finstere Miene auf. Über
die Gewohnheiten der braunen Gäste der holländischen Regierung
gab ihm Smeedes die genauesten Aufschlüsse, unter denen Wapstra die wichtigsten die waren, nach denen der Rajah sich auch
abends noch, wenn er im Kreise seiner balinesischen Getreuen
war, dem Champagner tüchtig zusprach und ein gleiches auch
gnädig seinen bevorzugten Vertrauten gestattete. So war es in diesen Tagen seines Aufenthaltes schon vorgekommen, dass seine
braunhäutige Hoheit arg bezecht sich auf sein Lager streckte, und
die Balinesen, die ihrem Fürsten in allem nacheiferten, hatten ihm
auch darin Folge geleistet.

Palais im Bosch (Huis ten Bosch), Frontseite 1905

Die ungeheuren Schwierigkeiten, die sich dem abenteuerlichen Plane entgegenstellten, schienen sich von selbst zu lichten. Das Gelingen rückte in immer größere Möglichkeit, wenn diesmal Potters hypnotische Kraft auf seine Nichte nicht versagte. In mehreren anderen schwierigen Fällen war diese von glänzendem Gelingen gekrönt gewesen, und das junge blasse Mädchen war, ohne es zu wissen, die wichtigste Teilnehmerin an mit solchem Raffinement durchgeführten Diebstählen gewesen, dass die gewiegtesten Kriminalisten die Köpfe schüttelten über die Möglichkeit ihrer Ausführung.

Wapstra schob dem soeben in der Tür erscheinenden Verheeven sein geleertes Glas zu neuer Füllung hin; aber dieser trat aufhorchend auf die Schwelle zurück und sagte: „Da hält ein Wagen vor dem Haus! Der Lange kann's nicht sein; der wäre gleich in den Hof gefahren. Und Besuch, der zu Wagen in diesen alten Kasten von Haus kommt, ist mir neu! Blixem – wer kann das sein?"

Auch Wapstra lauschte. Jetzt, da alles im Zuge war, brachte ihn schon der Gedanke einer Vereitelung seines Planes in Erregung.

„Es kommt jemand durch den Hof!", flüsterte Verheeven. „Das können nur alte Bekannte sein, oder – was, Teufel – " fuhr der mit scharfem Gehör begabte Mann fort: „Das sind Männerschritte und daneben der leichte eines Weibes."

Auch Wapstra war aufgesprungen, als nun die Gangtür ging und die Schritte im Gang hörbar wurden.

„Sorgt nicht, Verheeven!" sagte da eine tiefe Stimme, die ihm wohlbekannt war und bei deren Klang Wapstra erleichtert aufatmete. „Ich bin's, Potter!"

„Willkommen, Mann!" sagte Verheeven, als Potter neben ihn auf die Schwelle der Hinterstube trat. „Aber Ihr habt Euer Mädel ja mitgebracht; was soll die hier?"

„Ich kann Euch die Unbequemlichkeit nicht erspraen, uns aufzunehmen, bis wir unser Geschäft hinter uns haben," sagte Potter. „Und wollt Ihr das nicht, so müsst Ihr auf unsere Dienste verzichten, Wapstra!"

„Ich denke nicht daran," sagte dieser, während Verheeven sich verlegen den Kopf kratzte. „Und geht's nicht anders, so müsst Ihr eben in der Taverne ‚Zu den drei Seefahrern' bleiben. Ihr habt doch gewiss ein paar Gastbetten und ein Zimmer im Haus Verheeven? Und ich sollte meinen, das, was diesmal auf dem Spiele steht, macht alles weitere Reden darüber überflüssig."

„Von mir aus wär's schon recht," entgegenete Verheeven unschlüssig. „Aber Ihr kennt ja meine Alte. Was Weibliches im Haus – ich wette, sie schlägt's Euch auf den Kopf ab."

„Ruft sie," entschied Wapstra. „Das berede ich am besten mit ihr. Aber warum bleibt Ihr nicht bei Mutter Blasma, Potter?"

„Weil ich mich dort nicht mehr sicher fühle," erwiderte Potter finster, indem er sich zu dem Genossen hinüberbeugte. „Erinnert Ihr Euch noch an den Blondbärtigen auf dem Schiff? Denselben, den ich schon für den Rinschoten hielt, den Geheimkommissar?"

„Ein ungefährlicher Reisender – was soll's mit ihm?"

„Ungefährlich? Mir nicht, wie es scheint. Denn er hatte unsere Wohnung in der Herberge der Blasma entdeckt, und gestern abend fand ich ihn mit einer Dirne zusammen, an welcher die alte Mutter Blasma den Narren gefressen zu haben scheint und die ich gestern vormittag bei meinem Mädel überraschte. Kein Zweifel, der Mann sucht mich auszuforschen, und ein so feiner Mann nimmt doch auch sonst nicht Wohnung in dem kleinen Hotel Williamsbrug, wenn er nicht besondere Zwecke verfolgt."

„In Williamsbrug?" wiederholte Wapstra überrascht. „Wir werden darüber noch sprechen, Potter; aber da kommt Frau Verheeven, und ich will Eure Sache erst ins Reine bringen. Im Grunde ist es mir nicht unlieb, Euch hier zu treffen."

Mehr als alle Worte Wapstras entschied das blasse, stille Antlitz Lizzies, die in voller Apathie an der Wand des Ganges lehnte und sich nicht bewusst war, dass sie der Gegenstand des Gespräches war. Nach längerem Zögern erklärte sie sich bereit, das junge Mädchen mit in ihr eigenes Zimmer aufzunehmen. Für Potter werde sich wohl noch ein anderer Schlafraum finden.

Dem „Professor" schien das Arrangement wenig zuzusagen; aber er fügte sich und überließ Lizzie der Obhut der Frau, während er selbst sich zu Wapstra setzte. In demselben Augenblick tönten auch auf dem Hofe das Geräusch von Hufschlägen und das Knarren von Wagenrädern, und gleich darauf steckte der Bucklige sein bebrilltes Gesicht in die Türöffnung und sagte: „Wir sind da. Der Lange strängt* nur erst die Pferde ab und bringt sie in den Stall. Aber sorgt für ein anständiges Getränk, Wapstra. Wir haben tüchtige Arbeit geleistet; das heißt, wenn ich ‚wir' sage, so meine ich mich allein; denn der Lange ist ja nur ein bisschen spazieren gefahren."

Als Verheeven seinen Gästen Bier, Genever und Gin gebracht in sehr reichlicher Menge und der Lange das saubere Quartett vollzählig gemacht hatte, ging der Wirt „Zu den drei Seefahreren" ruhig in sein Lokal zurück und schenkte einem gerade eingetretenen durstigen Polizisten ein großes Glas vom doppelten Gerstenbier ein.

„Wohl bekomm's, Sergeant! Nee, behaltet nur die paar Cents in der Tasche. Könnt auch mal eins auf meine Gesundheit trinken!" – eine Aufforderung, welcher der Polizist sofort mit Behagen nachkam, um sich dann mit dem jovialen Tavernenwirt in ein längeres Gespräch über „ons Wilhelmintje"*, und wen sie wohl zum Gemahl wählen würde – ein Gesprächsstoff, der damals den Hollän-

dern gang und gäbe war – einzulassen. Um das, was die vier Spießgesellen in der Hinterstube miteinander ausmachten, kümmerte
sich Verheeven nicht. Es war sein festes Prinzip, seine Hände aus
allen diesen Dingen zu lassen und sich nur um die Beute zu kümmern. So war er auch über den Plan, den die vier jetzt berieten,
völlig im unklaren. Man hatte ihm nur gesagt, dass es diesmal
wahrscheinlich „bunte Kiesel" geben würde. Damit waren Diamanten gemeint. Seines Anteils an dieser Beute, die bei seinem
Bruder in Amsterdam zu Geld gemacht werden würde, war er sicher.

Der Bucklige hatte eine feine dünne Feile aus der Tasche hervor-
geholt und betrachtete sie vergnügt. „Ich sehe, du bist zufrieden
mit deinem Tagewerk," sagte Wapstra.

„Bin ich!" erwiderte der „Feilenkönig". „Die beiden Gitterstäbe
sind unten fertig durchfeilt. Mit dem einen begann ich bei An-
bruch der Dämmerung. Seht Euch einmal das kleine niedliche In-
strument an. Ein Tropfen Öl darauf, und dann arbeitet es so leise
und geräuschlos, als wenn Ihr mit einem Messer durch weichen
Käse fahrt. Als ich im besten Arbeiten war, kam ein Mann heran.
Im Handumdrehen war meine Feile im Ärmel, und ich suchte auf
der Erde am Gitter herum und fluchte ein wenig dabei. – „Was
sucht Ihr denn da?" – „Einen Manschettenknopf; das Ding muss
hinter das Gitter gerollt sein. Wollt Ihr mitsuchen?" – „Nein, dank‘
Euch; sucht nur Euren Knopf allein." Damit ging er lachend weiter, und ich lachte auch, aber in mich hinein. Dann, während ich
anscheinend immer noch meinen Knopf suchend auf den Knien
vor dem Gitter lag, feilte ich auch den zweiten Eisenstab durch."

„Ihr versteht Eure Arbeit!" sagte Wapstra. „Das muss Euch der
Neid lassen. Und nun hört, was ich Euch zu sagen habe. Und vor
allem Ihr, Potter, merket wohl auf." Er nahm ein Blatt Papier aus

der Tasche und einen Bleistift und erläuterte seine Schilderung durch einen kleinen, schnell entworfenen Situationsplan.

„Ein Eindringen in das Zimmer des Schatzwächters des Rajah durch das Innere des Schlosses ist vollkommen ausgeschlossen," vollendete Wapstra seine Mitteilungen. „Und selbst, wenn es gelänge, Euch, Potter, und Euer Geschöpf in das Zimmer des Smeedes zu bringen – durch verriegelte Türen kann sie nicht. Aber ich habe sagen hören, dass solche Geschöpfe in der Hypnose Wege gehen, die sonst keines Menschen Fuß beschreiten kann, und Kräfte und Fähigkeiten entwickeln, die man ihren schwachen Gliedern nicht zutrauen sollte."

Potter nickte. „Ich dächte, Wapstra, Ihr wüsstet, was das Mädchen zu leisten vermag. Und was meine suggestive Kraft über sie anbelangt, so denke ich, sie ist jetzt nicht minder groß als früher!"

„Dann wär' es ihr auch möglich, wie eine Katze am Blitzableiter emporzuklettern und auf einem handbreiten Sims zu gehen."

„Sie hat schon schwereres geleistet!"

„Dann," rief Wapstra triumphierend, „dann sind die Diamanten des Rajah in wenigen Tagen in unserem Besitz!"

„Aber ehe sie zum Blitzableiter, zum Sims und zum Fenster gelangt, muss sie doch einen Teil des Parkes durchschreiten," warf der Bucklige ein. „Wenn sie sich nun im Weg irrt?"

Potter machte eine Bewegung der Ungeduld. „In ihrem Schlafzustande führt der Geist sie sicherer bei finsterer Nacht, als Ihr am hellen Tage den Weg findet."

Nun versuchte auch der Lange, der sich bis dahin an dem Gespräch nicht beteiligt hatte, einen Einwand: „Ich habe gehört, sie hätten Hunde im Park des Bosch-Schlosses bei Nacht!" sagte er, und Potter fiel ein: „Das könnte durch unseren ganzen Plan einen dicken Strich machen!"

Wapstra hob beschwichtigend die Hand. „Das Schicksal gibt uns selbst die besten Trümpfe in die Hand," erklärte er. „Es waren Hunde da, und eines dieser braven Tiere hat in der ersten Nacht, in welcher der Rajah im Schlosse schlief, entsetzlich geheult. Das hätte den Fürsten des Lombok bald wieder zur schleunigsten Abreise gebracht; denn er ist, wie die Balinesen, riesig abergläubisch. Smeedes selbst hat mir geschildert, welchen Heidenspektakel der alte braune Bursche gemacht hat. Für die Dauer der Anwesenheit des Rajah sind alle Hunde deshalb fortgebracht worden."

Der Bucklige schlug vor Vergnügen auf den Tisch, dass die Flaschen und Gläser wackelten. „Ich hoffe, der Hund, der heulte, hat recht gehabt, und der hinterindische Heide hat ebenfalls recht mit seinem Aberglauben. Wenn er eines Morgens ohne Diamanten ist, kann er's auf den Hund schieben."

Wapstra erhob sich. „Ich fahre mit dem Frühzuge nach Amsterdam, und du Langer, kannst mich begleiten."

„Was treibt Euch dorthin?" fragte Potter verwundert.

„Ich traue dem Smeedes nicht, so lange er mich nicht auf seinen Fersen weiß. Er ist mit den Indern morgen auf der Zuydersee bei der Schifferrevue, und ich will, dass er mich dort sieht. Er muss wissen, dass ich auch in der Nähe bin, wenn er es am wenigsten erwartet. Denn der Kerl ist weichmütig* geworden, und ich fürchte immer noch, dass er im entscheidenden Moment versagt!"

Der Lange erhob sich, und sein ohnehin furchteinflößendes Gesicht verzog sich zu einer schrecklichen Grimasse. „Er mag sich hüten!" knirschte er. „Er würde den Tag, an dem er uns diesen Fang versalzt, nicht überleben!"

„Wir müssen gehen!" sagte Wapstra. „Du, Langer, komm mit mir!"

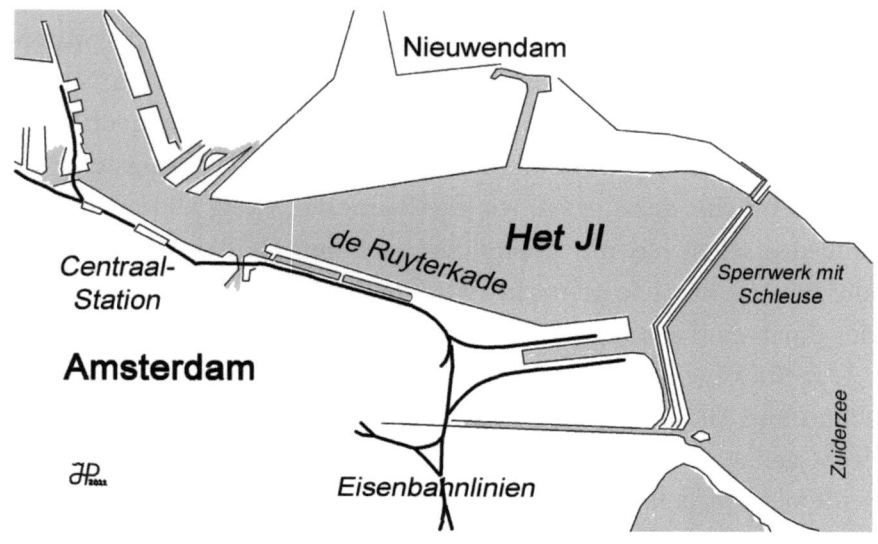

Amsterdam:
Ufer vom Bahnhof über die de Ruyter-Kade zum
Schleusenwerk.

10 – Der Tag der Fischer

Wenn man von einer Völkerwanderung zur See sprechen kann,
so bot dieser warme und schöne Augusttag eine solche im kleinen
auf der Zuydersee. Ungefähr 1500 Fischerboote hatten sich auf
dem Pampus*, dem südlichen Teil der See zunächst Amsterdam,
zur Revue eingefunden und lagen, zu zehn und zehn nebeneinan-
der verankert, in breiten Gassen, ihre Masten zu einem fast un-
übersehbaren Walde vereinigend. Von jedem Maste flatterte eine
neue Fahne in den rot-weiß-blauen niederländischen Nationalfar-
ben, und auf jedem Bootsdeck befanden sich außer dem Fischer
auch dessen Familie in ihren so außerordentlich vielfältigen Trach-
ten. Von jedem Strand des stattlichen Binnenmeeres waren sie

88

gekommen, die den Fluten die kärglichen Mittel ihrer Existenz abringenden Fischer, und gern gekommen, um der vom holländischen Volke fast schwärmerisch verehrten jungen Königin ihren Respekt bezeugen und die eigenartigste Revue zu veranstalten, die man sich denken kann. Halb Holland war nach Amsterdam und den anderen Schiffsplätzen an der Zuydersee geströmt, um des Genusses dieses seltenen maritimen Schauspiels teilhaftig zu werden, und die Dampfer mit Schaulustigen, die gegen zehn Uhr vormittags von der Ruyter-Kade* in fast unabsehbarer Folge abdampften, an dem mächtigen Königinnen-Dock* vorüber zu dem gewaltigen Schleusenwerk, das die Zuydersee von der Het IJ* abschließt, waren unzählbar.

Seit dem Bestehen dieses Schleusenwerkes hatten die Beamten wohl noch an keinem Tage einen solchen Andrang zu bewältigen, und viele Stunden dauerte es, ehe diese Unzahl von großen und kleinen Dampfern, von Jachten und Privatfahrzeugen aller Art durchgeschleust war und an dem Fort Pampus vorbei auf der fast glatten Flut der Zuydersee dem Aufstellungsplatz der Fischerboote zueilte. Die meisten der größeren Dampfer hatten Musikkapellen an Bord, und überall ertönte die Nationalhymne oder „Wilhelmus von Nassauen"* durch die reine Luft; überall sah man frohgestimmte und begeisterte Menschen, die mit Spannung die ersten Kanonenschüsse der bei Schloss Muiden postierten Salutbatterie erwarteten, welche das Zeichen gaben, dass die Königinnen mit ihrem Gefolge an Bord der königlichen Jacht gegangen waren.

Wapstra und der Lange hatten auf einem kleinen in Harlingen* beheimateten Dampfboot „Maasnymf III" noch Billets erhalten, so ziemlich die letzten, die überhaupt erhältlich waren, und der erstere hatte darauf gedrungen, so zeitig an Bord zu gehen, dass er sich den Platz im Bug des Schiffes sicherte, wo er freien Ausblick hatte und leichter gesehen werden konnte. Mit einem guten Glase ausgerüstet, beobachtete er das Oberdeck der schneeweiß gestrichenen königlichen Jacht, welche die Gassen der Aufstellung durchfuhr und zweitweilig auch dem weiten Kranze der Zuschauerfahrzeuge sich näherte, die ein halbes Dutzend flinker Torpedoboote der niederländischen Marine von den hie und da gemachten Versuchen, näher an die Aufstellung heranzufahren, als gestattet war, verhinderte.

Deutlich konnte Wapstra durch sein Glas die auf dem Oberdeck der königlichen Jacht versammelten Persönlichkeiten unterscheiden. In ihrem lichten Gewande hob sich die schöne, kräftige Figur der Königin von allen anderen ab; neben ihr stand in dunklem Kostüm die Königin-Mutter Emma, etwas zurück hinter ihnen der durch seinen bunten Turban mit der blitzenden Diamantagraffe* auffallende indische Gast, leicht erkenntlich auch an dem weiten faltigen Mantel, den er trotz des warmen Augusttages über seinem nationalen Sarong trug. Höhere Marine-Offiziere und Hofbeamte vervollständigten die bunte und interessante Gruppe; aber vergebens suchte Wapstra mit seinem Glase das Deck des königlichen Schiffes nach der Begleitung des Rajah ab, bis der Lange auf einen

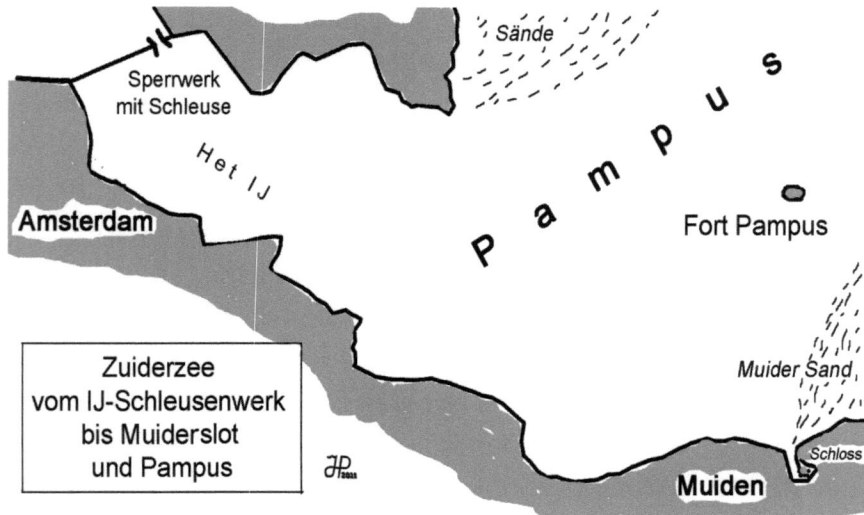

kleinen Dampfer deutete, der eben dicht an ihrer Seite erschien und die Aufstellung näher umfuhr, unbelästigt von den die Polizei ausübenden Torpedobooten. Es war das Schiff, das man der Begleitung des Rajah zur Verfügung gestellt hatte, und in ihrer Mitte stand auch ein Herr in schwarzem Anzug, den Zylinder auf dem Kopfe.

„Hurra!" schrie Wapstra, wie von plötzlicher patriotischer Begeisterung ergriffen, und während auf der „Maasnymf III" die Köpfe sich lächelnd dem Hurraschreier zuwandten, blickten auch viele der Personen auf dem Deck des gerade vorübergleitenden kleinen Dampfers hinüber. Auch van Linteloo wandte den Kopf, und augenblicklich erkannte er Wapstra, der, um das auffällige seiner Person zu erhöhen, ein großes blaues Taschentuch hervorgezogen hatte und es mit lebhaften Armbewegungen in der Luft flattern ließ. Augenblicklich erkannte der Dolmetscher Wapstra, und eine fahle Blässe trat auf sein Gesicht. Er begriff, dass sein früherer Spießgeselle sich ihm allein zu erkennen geben wollte und dass es kein Entrinnen vor ihm geben würde. Wider Willen fast neigte er wie zu einem kurzen Gruß den Kopf. Wapstra aber, der seinen Zweck erreicht sah, blickte triumphierend den Langen an seiner Seite an, der in diesem Augenblick einen halberstickten Schrei ausstieß und Wapstras Arm umklammerte, auf eine kleine graugestrichene eiserne Dampfjacht deutend, welche, einen kleinen Wimpel am Top des kurzen Mastes, mit kaum einem Dutzend Herren und Damen an Bord eben die „Maasnymf III" längsseits passierte.

Mit vor Erwartung geröteten Wangen war Gesine am Arme ihres Bruders gegen zehn Uhr zur de Ruyterkade gegangen, um sich mit ihm auf der kleinen Privatjacht einzuschiffen, die zur Aufnahme der Vertreter der Geheimpolizei bestimmt war. Vorher hatte sich Kommissar van Rinschoten auf der Polizeistation gemeldet und nach dem Liegeplatz des schmucken Schiffchens sich erkundigt, das er nun trotz des Gewirrs von Fahrzeugen an den vielen Landungsstegen leicht auffand. Fast alle Herren waren ihm durch frühere gemeinschaftliche Operationen persönlich bekannt, und da kaum ein Zwischenfall zu erwarten war, der sie dienstlich in Anspruch nehmen würde, außer einer genauen Beobachtung der gefüllten Schiffsdecke mit Auge und Glas, so bot auch ihnen die Fahrt an diesem herrlichen Tage eine willkommene und erfrischende Abwechslung.

Ermüdet von dem anstrengenden Sehen und Schauen des vielen Neuen und Ungewohnten auf der unter dem Schein der Sonne das Auge blendenden Wasserfläche, hatte sich Gesine auf einem Sitz an der Brüstung niedergelassen, während ihres Bruders scharfe Augen die Zuschauer an Deck der von ihnen passierten Schiffe musterten und er von Zeit zu Zeit eine kurze Bemerkung in ein kleines Notizbuch eintrug, das seine Linke umschloss.

„Sieh nur – sieh!" sagte Gesine plötzlich rasch und mit angstvoller Stimme, indem sie die Hand des Kommissars berührte. „Wer ist der hässliche Mensch dort, der dich so anstarrt? Der Große mit dem breiten eckigen Gesicht ganz vorn auf dem Dampfer, den wir eben überholen – o, Karel, der Blick, mit dem er dich ansah, war fürchterlich."

„Sieht mein Schwesterchen schon wieder Gespenster?" lächelte van Rinschoten, während er das Glas an die Augen setzte und nach der zurückbleibenden „Maasnymf" sich umsah. „Übrigens sehe ich ein solches Gesicht gar nicht."

„Der Mann, der neben ihm sitzt, verdeckt ihn jetzt," sagte Gesine, noch immer in Aufregung. „Solchen Blick kann nur Tücke und Bosheit versenden. Und dabei sah er dich zugleich an, als wärest du ein Geist, der plötzlich aus seinem Grabe auferstanden ist."

„Holla!" sagte der Kommissar aufmerksam werdend. „Vielleicht beschämst du kleines Mädchen heute deinen viel erfahrenen

Bruder. Wie heißt das Schiff? ‚Maasnymf III – Harlingen.' Schön – ich werde Auftrag geben, dass wir bei der Heimfahrt diese ‚Maasnymf' nicht aus den Augen verlieren und beim Anlegen die Passagiere einer genaueren Musterung unterziehen. Es könnte doch einer unserer Klienten sein, der nicht erwartet hat, mich heute auf der Zuydersee zu sehen, und dessen böses Gewissen bei meinem Anblick erwacht ist."

Van Rinschoten hatte seine Worte in scherzendem Tone gesprochen; aber er war doch sehr ernst geworden. Frauen haben oft einen feinen Instinkt, und hatte Gesine sich nicht getäuscht und galten ihm die von ihr aufgefangenen Blicke, so hatte er an Bord jenes Dampfers einen wahrscheinlich nicht zu unterschätzenden Feind, der möglicherweise mit dem Überfall vom gestrigen Abend in Verbindung stehen konnte. Und den wollte er sich etwas genauer ansehen.

Am liebsten hätte er sofort die kleine Jacht Bord an Bord mit der „Maasnymf" legen lassen und sofort eine genaue Beobachtung der Passagiere vorgenommen. Aber das unausbleibliche Aufsehen wäre ein großes gewesen und um so unliebsamer, wenn sich Gesines Beobachtung als eine irrtümliche herausstellte. Er nahm mit seinen Kollegen Rücksprache, und man beschloss, möglichst in der Nähe des Schiffes zu bleiben, um womöglich gleichzeitig mit ihm in die Schleuse zu kommen und zu beobachten, ob dort etwa Personen das Schiff verließen und von Bord zu Bord springend, auf ein anderes gingen, eine gründliche Prüfung der Passagiere aber erst beim Anlegen an der Ruyterkade vorzunehmen.

„Was hast du denn?" fragte Wapstra ärgerlich, als er den pressenden Druck des Langen an seinem Arm verspürte. Dann folgte auch sein Blick der bezeichneten Richtung, und wie sein Genosse erbleichte auch er. „Van Rinschoten, der Kommissar!" flüsterte er erschreckt – „ja, ist er denn nicht –"

„Sein Geist!" ächzte der Lange, auf dessen bleicher Stirn schwere Schweißtropfen sich bildeten.

„Unsinn!" murrte Wapstra und sah scharf hinüber. „Er ist's – da ist kein Zweifel. Und mit keinem Gran weniger Lebens als sonst immer. Starr' nicht so hinüber, Mensch – sieh', die Dame da an seiner Seite ist schon aufmerksam auf dich geworden. Kopf weg!" zischte er zwischen den zusammengebissenen Zähnen und zog den Langen fast gewaltsam auf seinen Sitz nieder, ihn dabei mit seiner eigenen Gestalt deckend. „Komm," sagte er dann rauh, als etwa hundert Meter zwischen ihrem Dampfer und der kleinen Lustjacht mit dem blauen Wimpel in Top lagen. Und laut fügte er hinzu: „Du – ich hab' Durst und Appetit auf etwas zu beißen. Wir wollen in die Restauration hinunter gehen."

Lächelnde Blicke folgten dem Langen, der vornübergebeugt und mit bleichem Gesicht über das Deck ging.

„Dass mich der Satan reiten musste, dich mitzunehmen!" knirschte Wapstra unten in der kleinen Kajüte, an welche der Schankraum des Schiffes stieß. „Ich kenne den Rinschoten. Wenn ihm das geringste Auffällige an dir bemerkbar geworden ist, und du benahmst dich so auffällig wie möglich, dann kannst du sicher sein, kommen wir hier nicht von Bord, ohne dass er dich näher in Augenschein genommen hat. Siehst du, da fährt sein Schiff schon wieder an uns vorüber," fügte er hinzu, indem er durch eines der kleinen Kajütenfenster blickte. „Verdammt – wir müssen vom Schiff, ehe wir Amsterdam erreichen."

Der Lange zitterte so, dass etwas von der Flüssigkeit in seinem Glase überschwappte. „Höllenspuk!" flüsterte er mit bebender Stimme. „Und ich hab' ihn doch vor mir liegen sehen – mit dem Stich und d e m Schlag steht keiner wieder auf!"

„Einen verdammt dummen und tölpelhaften Streich habt ihr gemacht!" knirschte Wapstra wütend. „Wer weiß, welchen harmlosen Nachtschwärmer ihr niedergeschlagen habt. Dieser Rinschoten lebt und ist dir in ein paar Stunden näher, als dir lieb sein kann."

Die zitternde Hand des Langen vermochte kaum das Glas an die Lippen zu bringen.

„Bleib' hier unten," sagte Wapstra, der nach kurzem Nachdenken zu einem Entschluss gekommen war, „und stell' dich krank. Ich will an Deck und sehen, ob sich uns eine Gelegenheit bietet, einen der Führer der vielen kleinen zwischen den Dampfern herumfahrenden Motorboote gegen gute Bezahlung zu veranlassen, uns nach Amsterdam zurückzubefördern, ehe die allgemeine Rückkehr dahin erfolgt."

Wapstra ging an Deck zurück und trat geradewegs an den Kapitän des „Maasnymf" heran, der in der Nähe des Schornsteins stand. „Mein Freund ist unwohl geworden. Er ist nie auf dem Wasser gewesen. Gibt es keine Möglichkeit, früher nach Amsterdam zurückzukehren?"

„Vor vier Uhr nicht," gab der behäbige Mann im breitesten Holländisch zurück. „Wegen einem kann ich die anderen Passagiere nicht vor den Kopf stoßen. Die wären imstande und schmissen mich in den Pampus, wenn ich jetzt umkehren wollte."

„So meine ich's nicht," erwiderte Wapstra. „Ich dachte nur, Ihr kennt vielleicht unter den kleinen Dampfpinassen hier eine, deren Führer sich zehn Gulden extra verdienen will und meinen kranken Freund ans Land bringt."

„Dazu könnt' eher Rat werden!" sagte der Kapitän und trat, von Wapstra gefolgt, an die der Aufstellung der Fischer-Flotille abgekehrte Seite des Dampfbootes. „He, Pieter," rief er einen rotbackigen Mann an, der in einem kleinen Motorboot am Rade saß, während eine ältere und eine jüngere Frau hinten saßen. „Willst du zehn Gulden verdienen?"

„Schmeiß sie 'runter!" gab der Angeredete lachend in holländischem Platt zurück. „Hast wohl zu viele Guldenzetels, Hein?"

„Nein; mir ist ein Passagier krank geworden und will zurückgebracht werden. Er gibt mit seinem Kameraden zehn Gulden, wenn Ihr ihn gleich nach Amsterdam zurücknehmt!"

Der Besitzer des Motorbootes warf einen fragenden Blick auf die Frauen im Boot und als die ältere vielsagend nickte, rief Pieter:

„Na, dann lass mal deine Treppe herunter, dass ich mich längsseits legen kann. Aber zuerst will ich die Zehn Gulden seh'n, ehe ich den Kurs zurück nehme."

„Schnell!" rief Wapstra, der an die Kajütrentreppe geeilt war, dem Langen zu, der seine Selbstbeherrschung noch nicht wiedergewonnen hatte, und durch sein Aussehen, das Vorgeben, krank zu sein, aus wirksamste unterstützte.

Nicht zwei Minuten später wand sich das Motorboot, dessen Besitzer den Zehnguldenschein schmunzelnd in Empfang genommen hatte, durch die Menge der Schiffe hindurch und steuerte, als er freies Fahrwasser gewonnen hatte, in voller Fahrt nach Amsterdam zurück. Auf dieser Fahrt verbesserte sich das Befinden des „Kranken" zusehends, und sein Begleiter wurde sogar so lustig, dass er die beiden Frauen durch seine Scherze zu verhaltenem Lachen brachte. Er bat den Führer des Schiffchens, das an der Schleuse einen längeren unfreiwilligen Aufenthalt hatte, während dessen Dauer das Leiden des angeblich Kranken sich wieder zu verschlimmern schien, sie schon an der vor der de Ruyterkade liegenden Handelskade abzusetzen, was dieser auch bereitwillig tat.

Die Revue war zu Ende. Wieder hallte der Salut der Batterie bei Schloss Muiden über die Wasserfläche, und nun löste sich das massige Ganze von Fahrzeugen aller Art auf. In unabsehbarer Folge dampften und segelten sie in ihrer Mehrzahl zurück nach Amsterdam, woran auch ein großer Teil der an der Revue beteiligt

96

gewesenen Fischerboote teilnahm. Wurde deren Bemannung doch an diesem Abend in der mächtigen Handelsstadt an der Amstel auf Kosten der Landesherrin in verschiedenen großen Lokalen festlich bewirtet.

Muiderslot / Wasserschloss Muiden

In gleicher Höhe mit der „Maasnymf" hielt sich die schmucke graue Dampfjacht, von deren Top jetzt der blaue Wimpel verschwunden war.

Van Rinschoten hatte Gesine sein Glas gereicht und sie aufgefordert, damit das Deck der „Maasnymf" abzusuchen.

„Siehst du den Kerl noch?"

„Ich kann ihn nicht entdecken, Karel! Aber dass du wieder auf ihn zurückkommst, zeigt mir, dass du dem Vorfall auch Bedeutung beilegst. Aber kann er nicht hinabgegangen sein?"

„Das werden wir später sehen, Gesinchen," sagte der Kommissar gleichmütig. „Denn du hast mir wirklich Lust gemacht, deinen Wahrnehmungen auf den Grund zu gehen. So, da kommen wir schon an die Schleusen. Nun machen Sie Ihre Sache gut," rief er dem Mann am Steuer der Jacht zu, „dass wir dem Dampfer da Seite an Seite bleiben."

In der guten Stunde, welche das Warten vor und in der Schleuse dauerte, beobachteten zehn Augen jede Bewegung auf dem Deck des Harlinger Dampfbootes. Als sich die Tore der Schleuse nach dem „IJ"* öffneten und die Schiffe in das Gewässer desselben kamen, sagte van Rinschoten befriedigt: „So – von Bord ist niemand gegangen. Jetzt werden wir vorausfahren und am Landungssteg der Harlinger Dampfer die ‚Maasnymf' erwarten. Dann trittst du für eine halbe Stunde in den Dienst der königlich niederländischen Geheimpolizei, Gesine!"

„Ich?" rief diese erschreckt. „Was soll ich denn tun?"

„Mit mir und zwei meiner Kollegen an Bord der ‚Maasnymf' gehen, sowie sie anlegt, und jeden Passagier beobachten, der sie verlässt. Denn ich nehme an, dass du den Mann, der dir so aufgefallen ist, wieder erkennen wirst!"

„O, ich werde sein Gesicht nie vergessen!"

„Um so besser. Dann kann er uns nicht entgehen!"

Der Kapitän des Harlinger Dampfers sah verwundert drein, als er beim Erreichen seines Liegeortes, noch ehe das Boot festgemacht war, einen schlanken jungen Mann an Bord springen sah, der ihm zuraunte: „Ich bin der Kommissar der Kriminalpolizei van Rinschoten. Lassen Sie niemanden von Bord, ehe meine Kollegen und die Dame dort an meiner Seite sind."

„Was? Habe ich denn Verbrecher an Bord?" fragte der Führer der „Maasnymf" verwundert.

„Schon möglich!" sagte van Rinschoten kühl. „So – jetzt können Sie den Weg frei geben – und nun, Gesine, mach' deine Augen scharf."

Die Beamten hatten sich so an den Ausgang postiert, dass die Passagiere fast einzeln vorüber mussten. Immer mehr leerte sich das Deck, bis endlich nur die zum Schiff gehörenden Personen auf demselben verblieben waren. „Nun, Gesine?"

„Nichts – " flüsterte sie erregt. „Er war nicht darunter. Er ist vielleicht noch im Schiff versteckt."

Einer der Beamten schritt zu einer Durchsuchung der Kajüten und kam achselzuckend zurück.

„Nun, haben Sie etwas gefunden?" fragte mit schlecht verhehlter Schadenfreude der Kapitän, der wie alle Schiffer mit der Polizei nicht gern zu tun hatte und sie nicht leiden mochte.

„Nein!" sagte van Rinschoten mit gefurchter Stirn. „Und Sie wissen bestimmt, Kapitän, dass niemand von Ihren Passagieren vor Ihrem Anlegen hier von Bord gegangen ist?"

„Donnerwetter, ja!" rief der Mann. „Und ich musste ihm dabei helfen! Der eine war krank und stieg mit seinem Kameraden in so ein leichtes Motorboot!"

„Wann?" rief van Rinschoten enttäucht. „Und wie sahen sie aus?"

„Zwei gute Stunden sind's," gab der Kapitän in seinem breiten holländischen Platt zurück. „Der eine war groß und hatte gar nichts im Gesicht und der andere einen roten Borstpinsel unter der Nase."

Der Kommissar sah seine Schwester an. Diese nickte nur.

„Also entwischt!" sagte van Rinschoten ärgerlich. „Das war nicht vorauszusehen. Aber dafür wirst du vielleicht Recht behalten, Gesine. Kommen Sie, meine Herren," wandte er sich an die anderen Beamten, „wir haben hier nichts mehr zu tun!"

11 – Dunkle Schleier

Als Gesine van Rinschoten das freundliche Delft, wo sie sich von ihrem nach Rotterdam weiter fahrenden Bruder trennte, erreicht hatte und das friedliche stille Häuschen am Zuid-Wall sie mit seinen trauten Räumen wieder umfing, atmete sie wie von einem Alpdruck befreit auf.

„Du scheinst nicht ganz befriedigt zu sein, Gesine?" sagte Tante Betty, als sie miteinander beim Schein der Lampe an dem runden Tisch des Wohnzimmers saßen. „Ich dachte, du würdest mit übersprudelnden Lippen heimkommen, und nun sitzt du still und nachdenklich da. Hat dich das Schauspiel, auf das du dich so freutest, wirklich enttäuscht?"

„Ach, es war herrlich, Tante!" sagte Gesine. „Ganz in der Nähe konnte ich unsere Königin sehen und die Königin-Mutter! Und die vielen, vielen Schiffe. Und die Tausende und Abertausende von Zuschauern, nur –"

Sie brach ab, und ihre schönen grauen Augen schimmerten feucht.

„Was hast du nur?" fragte die ältere Dame liebevoll und rückte näher an ihre Nichte heran. „Ist dir etwas Unangenehmes passiert auf der Fahrt? Oder Karel vielleicht?"

„Ach, dass es so böse Menschen gibt und dass gerade mein Bruder so oft in ihre Nähe kommt," seufzte sie und schilderte das Erlebnis des Tages der gespannt Aufhorchenden. „Und dann kann ich ein Bild nicht vom Grunde meiner Seele los werden," schloss sie. „Ich muss so oft an den armen Herrn denken, den sie in dem Glauben, Karel zu treffen, niedergeschlagen haben. Meinst du nicht, dass wir alle schwer in seiner Schuld stehen, Tante Betty?"

„Ich habe ihn darum gebeten, Tantchen," sagte Gesine leise, und ein schwaches Rot trat auf ihre Wangen. „Aber meinst du nicht, dass wir zur Ruhe gehen sollten? Das viele Neue, das ich heute erfahren habe, hat mich recht abgespannt."

Zur selben Stunde stand Potter mit gekreuzten Armen in dem leidlich wohnlich eingerichteten Gemach der Frau des Wirtes „Zu den drei Seefahrern" im Haag und sah finster auf das blasse Opfer seiner dämonischen Macht nieder, das mit geschlossenen Augen in einem Lehnstuhle lag. Seine Stimme hatte einen seltsamen metallischen Klang, als er sich zu dem in Nachtwandlungszustand versetzten Mädchen hinabbeugte und befehlend auf dieses einsprach:

„Du stehst am Gitter des Lustschlosses im Bosch. Was siehst du?"

Leise Worte, mehr einem Hauche gleich drangen von den Lippen des bleichen Mädchens. Potter neigte sein Ohr tiefer zu ihr hinab. „Was siehst du?" wiederholte er.

„Es ist dunkel; mein Auge kann die Finsternis noch nicht durchdringen – "

„Was siehst du?" wiederholte Potter zum dritten Male in einem Ton, dessen Schwingungen vibrierend das Ohr der Schläferin trafen.

„Ich sehe einen Mann – er ist klein, und sein Kopf ist in den Nacken gewachsen – er steht mit dem Rücken gegen das Gitter gelehnt, und er verbirgt seine Hände –"

„Was tut er?"

„Er feilt an einem Stabe des Gitters – jetzt hält er inne –"

„Die Schranke des Gitters falle vor dir. Was siehst du?"

„Einen Park – hohe Laubbäume – dichtes Gebüsch – gewundene Wege –*

„Betritt den Weg!"

„Sie kreuzen sich hier – welchen soll ich betreten?"

„Denjenigen, der zu dem linken Seitenflügel des Schlosses führt!"

„Ich gehe ihn – er ist breit und mit feinem Kies bestreut. Die Bäume rauschen leise im Nachtwind. Ich höre Schritte."

„Wer kommt?"

„Es ist ein Soldat. Er trägt ein Gewehr auf der Schulter."

„Verbirg dich!"

„Die Büsche decken mich. Er geht vorüber – seine Schritte verhallen –"

„Geh' weiter! was siehst du?"

„Ich biege um ein Gebüsch. Vor mir steigt ein Gebäude auf."

„Hörst du nichts?"

„Es ist alles still!"

„Tritt zur Ecke und fühle – was fühlst du?"

„Eisen. Ein dickes eisernes Band steigt an dem Gebäude in die Höhe."

„Klimm hinauf!"

„Meine Kräfte erlahmen!"

„Erreiche den Sims!"

„Mein Fuß ruht darauf!"

„Schreite darauf!"

„Ich schreite. Nur meine Schuhspitzen ruhen darauf – meine Hände tasten an der Mauer – jetzt berühren sie Glas."

„Drücke gegen die rechte untere Scheibe. Was fühlst du?"

„Sie weicht vor meinen Händen zurück."

„Blick hinein. Was siehst du?"

„Decken liegen auf dem Boden. Die Tür zum Nebenzimmer ist angelehnt. Eine helle Masse liegt davor."

„Was ist es?"

„Es ist ein Mann. Er schläft. Er atmet schwer und unruhig. Seine Linke ruht auf einem weißen Tuch, das ihn umhüllt, auf der Brust. Sein rechter brauner Arm liegt weit ausgestreckt auf dem Boden. Die Finger halten ein breites krummes Messer."

„Steig durch das Fenster!"

„Ich stehe im Gemach – mein Fuß tritt auf weiche Teppiche."

„Tritt näher an den Schlafenden heran!"

„Ich fürchte mich. Er sieht wild und grausam aus. Weiße Zähne leuchten mir aus dem dunklen Gesicht entgegen. Er bewegt sich. Sein Arm gleitet von der Brust."

„Schlage die Decke zurück. Was siehst du?"

„Ein rotes seidenes Gewand – der obere Teil der Brust ist nicht davon bedeckt. Ein braunes Säckchen sieht darunter hervor; ein Riemen hält es um seinen Hals fest."

„Du hast eine Schere im Busen. Nimm sie und zerschneide den Riemen!"

„Ich wage es nicht. Er macht eine Bewegung; als wolle er erwachen. Nein, er schläft weiter. Seine Rechte schließt sich fester um das Messer."

„Durchschneide den Riemen!"

„Er ist durchschnitten."

Schwere Schweißtropfen perlten von der Stirn Potters. In kurzen Stößen ging der Atem der Schlafenden.

„Zieh' das Säckchen hervor! Behutsam! – dass der Schläfer nicht erwacht!"

Ein paar Sekunden vergingen. Potters Blicke hielten die Schlafende umklammert. Auch sein Atem ging keuchend.

„Ich habe das Säckchen!"

„Birg es in deinem Busen!"

„Es geht nicht – es ist zu groß."

„Bind es um deinen Hals!"

„Der Riemen ist zerschnitten."

Potters Mienen verzerrten sich. „Nimm den Beutel zwischen die Zähne!"

Ein undeutliches Gemurmel erfolgte, wie von jemand, der etwas mit den Zähnen festhält und dabei versucht, Worte auszustoßen.

„Geh' zum Fenster zurück. Steig hinaus! Gib acht, dass der Beutel nicht an den Rahmen oder das Glas klirrt. Stehst du auf dem Sims?" Wieder das undeutliche Gemurmel.

„Geh' zurück, wie du kamst. Bist du am Blitzableiter?"

Ein kurzer knarrender Laut war die Antwort.

„Lass dich herabgleiten. Bist du unten?"

Wieder derselbe Laut.

„Nimm den Beutel in die Hand. Hörst du etwas?"

Jetzt klangen die einzelnen Worte, so schwach sie auch an das Ohr des Lauschenden schlugen, wieder vernehmlich.

„Es ist still – nein – vorn vom Schloss her nähern sich Schritte – sie sind gleichmäßig – es ist der Posten – er nähert sich der Ecke."

„Tritt hinter die Mauer des Schlosses und leg' dich auf den Boden!"

„Ich liege!" tönte es dumpf, als spräche ein Mensch, dessen Mund fast die Erde berührt.

„Was hörst du?"

„Der Posten hält auf seinem Gang inne. Er kehrt um. Seine Schritte verhallen."

„Erhebe dich! Eil' in den Park zurück. Wo bist du?"

„Ich gehe wieder auf dem Wege, der mit feinem Kies bestreut ist."

„Geh' schneller! Lauf!"

„Ich laufe. Der Kies knirscht unter meinen Schritten."

„Tritt auf den Rasen! Findest du den Weg zurück?"

„Ich finde ihn."

„Dein Fuß halte an der Stelle, wo du den Weg zuerst betreten!"

Eine kurze Anzahl von Sekunden verflog.

„Was tust du?"

„Ich stehe.“

„Was siehst du?“

„Nichts; ich stehe vor einem dichten Gebüsch.“

„Tritt hinein!“

„Ich stehe am Stamm einer Buche.“

„Was siehst du?“

„Ein Mann kriecht aus einer Öffnung im Stamm zu meinen Füßen. Er richtet sich auf. Er nimmt mir den Beutel aus der Hand und fasst mich am Arm. Er zieht mich durch's Gebüsch.“

„Was siehst du nun?“

„Ein Gitter versperrt uns den Weg.“

„Was tut der Mann an deiner Seite?“

„Er bückt sich – er nimmt zwei Stäbe aus dem Gitter.“

„Krieche durch die Öffnung! – Was siehst du?“

„Einen Wagen, der sich langsam nähert.“

„Bist du allein?“

Ein tiefer Seufzer war die Antwort.

„Was siehst du noch?“

„Ich sehe nichts mehr!“

Wieder ein tiefer schmerzlicher Seufzer.

Potter richtete sich auf. Auch aus seinen Wangen war alles Blut gewichen, und Schweißtropfen rannen von seiner Stirn. Aber in seinen Augen leuchtete es triumphierend auf. Er schlug hastig mit dem Arm durch die Luft. „Erwache!“ sagte er laut und befehlend.

Ein drittes Mal kam der tiefe schmerzliche Seufzer von den Lippen des jungen Mädchens.Ihr Kopf bewegte sich und die in den Schoß gelegten Hände zuckten.

„Erwache!“ gebot Potter von neuem.

Die Augenlieder des jungen Mädchens gerieten in zuckende Bewegung. Dann hob Lizzie den Kopf, und langsam, wie bei einer aus dem Schlaf Erwachenden öffneten sich ihre Augen, die unstet mit fragendem Ausdruck umhersahen. Sie machte einen Versuch, sich zu erheben; aber sie sank wieder in ihre ruhende Stellung zurück.

„Schlief ich lange?" fragte sie scheu.

„Ich weiß es nicht; denn ich trat soeben erst bei dir ein," sagte Potter mit seiner gewöhnlichen Stimme. „Aber du solltest schon lange im Bett sein. Ich höre schon Frau Verheeven heraufkommen. Leg dich schlafen!"

Potter ging und zwar die Treppe hinunter in das Hinterzimmer hinter der Küche. Bald darauf trat der Wirt „Zu den drei Seefahrern", der eben die Läden seiner Taverne geschlossen hatte, zu ihm herein. „Noch nicht im Bett?"

„Ich bin nicht müde. Aber mir ist, als ob ich eine Stärkung nötig hätte."

Verheeven lachte. „Einen Wacholder oder Gin mit Bitter?"

„Weder das eine noch das andere. Aber wenn Ihr einen schottischen oder irischen Whisky habt, so bringt die Flasche und ein Glas." Und in sich hineinlachend sagte Potter zu sich selbst: „Ich denke, dass ich daraufhin heute einen ordentlichen Schluck nehmen kann!"

12 – Lizzie

„Denkt Ihr noch lange hinter der Flasche zu sitzen?" fragte Verheeven, als er sah, dass Potter, nachdem er sich ein paar Gläschen von dem scharfen Getränk eingegossen, noch immer keine Miene machte, sich aus der Ecke des alten Sofas zu erheben.

„Ich kann noch nicht schlafen," gab der Angeredete zurück, „und mir geht manches im Kopfe herum. Müsst Ihr die Bude hier schon schließen?"

„Eine halbe Stunde will ich noch zugeben," sagte Verheeven. „Es wird Euch ja nicht stören, wenn ich mich an den Tisch dort setze und in die Zeitung gucke."

Potter nickte schweigend, zog die Flasche näher an sich heran und schenkte sich aufs neue ein. Der feurige Trank goss Flammen in seine Adern, und die vorherige Anspannung aller Nerven wich einer wohligen Mattigkeit. Wieder und wieder schüttete er ein Glas Whisky in sich hinein, und sein mit aller Willenskraft bisher auf einen Punkt konzentrierter Geist begann weiter zu schweifen, zurück in die Vergangenheit, nachdem er das Dunkel der Zukunft zu enträtseln sich bestrebt hatte.

Nie war ihm ein so außerordentlich zum Medium veranlagtes Wesen in die Hände geraten wie das damals vierzehnjährige Kind, das er weinend am Sterbelager seines Bruders fand. Während jener ein stiller und verschlossener ernster Mann war, der innerhalb der engen Grenzen blieb, die das Leben für ihn gezogen hatte, hatte Potter sich in jungen Jahren mit keckem Schwunge über dieselben hinweggesetzt. Er hatte ein Dutzend Berufe ergriffen, aber in keinem derselben ausgehalten und war schnell von Stufe zu Stufe herabgesunken. In einem Kreise von Spiritisten hatte er die starke magnetische Kraft entdeckt, über die er gebot, und hätte er diese in harmlosem Sinne ausgeübt, so wäre er in dem Lande, in welchem der Spiritismus in allen Kreisen wuchert, zu schnellem Wohlstand gekommen. Aber der Hang zu einem ungebundenen Abenteurerleben hatte ihn in schlechte Kreise gezogen, deren Mitgliedern er sich bald mit Leib und Seele verschrieb. In eine Bande von Gaunern geraten, denen die weite Welt gerade groß genug war, um sie zum Schauplatz ihrer Taten zu machen, hatte er Wapstra und Smeedes kennen gelernt, die nach der neuen Welt gekommen waren, um die Erinnerung an einige ihrer kecken Taten in der alten Welt sich etwas abschwächen zu lassen. Sein ganzes verbrecherisches Leben trennte ihn für immer von seinem Bruder, der als Pfarrer einer kleinen Methodistengemeinde in einem Städtchen unweit Baltimore lebte, und gewiss wäre ihm nie der Gedanke gekommen, seinen Bruder, der ein so von dem seinen verschiedenes Leben geführt hatte, je wieder unter die Augen zu treten, wenn nicht nach einem misslungenen schweren Bankeinbruch in New York, bei welchem eben der von den Gaunern nur „der Inder" genannte Smeedes einen Detektiv erstach, die Bande in alle vier Winde zerstreut worden wäre und jedes Mitglied darauf hätte bedacht sein müssen, sich für einige Zeit verborgen zu halten. Die meisten der Gauner hatten damals den ihnen allzu heiß gewordenen amerikanischen Boden verlassen, und Potter war auf dem Sprunge dasselbe zu tun, als ihm eines Abends in einer Spelunke ein schon drei Wochen altes Zeitungsblatt in die Hände fiel, das eine Anzeige folgenden Inhalts enthielt:

„Pfarrer J. Clarke Potter in Frederick (Maryland) bittet seinen Bruder Bill Potter, falls dieser noch am Leben ist, dringend, ihn unverzüglich aufzusuchen."

Ein Rest von schamvollem Empfinden hätte Potter auch jetzt noch abgehalten, seinen Bruder zu besuchen, wäre es nicht klar gewesen, dass ihm gegenwärtig kein Ort der Welt eine größere Sicherheit gegen die Nachforschungen der Behörden gewähren könnte als das Haus eines Predigers. Und wenn ihn auch bei dem Gedanken an das Wiedersehen ein unbehagliches und peinliches Gefühl beschlich, das jeder sittlich Verworfene empfindet, wenn er dem sittlich Reinen entgegentritt, so dampfte Potter doch am Abend des Tages, an welchem er die schon veraltete Anzeige gelesen hatte, dem Städtchen Frederick entgegen, eine unruhevolle Neugierde in der Brust, was seinen älteren Bruder, den er seit seinen Jünglingsjahren nicht mehr gesehen hatte, zu dieser Aufforderung veranlasst haben könne.

Als er das unscheinbare Haus, das man ihm als die Wohnung des Pfarrers Potter bezeichnet hatte, betrat, wartete seiner eine doppelte Überraschung. Er fand einen Sterbenden, an dessen schlichtem Lager ein blasses junges Ding kniete und den lieben Gott in herzzerreißendem Flehen bat, den lieben Vater nicht sterben zu lassen. Potter hatte nie erfahren, dass sein Bruder ein Weib genommen und eine Familie habe. Und wider Willen ergriffen von den rührenden Lauten aus dem Munde eines Kindes trat er an das Bett.

„Ich bin's, Alter," murmelte er. „Gestern erst ist mir deine Annonce zu Gesicht gekommen – wahrhaftig, ich wäre früher gekommen."

Die Hand des Sterbenden hatte kaum noch soviel Kraft, auf das Kind zu deuten, das den Kopf in die Kissen vergraben hatte und dessen zarter Körper in wildem Schluchzen erbebte. Ein stummer Blick begleitete diese letzte Äußerung seiner Kraft, und ehe die Lippen sich noch zu dem Worte formen konnten, das der Sterbende zu sagen sich bemühte, schloss sie der Tod für immer, und in das Schluchzen des Kindes mischte sich das heulende Geplärr einer alten Mulattin, die ein über das andere Mal „O Gott, segne die Seele meines guten alten Herrn!" ausrief, bis Potter ihr Schweigen gebot und mit einem scheuen Blick auf das untröstliche Kind die Alte hinauswinkte.

Das Weib sah ihn verwundert an, als Potter sie fragte, ob das Kind da drinnen das Kind seines Bruders sei. Was es denn anderes sein sollte? Nein, die Mutter habe sie nie gekannt. Sie kenne den toten Herrn überhaupt erst seit sechs Jahren, seit er mit dem Kinde hierher gezogen sei und die Leitung der Methodistengemeinde von Frederick übernommen habe. Sie sei des Herrn Wirtschafterin gewesen und natürlich auch eine treue Dienerin. Ihr Herr sei immer voll großer Güte gegen das Kind gewesen; das Mädchen aber sei still und träumerisch. Sie habe keine Gespielinnen gehabt und sei überhaupt ein verschlossenes Wesen. Das war alles, was Potter aus der alten Mulattin herauszubringen vermochte.

Aus dem Kinde, das sich Lizzie nannte war auch nicht viel herauszubringen. Die Frage, ob sie seines Bruders Kind sei, beantwortete sie mit einem solchen wortlosen Erstaunen, dass er sich dieser Frage fast schämte. Ihre Mutter hatte sie kaum gekannt; sie war, als sie erst wenige Jahre alt war, gestorben.

Die Hinterlassenschaft des Pfarrers war nur gering. Sie bestand aus einer kleinen Barsumme, einer Bankeinlage von ein paar hundert Dollars und in dem Besitz des Häuschens. Bei seiner Gemeinde hatte er in hoher Achtung gestanden, so dass diese sich auch seinem plötzlich aufgetauchten Bruder zuwendete. Potter beschloss, zunächst in dem Häuschen zu bleiben; er behielt die Mulattin vorläufig noch, und so änderte sich in dem Hauswesen äußerlich nichts; denn Potter war aus guten Gründen fast den ganzen Tag über zu Hause, und das brachte ihn dazu, sich mit dem lebenden Erbe, das ihm sein Bruder hinterlassen hatte, eingehender zu beschäftigen.

Das erste, was Potter auffiel, war die ungeheure Sensibilität des Kindes und die eigentümliche Macht, die ihm über dieses zukam. Sie zitterte, wenn er sich ihr näherte, und konnte doch ihren Blick nicht von ihm abwenden. Es lag dann in ihrem Blick etwas von der Angst des Vögelchens, das beherrscht von den kalten Augen der Schlange, regungslos sitzen bleibt, bis der Rachen des herankriechenden Gewürms es erreicht. Die Entdeckung der großen medialen Anlagen Lizzies gab ihm der Zufall. Das Kind, das häufig über Kopfschmerzen klagte, saß eines Abends da, sichtlich von solchen gepeinigt. Das blasse, schöne Gesichtchen, in dem Potter nicht einen der harten und strengen Züge des Vaters wiederfand, rührte ihn, und unwillkürlich trat er neben das Kind und strich liebkosend mit der Hand einige Male über die Stirn derselben. Die Lider

Lizzies senkten sich, und als er den Ausdruck des Schmerzes aus ihrem Antlitz weichen sah, wiederholte er noch einmal seine lindernde Handbewegung, bis er plötzlich sah, dass sie schlief. Überrascht fragte er: „Schläfst du, Lizzie?"

„Nein," antwortete das Kind mit geschlossenen Augen,
„ich sehe."

„Was siehst du?"

„Eine Wiese, bunt von Blumen; farbige Schmetterlinge gaukeln darauf umher."

Besorgt, in dem Wahn, Lizzie fiebere, weckte er das Kind durch wiederholtes Rütteln. Da schlug es die Augen auf.

„Du hast wohl geräumt?"

„Aber ich schlief doch gar nicht?!"

Da war es ihm klar, dass er sie in magnetischen Schlaf versetzt hatte, und von nun an wurde das Kind das willenlose Werkzeug seiner spiritistischen und somnambulen Experimente. Ohne es zu ahnen, hatte ihm sein verstorbener Bruder in dem Kinde einen Schatz hinterlassen, den er zu heben gedachte. Das hielt er für nichts Verwerfliches, übernahm er doch dafür die Sorge für ihren Unterhalt.

Beim Durchsuchen der Habe seines Bruders hatte ihn der Umstand stutzig gemacht, dass sich unter wenigen Papieren nicht ein einziges befand, das sich auf dessen Ehe bezog. Auch kein Bild von Lizzies Mutter fand sich vor. Nur ein Ring mit einem Diamanten in eigentümlicher Fassung: zwei goldene Schlangen, die mit ihren Rachen zusammenstießen und darin den Stein trugen. Die Gedanken, die sich daran knüpften, verschwanden indessen bald vor den Zukunftsplänen, in denen Lizzie eine hervorragende Rolle spielte. Nach drei Monaten, als er es wagen konnte, den Kopf wieder aus dem Bau zu stecken, verkaufte er das Häuschen, entließ die alte Mulattin und ging mit Lizzie nach Europa und zwar zunächst nach

England, wo er begann, in kleinen Zirkeln Lizzie zuerst als Hellseherin vorzuführen.

Als er nach einer dieser Vorstellungen mit Lizzie in seine Wohnung zurückkehren wollte, sah er sich Wapstra gegenüber. Und wie dem Smeedes, so erging es auch ihm; er verfiel aufs neue dem verbrecherischen Leben, indem er das zu immer größerer und eigenartiger Schönheit sich entwickelnde Mädchen für die lichtscheuen Zwecke benutzte, die mit jenem Leben aufs engste verbunden waren.

Unter den Verworfenen, mit denen Lizzie ahnungslos zusammenkam, wäre dem jungen Mädchen die rührende und liebliche Schönheit, die sich von Tag zu Tag mehr offenbarte, gewiss verhängnisvoll geworden, wenn Potter sie unter anderen Verhältnissen gefunden hätte. So aber stand das Bild seines Bruders schützend an ihrer Seite und bewahrte sie nicht nur vor Potter selbst, sondern durch ihn auch vor jedem, der verlangend nach ihr die Hände ausstreckte. Denn in Potters feinem und schmiegsamem Körper wohnte eine ungewöhnliche Kraft, und als er einmal einen der Kumpane, der sich mit rohem Zynismus an Lizzie wenden wollte, mit einem einzigen Faustschlag auf den Boden gestreckt hatte, hüteten sich die anderen, selbst mit rohen Worten dem jungen Mädchen zu nahe zu treten.

Das ganze dunkle, verbrechereische Leben, an dem Lizzie teilnahm, ohne dass sie eine Ahnung davon hatte, musste naturgemäß das Gefangenenleben zeitigen, das sie zu führen verurteilt war. Sie als willenlose Beute seiner dämonischen Macht zu erhalten, jeden, auch den geringsten fremden Einfluss von ihr fernzuhalten, war Potters tägliche Sorge; dass er damit auf dem besten Wege war, den Geist des jungen Mädchens und dessen ohnehin schwaches körperliches Gefäß zu zerstören, war ihm in seinem wilden Eigennutz nie eingefallen.

Die heutige neue Probe seiner suggestiven Macht über das junge Mädchen, die nur ihren Geist auf die Pfade des neugeplanten Verbrechens lenkte, hatte ihm die Gewissheit gegeben, dass auch ihr Körper mit der peinlichsten Genauigkeit die Handlungen zur Ausführung bringen würde, die er ihr suggeriert hatte. Der ihm erst als ungeheuerlich erschienene Plan Wapstras war völlig in den Bereich der Möglichkeit gerückt, ja, das gute Gelingen wahrscheinlich geworden, wenn der Kleinodienbewahrer des Rajah nicht erwachte. Dahin musste Smeedes wirken, dass an den Abend der Tat die Neigung der indischen Gäste zu einem ausgiebigen Nachttrunk in jeder Weise gefördert werde. Vielleicht konnte auch noch ein übriges getan und dem Getränk ein Narkotikum zugesetzt werden. Es würde doch immer unerklärlich bleiben, wie die Tat geschehen konnte, wenn sie nicht aus der Umgebung des Rajah selbst ausgeführt worden war – die ganzen Umstände müssten von vornherein den Verdacht in ganz falsche Bahnen lenken und den Tätern die Zeit, sich unsichtbar zu machen, sichern. Für die Komplizen der Tat war die Gefahr auf ein geringes Maß herabgedrückt. Selbst wenn der Inder erwachte, bestand die eigentliche Gefahr nur für Lizzie. Es war selbst zu erwarten, dass der Inder im ersten Schreck und Zorn von seiner Waffe Gebrauch machen würde; kein Richter der Welt aber würde aus den jungen Mädchen, wenn man es ergriff, herausbekommen haben, wie sie in das Gemach und zu welchem Zweck sie hineingelangt sei. Denn während ihr Geist schlief, war ein fremder Wille, von dem sie nichts wusste, in ihr tätig, der, ohne Spuren zu hinterlassen, schwand, sobald ihr eigener Geist seine Funktionen wieder aufnahm. Ihre Ergreifung brachte ihn selbst freilich in Gefahr durch die Beschreibung seiner Persönlichkeit, die sie zu geben vermochte. Aber dagegen gab es das Mittel einer geschickten Veränderung seines Äußeren. Unter seinem wahren Namen Potter war er nur wenigen seiner Spießgesellen bekannt, und bis man soweit in sie gedrungen war, das auszusagen, konnte er über alle Berge sein. Lizzies Verlust wäre ihm zwar unbequem gewesen; aber das hohe Spiel, um das es sich hier handelte, war auch diesen Einsatz wert.

Gelang der Anschlag und fiel ihnen die Beute zu, so war es vielleicht besser, sich Lizzies vor der Hand zu entledigen. Es gab Familien genug, die gegen goldene Entschädigung eine Gemütskranke, als welche sie leicht auszugeben war, aufnehmen würden. War er im Besitz einer bedeutenden Summe, die ihm durch lange Jahre das Leben eines reichen Mannes gestattete, so war Lizzie ihm doch eine Bürde, deren er sich entledigen musste, wollte er das Leben auskosten.

Aus den immer weitere Kreise ziehenden Träumereien riss Potter plötzlich die barsche Stimme Verheevens. „Ihr seid wohl eingeschlafen, Mann? Ein Wunder wär's nicht; denn Ihr habt eine halbe Flasche irischen Whisky im Leibe!"

Potter erhob sich. „Der schadet mir nichts," sagte er gähnend, „meine Zunge und ein solcher Tropfen sind alte Freunde!"

„Das merk ich," sagte Verheeven. „einen anderen hätte das Quantum unter den Tisch geworfen, und Ihr habt noch klare Augen. Nun aber hinaus und ins Nest. Der Lange ist auch nicht wieder gekommen, und ich kann morgen früh selbst in aller Frühe meinen Pferden den Hafer schütten!"

13 – Ein neuer Hausgenosse

Als van Rinschoten sich von dem Urlaub bei seinem Chef zurückgemeldet hatte und sein Bureau betrat, fand er einen seiner tüchtigsten Unterbeamten dort seiner harren.

„Was gibt's, Greve?"

„Ich möchte Ihnen Rapport abstatten über die Ausführung Ihrer Aufträge, Herr Kommissar."

„Beginnen Sie!"

„Ich habe zunächst das Gepäck des Überfallenen aus dem Hotel Williamsbrug abgeholt. Es ist der braune Segeltuchkoffer drüben in der Ecke. Ich habe auch die geringe Summe, die für seinen kurzen Aufenthalt im Hotel aufgelaufen war, beglichen."

„Geben Sie mir nachher eine Quittung darüber; ich werde sie sofort visieren, dass Ihnen das Geld zurückgezahlt wird. Fragte man im ‚Williamsbrug' nach seinem Verbleib?"

„Die Besitzerin des kleinen Hotels war sehr erstaunt, als ich ihr meine Marke zeigte und die Herausgabe des Gepäcks forderte. Natürlich machte sie keinerlei Schwierigkeiten. Auf ihre Frage, was denn mit dem Fremden geschehen sei, hatte ich nur ein Achselzucken zur Antwort."

„Ist sonst etwas über den Überfall in die Zeitungen gedrungen?"

„Nichts. Der Polizeibericht schwieg auf Ihren Befehl darüber."

„Ich fürchte, lieber Greve, die Täter haben Rotterdam für einige Zeit verlassen. Wenn meine Kombination nicht trügt, so bin ich gestern zufällig einem der Schufte auf die Fersen geraten, leider ohne Erfolg. Haben Sie sich nach dem Befinden des Verwundeten erkundigt?"

„Gestern am Vormittag und am Abend. Der Arzt hat die beste Hoffnung."

Das ernste Gesicht des Kommissars erhellte sich. „Das ist wenigstens eine gute Nachricht. Hat man sich, wie ich angeordnet, nach der kleinen deutschen Residenzstadt um Auskunft über etwaige Angehörige des Verwundeten gewendet?"

Greve zog ein längeres Telegramm hervor. „Hier ist sie."

Van Rinschoten überflog das ihm gereichte Blatt. Es war kurz darin mitgeteilt, dass der fürstliche Bibliothekar Doktor Ernst Hel-

115

pert nähere Angehörige, so viel der Behörde bekannt sei, nicht mehr besitze. Gleichzeitig wurde eine Bitte um ausführliche Nachrichten über den dem Genannten zugestoßenen Unfall ausgesprochen, da der Fürst, dessen besonderes Wohlwollen Doktor Helpert genieße, solche zu empfangen gewünscht habe.

„Haben Sie mir sonst noch etwas mitzuteilen, Greve?"

„Ich habe den Krankenwärter, der dem Verwundeten ausschließlich zugeteilt ist und der nicht von seinem Bette wich, ausgefragt. Der Kranke hat in den ersten Tagen viel phantasiert, und der Wärter meinte, es seien wunderliche Geschichten gewesen. Der Kranke habe in seinen Wundfieberdelirien immer nach einem schönen jungen Mädchen verlangt, das ihn rufe und dem er helfen müsse."

„Er hat vielleicht eine Dame in der Heimat, die er liebt?"

Greve schüttelte den Kopf. „Es scheint eher, als ob ein Ereignis hier in Rotterdam in seine Fieberträume hineingespielt habe."

„Er war ja kaum einen Tag hier. Ich fand in seiner Brieftasche die Rechnung vom ‚Hotel Ernst' in Köln, die vom 31. Juli datiert ist."

„Verzeihen Sie, Herr Kommissar, wenn ich bei meiner Vermutung beharre," sagte Greve bescheiden. „Aber der Verwundete nannte in seinen Delirien auch einen Namen, der uns wohl bekannt ist. Der Wärter hat deutlich gehört, dass er von einer Herberge der Witwe Blasma in der Jufferstraat phantasierte."

Van Rinschoten sprang überrascht von seinem Sessel auf. „Die Herberge ist verrufen genug," sagte er erregt. „Der Name in des Verwundeten Munde zeigt die ganze Affäre in einem anderen Lichte. Ich danke Ihnen, Greve; ich will die Spur, die sich zur Aufhellung der Sache zeigt, unverzüglich selbst verfolgen!"

Der Kommissar van Rinschoten fuhr zunächst zum Krankenhause und ließ sich bei dem Oberarzte melden.

„Ich kann Ihnen gute Nachricht geben, Herr Kommissar!" rief dieser ihm entgegen. „Der Kranke war heute morgen bei klarer

Besinnung. Er hat eine kräftige Konstitution und unverdorbene Säfte. Die Wunden sehen gut aus, und der Heilungsprozess wird ein normaler sein. In zwei bis drei Tagen werde ich die Nähte aus der Kopfwunde entfernen können. Meine Furcht vor einer Gehirnerschütterung hat sich zum Glück als unbegründet erwiesen. Durch den Stich in die Brust sind edle Teile nicht verletzt; das sagte ich Ihnen schon. Auch die Heilung dieser Wunde wird rasch und gut verlaufen und der Verwundete ohne Schaden davonkommen. Nur eine sorgsame und aufmerksame Pflege wird notwendig sein in der Rekonvaleszenz."

„Sie wird ihm nicht fehlen!" versicherte van Rinschoten. „Darf ich den Verwundeten sehen?"

„Zur Vernehmung? Das möchte ich noch nicht zugeben!" sagte schnell der Oberarzt. „Der Schlaf, in den er gefallen ist, ist zu wichtig für ihn, um diesen zu stören."

„Ich beabsichtige nicht, eine Frage an ihn zu richten. Nur den Wärter möchte ich sprechen. Er hat die Fieberphantasien des Kranken mit angehört, und diese geben oft einen Fingerzweig."

„So kommen Sie. Ich habe mit der Pflege den Oberwärter Wouters betraut, einen erfahrenen Mann. Er wird Ihnen sofort Rede stehen."

Wenn van Rinschoten gehofft hatte, von dem Wärter mehr zu erfahren, so sah er sich getäuscht. Er habe auf die wirren Fieberreden nur wenig geachtet, sagte der Mann. Nur der Ausdruck, mit dem er immer wieder von einer schönen Unbekannten gesprochen, die er befreien wolle, habe ihn veranlasst, kurze Zeit hinzuhorchen. Da habe er nur einen Namen gehört, Blasma in Verbindung mit dem Worte Jufferstraat. Mehr vermöge er nicht auszusagen.

Eine halbe Stunde später stand der Kommissar in dem Parterrezimmer des kleinen Hauses Nr. 202 in der Jufferstraat und vor ihm, die roten Hände an der groben Schürze abtrocknend, mit mürrischem Gesicht die Mutter Blasma, vor der er sich als Geheimkommissar legitimiert hatte.

„Ich weiß nicht, was ich mit Ihnen zu tun haben sollte," sagte die Alte umwirsch. „Ich bin noch nie mit der Polizei in Konflikt gekommen."

„Sie haben mir einige Fragen zu beantworten," sprach der Kommissar streng. „Und ich rate Ihnen, bei der Wahrheit zu bleiben. Sehen Sie mich an: Ist in den letzten Tagen in Ihrem Hause ein Mann gewesen, der mir ähnlich ist?"

„Nein, Herr Kommissar," sagte sie mit großer Bestimmtheit. „Ich habe einen solchen Mann nicht gesehen."

„Haben Sie Mädchen im Hause?"

„Der Herr Kommissar meinen – ? Nein!" protestierte die Frau. „Ich dulde so etwas nicht in meiner Herberge!"

„Aber doch finden solche bei Ihnen Quartier?"

„Nur ausnahmsweise, wenn sie mir bekannt sind und kein Obdach finden," murrte die Frau.

„Wohnt ein solches Mädchen jetzt bei Ihnen?"

„Ja, die rote Peggy, wie sie nach den Haaren genannt wird. Es ist eine Irländerin, die mir schon seit Jahren bekannt ist. Sie war völlig auf dem Trockenen, als sie vor einigen Tagen bei mir vorsprach und bat, dass ich ihr einen Winkel zum Schlafen geben möchte. Ich habe sie aus Barmherzigkeit aufgenommen."

„Ist sie zu Haus?"

„Ja."

„So sorgen Sie dafür, dass ich sie sofort sehe!"

Die Alte verschwand, und der Kommissar blieb eine Weile mit seinen Gedanken allein. Er kannte den Ruf dieses Hauses. Was hier eine Herberge suchte, stand so abgrundtief unter der sozialen Stellung des Überfallenen, dass es vorläufig nur eine Erklärung gab für die Fäden, die sich von jenem hier herüberspannten. Und die wollte ihm gar nicht behagen.

Nach einer Weile wurde die Tür auf's neue geöffnet; die Witwe Blasma trat ein, und hinter ihr erschien, notdürftig angezogen, Peggy.

Als sie den Kommissar erblickte, trat sie einen Schritt auf ihn zu, und man sah, dass sie einen Ausruf auf den Lippen hatte. Dann schüttelte sie den Kopf und starrte van Rinschoten erwartungsvoll an.

Auch dieser schien enttäuscht zu sein. Für einen Mann von Bildung und Geschmack konnte diese da kein Ziel inbrünstiger Sehnsucht sein. Die Überraschung des Mädchens bei seinem Anblick war ihm nicht entgangen.

„Kennen Sie mich?" fragte er.

Café Restaurant Tivoli, Rotterdam

119

Peggy schüttelte den Kopf. „Zuerst glaubte ich, Sie seien ein Herr, den ich erst vor ein paar Tagen im Tivoli kennen lernte; jetzt sehe ich, dass Sie es nicht sind, aber er ist Ihnen zum Verwechseln ähnlich."

„Also doch!" dachte van Rinschoten, Dann nahm er sein Verhör wieder auf. „Um diesen Mann, der mir ähnlich sein soll, ist es mir zu tun," erklärte er kurz. „Erzählen Sie mir, was Sie von ihm wissen!"

Die Irländerin begann mit großer Zungengeläufigkeit die Szene mit Lizzie zu berichten, die wir kennen. Als sie den Eindruck schilderte, den die Weinende auf sie gemacht hatte, unterbrach sie der Kommissar.

„Halt! Frau Blasma, Sie sagten, Ihr Haus beherberge weiter keine Mädchen. Was ist das nun mit dieser jungen Person, die das Mädchen dort erwähnt?"

„Ach Gott," sagte die Alte, „das ist eine Kopfkranke, die mit einem Mann reist, der ‚Professor Fergus' heißt und spiritistische Vorstellungen gibt. Er gibt sie für seine Nichte aus. Sie sind am Abend des 1. August in mein Haus gekommen."

„Ich muss sie sehen."

Die Alte zuckte die Achseln. „Sie sind plötzlich wieder abgereist, obschon der ‚Professor' auf eine Woche bei mir gemietet hatte."

„Wohin?"

Die Alte zuckte die Achseln. „Ich frage meine Mieter nicht danach, und sie würden es mir auch kaum sagen."

„Fahren Sie fort," wandte sich van Rinschoten zu Peggy, und diese erzählte umständlich, wie das Mädchen, das übrigens auf sie gar keinen verrückten Eindruck gemacht habe, ihr einen unten vorübergehenden blonden Mann gewiesen und für ihn ein merkwürdiges Interesse gezeigt habe. Dann schilderte sie die Furcht des Mädchens vor ihrem Begleiter und wie sie das Kommen desselben gefühlt und vorausgesagt habe, so dass ihr ein Schauer über den Rücken gelaufen sei. Als sie selbst dann nachmittags den blonden Herrn auf der Straße getroffen, habe sie ihn in dem Wunsche, dem armen Mädchen zu helfen, in das Tivoli bestellt und ihm dort Mitteilung von der Szene gemacht.

„Weiter haben Sie nicht mit ihm verkehrt?"

Peggy schüttelte sehr ausdrucksvoll den Kopf. „Es war ein vornehmer Herr, der sich mit unsereinem nicht abgibt. Er schien nur ein tiefes Interesse für das arme junge Mädchen zu haben, das er wohl anderswo schon getroffen haben muss."

„Wann ging er aus dem Tivoli fort?"

„Nach elf. Er war erst spät dorthin gekommen."

„Gingen Sie mit ihm?"

„Das hätte der Herr wohl nicht geduldet. Ich sah ihm wohl an, wie peinlich es ihm war, mit mir an einem Tische zu sitzen. Er war ein feiner Mann; er gab mir zehn Gulden für meine Mitteilungen und ging."

„Und Sie gingen dann auch fort?" fragte van Rinschoten, ohne den Blick von dem Gesicht der roten Peggy zu wenden.

„Nein. Ich bin bis nach Mitternacht im Tivoli geblieben."

Der Kommissar überlegte. Zwischen elf und zwölf Uhr war der Überfall geschehen, Wenn die Aussagen des Mädchens richtig waren, und van Rinschoten zweifelte kaum daran, dann hatte die ganze Geschichte mit dem Mordversuch nichts zu tun, und die Kombinationen, die er schon daran geknüpft hatte, waren hinfällig.

Wer aber war das junge Mädchen, dessen liebliche Schönheit die Witwe Blasma und die rote Peggy bestätigten, und wie waren die Beziehungen des Überfallenen zu ihr? Die von der Irländerin geschilderte Szene gab ihm zu denken. „Professor Fergus," murmelte er, als er die Herberge verlassen hatte und langsam die Straße hinaufschritt. „Ich werde mich mit den Nachforschungen nach einem solchen beschäftigen. Jetzt kommt es vor allem darauf an, von meinem Doppelgänger das nähere persönlich zu erfahren."

Zwei Tage später konnte eine Vernehmung des Verwundeten mit Genehmigung des Arztes erfolgen. Der junge Schriftsteller lag wachend und mit voller Besinnung da. Verwundert betrachtete er den Kommissar, der an seinem Bette Platz nahm, nachdem er ihm seinen Namen genannt hatte.

„Sie sind das Opfer eines Überfalles geworden," sagte er freundlich. „Können Sie sich darauf besinnen?"

Der Verwundete suchte seine Gedanken zu sammeln. „Nein," sagte er leise; „ich besinne mich auf nichts."

„Kennen Sie ein junges Mädchen, das in der Herberge einer Frau mit Namen Blasma wohnt?"

Die Frage des Kommissars hatte eine starke Wirkung. Der Kranke schien sich erregt aufrichten zu wollen, sank aber sofort zurück. „Meine Unbekannte!" flüsterte er. „O, sagen Sie mir, was wissen Sie von ihr?"

Nach einem Dutzend Fragen wusste Kommissar van Rinschoten das wenige, was Doktor Helpert selbst wusste. Die Dinge wurden immer verworrener. Nur eins stand fest – mit dem Mordversuch hatte die ganze Sache nichts zu tun, wenn auch die plötzliche Abreise des „Professors Fergus" mit seiner Nichte am folgenden Morgen zu denken gab. Der Kommissar zweifelte nicht mehr, dass der Anschlag ihm selbst gegolten hatte. Freundlich verabschiedete er sich von dem Verwundeten, den er nun täglich besuchte und zu dem er bald ein tiefes Gefühl der Zuneigung empfand.

Noch war nicht eine Woche nach der Revue auf der Zuidersee verflossen, als Gesine van Rinschoten eines Morgens einen langen Brief ihres Bruders in den Händen hielt, dessen Inhalt sie veranlasste, eilig die Tante Betty herbeizurufen.

Der betreffende Passus des Briefes lautete: „Und nun, nachdem ich dir von dem guten Fortschreiten der Heilung meines Doppelgängers Mitteilung gemacht, komme ich mit einer Frage zu dir, die mir sehr am Herzen liegt. Doktor Helpert hat heute zum ersten Mal ein paar Augenblicke aufstehen dürfen und ihm fehlt zu seiner Genesung nichts als eine liebevolle und sorgfältige Pflege. Ich fühle mich ihm gegenüber tief verpflichtet; denn wäre seine Ähnlichkeit nicht, so trüge ich seine Wunden. Die Zeit meines Urlaubs ist herangekommen, die ich gern bei Euch verbringen will. Und nun wende ich mich an das gute Herz meines Schwesterchens und Tante Bettys: Erlaubt, dass ich ihn, der für mich litt, zu Euch bringe. In dem Frieden und der Ruhe Eures Hauses wird er sich schneller erholen als hier. Der Arzt erlaubt uns den Transport im Tragsessel zu dem Dampfboot, das uns in ein paar Stunden auf dem Wasserwege zu Euch führen kann. Deiner bin ich sicher, liebe Gesine; du wirst die Bitte deines Bruders gern erfüllen. Sei also meine Fürsprecherin bei Tante Betty und gib ungesäumt Nachricht deinem Karel.“

Gesine blickte, nachdem sie die Zeilen vorgelesen, die Tante erwartungsvoll an.

„Was meinst Du dazu?“ fragte diese zögernd.

„Ich meine,“ sagte das junge Mädchen, und in ihren Augen glomm es warm auf, „Karel hat recht.“

„So mag es sein,“ entschied Tante Betty. „Er mag in Gottes Namen den Fremden bringen. An Raum fehlt es uns ja gottlob nicht.“

Gesine flog Tante Betty an den Hals. „Ich danke Dir, Tantchen!“

„Du?“ fragte die ältere Dame verwundert. „Ich fürchte, Du wirst die meiste Last mit unserm neuen Hausgenossen haben!“

„Ich nehme sie gern auf mich!“ rief Gesine, und leiser fügte sie hinzu: „Um Karels willen!“

14 – Ein reuiger Verbrecher

Die verschwiegene Hinterstube in der Taverne „Zu den drei Seefahrern" im Haag hatte in den verflossenen Tagen manches erregte
Wort gehört. Alles war vorbereitet für den verwegenen Streich,
und dennoch verging Tag auf Tag, ohne dass man zur Tat geschritten wäre. Die Ursache der Verzögerung war Smeedes. Seit dem
Tage auf der Zuydersee entzog er sich hartnäckig jeder Begegnung
mit Wapstra, der in ohnmächtiger Wut umherging und dessen
gereizte Stimmung sich gegen alle äußerte. Er hatte sogar den gefährlichen Schritt gewagt, an den Dolmetscher van Linteloo im
Huis im Bosch einen Drohbrief zu richten; aber auch auf die in
ihm enthaltene Bestellung zu einem Rendezvous war Smeedes
nicht erschienen.

Der „Inder", wie ihn die Genossen seiner früheren verbrecherischen Laufbahn nannten, war krank, und diese Krankheit, für die
es einen medizinischen Namen nicht gab, war keine Verstellung.
Der Assistent-Resident, der seine Dienste nur ungern entbehrte,
schob es auf den Klimawechsel und tröstete ihn damit, dass die
Abreise der indischen Gäste nahe bevorstehe und die Seeluft ihn
schnell wieder herstellen werde. Er hatte keine Ahnung davon,
dass das, was seinen Dolmetscher auch körperlich hinfällig machte,
nichts anderes war als das erwachte Gewissen.

Seit seiner Rückkehr nach Indien hatte Smeedes seinem früheren
Leben Valet gesagt. Mit dem ersten ehrlich erworbenen Gelde war
ein neuer Mensch in ihm erwacht, der mit Grauen an seine Vergangenheit dachte. Sein immer günstiger sich gestaltendes Schicksal hatte ihm mit dem neuen Namen, den er sich zugelegt, auch die
Hoffnung einer neuen Zukunft gebracht. Die Begegnung mit Wapstra hatte alle seine Hoffnungen mit einem Schlage nieder-
geschmettert. Er kannte seinen alten Spießgesellen zu gut, um nicht

von dessen Rache alles zu erwarten, stellte er sich seinem Plane feindselig gegenüber. Auch das Gelingen desselben musste ihn mit ins Verderben reißen. Verschwand er am Tage der Tat, so fiel der Verdacht auf ihn, und er wusste, dass die Erde zu klein sei, um sich auf immer dem strafenden Arme der Gerechtigkeit zu entziehen. Und blieb er, so wusste er, dass die Rache des jähzornigen Rajah in Indien ihn mit erreichen würde – eine langsame und furchtbare Rache, zu welcher den Eingeborenen der Sunda-Inseln tausend Mittel zu Gebote stehen. Er war verloren – so oder so; dieses furchtbare Bewusstsein ward immer deutlicher in ihm. Dies hatte ihn in einen fast apathischen Zustand versetzt, welcher die Dinge kommen ließ, wie sie sollten und mussten.

Den mancherlei Festlichkeiten, welche die niederländische Regierung und der Hof dem indischen Gaste, dessen Freundschaft man sich zu sichern bestrebt war, dargeboten hatte, waren ein paar Tage der Ruhe gefolgt, die dem Herrscher von Lombok selbst am notwendigsten waren, der sich in träger Ruhe von den Festen erholte und das Lustschloss im Bosch nicht verließ. Für den Freitag stand nur noch eine Festlichkeit im Kolonialministerium aus; am Samstag mittag sollte die Abschiedsaudienz bei der Königin erfolgen, und abends sollte das Kriegsschiff mit dem Rajah, seinem Gefolge, dem Assistent-Residenten und ihm selbst die Rückfahrt nach dem fernen Zauberlande der javanischen Inseln antreten.

Als die Zeitungen diese Nachrichten brachten, geriet Wapstra in einen Wutparoxysmus*, der selbst den Langen und Potter erbleichen ließ. Ohne eine nochmalige vorherige Verständigung mit Smeedes war die Ausführung des Planes unmöglich. Sann er auf Verrat, so waren sie alle geliefert; bei der genauen Kenntnis, die er von ihren Persönlichkeiten zu geben vermochte, wären sie bald in den Händen der Wächter des Gesetzes gewesen. Eine dumpfe, verzweifelte Stimmung hatte sich der Gauner bemächtigt.

An dem Tage, an welchem Smeedes den Brief Wapstras erhalten haben musste, wenn er glücklich in seine Hände gelangt war, war die ganze Schar im Hinterzimmer der „Drei Seefahrer" versammelt. Hierher hatte Wapstra den Dolmetscher bestellt, und nun war schon die Dämmerung hereingebrochen, und von Smeedes war keine Spur zu sehen. In dumpfem Schweigen, das nur ab und zu durch ein geflüstertes Wort und das Klirren eines Glases unterbrochen wurde, ließ man die Viertelstunden verrinnen, bis wieder eine neue Stunde vollendet war, und mit jeder schwand die Hoffnung, den Dolmetscher eintreten zu sehen, mehr und mehr.

Wapstra saß zusammengekauert auf einem Stuhl, die Arme um die Lehne geschlungen. Die Adern auf seiner Stirn waren dick angeschwollen und seine Augen gerötet. Er hatte die Zähne zusammengebissen und bot ein Bild mühsam zurückgehaltener Wut, das selbst seine Genossen mit Grauen erfüllte.

Potter war der erste, der das Schweigen brach. „Er kommt nicht!" sagte er finster. „Wir warten umsonst. Die Gefahr wächst für uns mit jeder Minute. Wir müssen den Plan aufgeben."

Wapstra fuhr empor, als treffe ihn ein Faustschlag. „Eher jage ich mir ein Messer selbst in die Brust, als dass ich den Plan aufgebe!" rief er mit schrecklichem Ausdruck in seinem widerwärtigen Gesicht. „Noch bleiben uns zwei Nächte, und eine einzige Stunde genügt!"

„Wollt Ihr wirklich dem Unglück in den Rachen laufen?" sagte Potter. „So tuts doch! Ich denke nicht daran."

„Wollt Ihr uns im Stiche lassen?" schrie Wapstra außer sich.

„Wenn Ihr die Besonnenheit verliert, ja!" erwiderte Potter ruhig. „Kommt nur einen Augenblick zur Vernunft. Seit zwei Tagen hat weder der Rajah noch einer seiner Balinesen das Schloss verlassen. Wisst Ihr, ob alles sich noch so verhält, wie Ihr es vor einer Reihe von Tagen gefunden? Und jede vorgekommene Änderung lässt nicht nur unseren Plan scheitern, sie bringt auch uns ins Verderben."

Wapstra antwortete nicht. Die Gedanken jagten sich in seinem Hirn. Schweigend beobachteten ihn die anderen.

„Es gibt keine andere Wahl," erklärte er endlich, und seine Worte verrieten einen unbeugsamen Entschluss. „Morgen früh suche ich Smeedes im Schlosse auf."

„Und wenn sie Euch festnehmen?"

„Dann wäre auch Smeedes geliefert. An einen Verrat seinerseits glaube ich nicht," sagte Wapstra. „Ihm wird unser Anschlag aussichtslos vorgekommen sein, weil er die Einzelheiten noch nicht kennt, und er hält sich deshalb zur Seite. Vielleicht glaubt er auch, ich mache meine Drohungen nicht wahr und ein anonymer Hinweis auf seine frühere Tätigkeit werde ihm nicht schaden. Genug, ich muss morgen zu ihm, und in der Nacht vor der Abreise des Rajah muss der Schlag fallen."

„Aber wie wollt Ihr ins Schloss kommen?" fragte Potter. „Glaubt Ihr, man werde Euch so ohne weiteres einladen, näher zu treten!"

„Das lasst meine Sorge sein!" rief Wapstra. „Ich habe schon meinen Plan. Und nun gebt Acht – bin ich nicht morgen mittag um zwölf hier in Eurer Mitte, so ist mir etwas zugestoßen und schleunige Flucht das einzige, was Euch zu tun übrig bleibt."

Um die zehnte Stunde des folgenden Vormittags schritt ein mit der weißen Bluse, Schürze und Mütze eines Kochs bekleideter Mann, einen großen Korb am Arme, einen Brief, der die Adresse des Dolmetschers van Linteloo trug, in der Hand, durch das Gittertor des Schlosses im Bosch und gerade auf einen der Posten zu, dem er den Brief hinhielt und fragte, wie er zu Linteloo in das Innere des Schlosses gelangen könne. Der Soldat wies ihm die Treppe für die Dienerschaft in einem der hinteren Eingänge des Schlosses, und der Mann stieg auf ihr gleichmütig zum oberen Stockwerk empor.

„Was wollen Sie hier? Die Küche ist im Souterrain!" rief ihn hier ein Diener an, und wieder wies der Mann auf den Brief in seiner Hand, den er dem Diener hinreichte. „Dem Herrn da hab' ich persönlich etwas abzugeben!"

„So kommt!"

Smeedes lag teilnahmslos auf dem Divan seiners Zimmers, als der Diener eintrat und ihm meldete, ein Mann, anscheinend ein Koch, sei draußen, der zu dem Brief da etwas abzugeben habe.

„Lassen Sie ihn eintreten!" sagte der Dolmetscher müde und erbrach den Brief, während der Diener den Mann eintreten ließ und sich selbst zurückzog. Überrascht sah Smeedes auf, als er den Brief gänzlich unbeschrieben fand, und sein Blick traf die glühenden Augen Wapstras.

Erbleichend fuhr er empor.

„Mich hast Du wohl hier am wenigsten zu sehen erwartet," zischte der Verbrecher. „Glaubst Du, ich ließe Dich so wieder von dannen ziehen, nachdem die Hölle selbst Dich mir in die Hände geliefert?"

Smeedes streckte die Hände aus. „So lass mich doch," bat er verzweifelnd. „Warum verfolgst Du mich so?"

Wapstra war an seine Seite getreten. „Diese Nacht muss es geschehen!"

Smeedes zuckte zusammen. „Steh' ab von dem Plane!" murmelte er. „Er reißt uns alle ins Verderben! Ihr könnt nicht ins Schloss gelangen, und ich kann Euch nicht helfen!" Er hielt ihm die zitternden Hände entgegen. „Ich bin krank; Du siehst es, Wapstra. Nimm mein Erspartes; es ist eine kleine Summe, und geh'!"

„Wir brauchen Dich nicht!" zischelte der Gauner. „Und wie wir die Tat ausführen, kümmert Dich nicht. Und jetzt steh' nur Rede,

schnell. Wann kommt der Rajah von dem Festmahl im Koloni-
alsministerium zurück?"

„Kurz vor Mitternacht," ächzte Smeedes.

„Und wann ist hier im Schlosse alles im Schlafe?"

„Die Dienerschaft geht zur Ruhe, wenn der Rajah im Schlosse
ist."

„Und der Inder?"

„Das kommt darauf an – " sagte Smeedes mühsam, die Hand an
die hämmernde Brust pressend. „Oft sind sie noch eine Stunde
beim Fürsten."

„Dann ist um zwei die gelegene Zeit. Eine Stunde später wird es
schon Morgendämmerung."

„Es kann nicht gelingen!" stöhnte der Dolmetscher.

„Das lass unsere Sorge sein. Sind alle Begleiter des Rajah heute
auf dem Fest?"

„Nur zwei; die anderen bleiben hier."

„Und der Wächter seiner Diamanten?"

„Auch."

Wapstras Augen funkelten. „Um so besser. Hier," sagte er und
nahm aus dem Korb drei etikettierte Flaschen. „Es ist Jamaika-
Rum, der beste, der aufzutreiben war. Und du wirst dafür sorgen,
Smeedes, dass die Balinesen ihn finden. Trinken werden sie dann
schon. Und nun merk' wohl auf, Smeedes – verrätst du uns, und
müssten wir dich suchen im letzten Winkel der Welt, wir fänden
dich; schlimmere Martern erlitte keiner als du!"

„Ich verrate euch nicht, Wapstra – " sagte Smeedes tonlos, und
ein wehes Lächeln zuckte um seinen Mund. „Du siehst ja, bin
schon so ein toter Mann!"

Wapstra sah sein Opfer an und nickte zufrieden. „Ich glaube dir,"
sagte er. „Die Flaschen stell' ich hier in diese Ecke. Und erfährst du
morgen, dass wir die Beute haben, dann lass morgen abend deinen

braunen Fürsten mit seinen gleichfarbigen Halunken allein fahren und komm nach Amsterdam zu dem alten Hehlernest, das du kennst. Und so wahr ich Wapstra heiße, du sollst nicht um deinen Anteil kommen!"

Mit starren glanzlosen Augen sah Smeedes ihm nach, als er das Zimmer verließ.

Die weiße Kochmütze in die Stirn gedrückt trat Wapstra in die Taverne „Zu den drei Seefahrern" und an die Schänke heran. „Soll ich die Ware gleich in die Küche bringen?" fragte er grinsend. Verheeven nickte schweigend und hob die Klappe des Schanktisches. Wapstra trat in den Gang und riss die Tür zur Hinterstube auf. „Da bin ich! Alles ist in Ordnung. Heute nacht um zwei Uhr haben wir die Diamanten des Rajah von Mataram, oder die Hölle hat uns!"

Als mittags der Assistent-Resident von Lombok seinen Sekretär zu dem Dolmetscher sandte, fand der Sekretär diesen fiebernd. Das Anerbieten, einen Arzt zu senden, schlug van Linteloo aus. Die Seeluft werde ihn schnell kurieren. Langsam rannen die Stunden. Um sechs Uhr fuhren die Hofequipagen vor, um den Rajah, den Assistent-Residenten und des ersteren zwei erste Würdenträger in das Ministerium der Kolonien am Plein zu fahren. Als die Wagen von dannen rollten, erhob sich Smeedes mühsam. Sein Entschluss war gefasst. Die Vergangenheit ließ ihn lebend nicht los. An dem Toten hatte sie kein Recht mehr.

Lange saß so der von den wilden Bildern früherer Tage Gequälte. Als es dunkelte, schritt er in den Park. Es drängte ihn, noch einmal frische Luft zu atmen. Lange Zeit schritt er auf verschlungenen Wegen umher. Es war zehn Uhr, als er das Schloss erreichte.

Aus dem großen Gemache, in dem die Balinesen gemeinsam die Nächte verbrachten, drangen lebhafte Stimmen und Lachen zu ihm herüber. Er ging in sein Zimmer und nickte mechanisch mit dem Kopfe. Die Flaschen waren verschwunden.

Sein suchender Blick glitt durch das Zimmer und blieb an der Schnur haften, welche die gerafften Fenstervorhänge zusammenhielt. Und wieder nickte der unselige Mann. Er stieg auf den Divan und hob ein Gemälde, das darüber hing, von seinem Haken. Behutsam stellte er es in eine Ecke. Dann setzte er sich auf den Divan und wartete in stummer Resignation, bis die Gäste des Schlosses zurückkehrten. Gleich nachdem der Rajah mit seinen Begleitern sein Gemach betreten hatte, hörte er den Schall heftiger Stimmen. Er nickte wieder. Wapstra hatte Glück. Die Balinesen waren betrunken, und der Kleinodienwächter des indischen Fürsten wälzte sich, von einem Fußtritt seines erzürnten Gebieters getroffen, grunzend auf seinem Teppich, der ihm als Lager diente. Dann, als alles still war, wickelte Smeedes die Vorhangschnur los. Die zusammengehaltenen Falten lösten sich und fielen vor das Fenster. Und dann war es still, ganz still auch in dem Gemach, das der Dolmetscher van Linteloo bewohnt hatte, der die Vergangenheit des alten Smeedes nicht hatte tilgen können.

Von den Türmen der Stadt schlug es die erste Morgenstunde.

15 – Die Diamanten des Rajah

Es war Mitternacht, als Lizzie durch eine Berührung ihrer Schulter aus dem Schlafe geweckt wurde. Potter stand vor ihr und breitete den schwarzseidenen Trikotanzug auf einem Stuhl aus, den sie bei den Produktionen getragen, die er mit ihr in spiritistischen Zirkeln gegeben hatte. „Steh' auf und kleide dich an!" befahl er. „In einer Viertelstunde musst du bereit sein!"

Mechanisch gehorchte sie. Der schwache Schein einer kleinen Öllampe leuchtete ihr beim Ankleiden. Sie sann nicht; sie dachte nicht. Sie hüllte die schlanken Glieder in die enganliegenden Trikots, die in der Mitte des Körpers ein kurzes schwarzseidenes Höschen zusammen hielt. Nur die Hände, wenige Finger breit der Hals und das Gesicht blieben unbedeckt.

Unbeweglich, mit gesenktem Haupt, die Hände schlaff herunterhängend, blieb sie stehen. In diesem leichten schwarzen Gewand, das ihre zarten Formen sichtbar hervortreten ließ, hätte sie für einen Bildhauer das Modell einer Allegorie des Todes in seiner rührendsten Gestalt abgegeben.

Die Viertelstunde war vorüber; Potter trat ein. Er reichte ihr eine an einem langen schwarzen Band befestigte scharfe kleine Schere hin. „Nimm sie – häng' sie um den Hals und verbirg sie im Halsausschnitt des Trikots."

Wortlos und ohne Zögern, mit müden mechanischen Bewegungen gehorchte das junge Mädchen.

Potter trat auf sie zu. Wieder zwang er sie unter die dämonische Macht seines Willens. Die Augen des Mädchens schlossen sich. Der Wille des anderen lebte in ihr; erstarrt und in Fesseln lag der ihre.

„Komm!" Er zog eine schwarze seidene Mütze über ihr Haar und warf ihr einen Mantel um. Dann öffnete er die Tür.

Mit geschlossenen Augen und doch mit sicheren, unhörbaren Schritten folgte sie ihm. Eine geheimnisvolle Kraft bewegte sie und setzte ihre Füße unfehlbar an die richtige Stelle.

Verheeven öffnete das Tor des Hauses. Ein geschlossener Wagen hielt davor. Der Lange saß auf dem Bock. Potter öffnete den Schlag. „Steig' ein!" Ihr Körper folgte mechanisch dem Befehl. Potter setzte sich zu ihr und schloss die Tür.

Langsam rollte der Wagen von dannen. Im Innern des Wagens entspann sich dieselbe Szene, die wir kennen. Schritt für Schritt ließ er sie träumend den Weg machen, den ihr Körper unter dem Einfluss seines Willens zurücklegen sollte.

Plötzlich erstarrte er. „Schiebe das Fenster zurück!" hatte er gesagt.

Und von den Lippen des somnambulen Mädchens kam es tonlos zurück: „Es geht nicht! Der Riegel ist vorgeschoben!"

Ein eisiger Schauer durchrann den Mann. Es sollte alles vergebens sein? An dem winzigen Riegel einer Luftscheibe, den ein Kind mit dem kleinen Finger zurückschieben konnte, sollte der Plan scheitern?

Plötzlich kam ihm ein guter Gedanke. Er nahm den Ring, den er unter der hinterlassenen Habe seines Bruders gefunden und an dem ein echter Diamant blitzte, vom Finger, zog die Schere aus ihrem Halsausschnitt und schob ihn darauf. „An der Schere auf deiner Brust steckt ein Ring mit einem Diamant. Nimm ihn und ziehe damit an der linken Seite der Scheibe einen kleinen Halbkreis. Dann ritze dort, wo der Riegel sitzt, an der Scheibe entlang. Drücke das durchschnittene Glas hinein ins Gemach. Was hörst du?"

„Das Stück Glas fällt auf das Fensterbrett."

„Lausche, ob sich etwas regt."

„Es regt sich nichts."

„Fasse mit zwei Fingern durch die Öffnung und schiebe den Riegel zurück. Was siehst du?"

„Die Scheibe weicht vor dem Druck. An meinem Finger fließt es warm herab; das scharfe Glas hat ihn zerschnitten.!"

„Steig' in das Zimmer!"

„Ich bin im Zimmer!"

Und nun folgte ohne Anstoß das weitere.

Potter atmete hoch auf. Nun musste alles gelingen. Da hielt der Wagen. Potter sprang heraus. An dem Gitter, das den Park des Schlosses im Bosch umschloss, stand ein in dem Dunkel der mondlosen Nacht kaum sichtbarer Mann. „Ich bin's!" sagte der Bucklige leise. „Wir warten schon!"

Palais im Bosch (Huis ten Bosch), Gartenseite

Die schon eingesetzten präparierten Stäbe wurden von unsichtbaren Händen weggenommen.

„Steig' aus!" raunte Potter in Lizzies Ohr. „Geh' den Weg, den ich dich gehen hieß!"

Ohne zu zögern trat das Mädchen zum Gitter. Potter riss ihr den Mantel ab. Mit festgeschlossenen Augen stieg das Opfer verbrecherischen Willens durch die Gitteröffnung. Potter und der Bucklige zwängten sich gleichfalls hindurch. Die unsichtbaren Hände, die dem am Boden knienden Wapstra gehörten, brachten die Stäbe wieder an ihre Stelle. Der Wagen war langsam weitergefahren. Die drei Personen waren wie durch Zauberschlag von der Straße verschwunden.

„Geh' den Weg, den ich dich gehen hieß!" raunte Potter noch einmal dem Mädchen zu. „Und bring den Lederbeutel von der Brust des Balinesen!"

Leise schlugen die Zweige des Gebüsches auseinander, Lizzie war verschwunden. Der Bucklige verbarg sich unter den überhängenden Zweigen der Büsche und behielt das Gitter im Auge. Potter war tiefer in das Gebüsch hineingetreten und konzentrierte jeden seiner Gedanken auf jeden Schritt, den die Ausführerin seines Willens zurücklegen musste. Wapstra wand sich auf dem Bauche wie eine Schlange weiter durch die Büsche zur Buche mit dem hohlen Stamm und kroch rückwärts in die Öffnung. Mit allen Sinnen lauschte er in die Nacht hinein. Alles blieb still. Minuten vergingen, quälende Minuten, die sich endlos dehnten.

Von Potters Antlitz strömte der kalte Schweiß. Sein starrer Blick schien das Dunkel zu durchdringen, um der leichten, lautlos wandelnden Gestalt zu folgen, die selbst dunkel und unsichtbar war wie die Nacht.

Und wieder verflossen Minuten. Wapstra und der Bucklige wagten kaum zu atmen. Die Anspannung aller Nerven war bei Potter so groß, dass sein Gesicht sich verzerrte. Aber unbeugsam begleitete sein Wille die Schlafwandelnde auf ihrem gefahrvollen Wege. Und wieder rannen Minuten dahin.

Wapstra schob die geballte Faust in den Mund, um nicht im Übermaß der gespannten Aufregung laut aufzustöhnen. Den Buckligen schüttelte es wie im Fieber. Die Sekunden dehnten sich zu Minuten, die Minuten zu Stunden. Und alles blieb still. Selbst das schwache Geräusch des in der Ferne fahrenden Wagens war verstummt. Von Potters Antlitz rann der Schweiß stärker. Wapstra drückte die Fäuste gegen die laut pochende Stirn; sein Herz schlug in wilden Schlägen. Und noch vergingen Minuten.

Da durchfuhr es die Männer wie ein elektrischer Schlag. In der Nähe zerbrach ein trockenes Zweiglein unter der Last eines Fußes. Und dann schlugen wieder die Zweige der Büsche in leisem Rauschen aneinander. Wapstra fühlte ein Wehen, den von dem Näherkommen eines Wesens erzeugten Luftstrom. Wie eine Schlange wand er sich aus der Höhlung des Baumes hervor. Seine tastende Hand berührte den Arm des Mädchens. Die Hand hielt einen Lederbeutel, in dem es leise klang, als er ihn erfasste. Ein glühender Schauer durchfloss Wapstra. Die Beute war in seinen Händen.

Wieder ließ sich das Geräusch von Rädern hören. Der Lange kam zur rechten Zeit mit dem Wagen zurück.

Hinter den letzten Büschen trafen die Männer zusammen. Keiner sprach ein Wort. Die furchtbare Spannung wirkte noch in ihnen fort. Der Bucklige kroch zum Gitter und entfernte mit leiser Hand die Stäbe. Dann steckte er seinen Kopf hindurch und spähte auf die Straße hinaus. Außer dem heranrollenden Wagen war nichts zu sehen. Ein leiser Ruf wie der klagende Schrei eines Nachtvogels. Der Wagen hielt. Wapstra sprang hinein. Potter warf den Mantel um die regungslose Lizzie und trug sie in den Wagen. Mit zitternden Händen befestigte der Bucklige die präparierten Gitterstäbe an die Stelle der herausgenommenen. Dann sprang auch er in den Wagen, der nun in raschem Tempo die Stätte des Verbrechens verließ.

Nun erst rang sich aus Wapstras Kehle ein gurgelnder Laut los. Langsam hob seine Hand den Lederbeutel. Die Diamanten des Rajah waren in ihren Händen. Der Gedanke machte sie jetzt stumm, nachdem ihnen vorher die herzbeklemmende Spannung die Lippen geschlossen.

136

Als der Wagen in die Hooigracht rollte und der Taverne „Zu den drei Seefahrern" sich näherte, knallte der Lange ein paarmal mit der Peitsche. Das große Tor in der Einfahrt des Hauses öffnete sich mit leisem Knarren. Verheeven war auf dem Posten gewesen. Der Wagen fuhr in den Hof. Der Lange sprang vom Bock und warf Verheeven die Zügel zu, ihm auch das Abschirren der Tiere überlassend. Die Männer drängten sich aus dem Wagen, Wapstra nach, der seine Finger um den Lederbeutel krallte. Alle drängten sich um den Tisch der Hinterstube. Die Herzen schlugen ihnen bis in den Hals hinauf, als Wapstra den Beutel auf den Tisch warf und es goldig daraus erklang.

„Es ist Blut an dem Beutel!" sagte plötzlich mit vorgestrecktem Finger der Bucklige scheu.

Keiner der anderen achtete darauf. Wapstra hatte mit vor Begierde zitternden Fingern in den Beutel gegriffen und zog die Schmucksachen heraus, breite schwere goldene Armreifen, mit Juwelen besetzt, einige Ringe mit Diamanten und wieder einen breiten Goldreif mit Rubinen und Smaragden übersät. Als seine zitternde Hand noch einmal in den Beutel griff, stieß er einen lauten Fluch aus. Der Beutel barg keine Schätze mehr. Die blitzende Turbanagraffe, das wunderbare Halsgeschmeide von haselnussgroßen Diamanten, Millionen an Wert, waren nicht dabei.

Grünbleich vor Enttäuschung starrten sich die Gauner an. An Stelle der Millionenbeute lagen die Schmucksachen vor ihnen auf dem Tisch, die im höchsten Falle einige lumpige tausend Gulden wert waren.

Niemand von den Vieren hatte an Lizzie gedacht, die noch im Bann ihres hypnotischen Schlafes im Wagen ruhte. Verheeven, der den offen gebliebenen Schlag schließen wollte, erblickte sie, und in der Meinung, ein gewöhnlicher Schlaf halte sie umfangen, rüttelte er sie, bis sie die Augen aufschlug.

„Wollen Sie etwa im Wagen übernachten?" fragte Verheeven ungeduldig. „So kommen Sie doch heraus!" Und wieder zerrte er sie am Mantel.

Langsam kehrte Lizzie das Bewusstsein zurück. Als sie imstande war, Eindrücke zu gewinnen, hörte sie die Stimme Verheevens, der ihr ärgerlich zurief: „Sind Sie denn taub? Was starren Sie mich denn so an? Aussteigen sollen Sie!"

Lizzie strich sich mit der Hand über die Stirn. Wie kam sie denn allein in den Wagen? Und wo war der Mann, den sie mit Widerwillen Onkel nannte?

Verheeven fasste ihre Hand und zog sie aus dem Wagen heraus. „Teufel!" sagte er plötzlich. „Sie bluten ja!"

Beim Schein der Stalllaterne, die Verheeven trug, sah Lizzie auf ihre Hand. Sie war mit Blut bedeckt, das noch immer langsam aus einem tiefen Schnitt im Zeigefinger ihrer rechten Hand quoll.

„Gehen Sie hinein!" sagte Verheeven, der ein wunderliches Mitleid mit dem blassen, zarten Mädchen empfand, das fröstelnd den Mantel dichter um sich schlug. „Dort ist die Gangtür!"

Aus der halboffenen Tür der Hinterstube drang Licht, und erregte Stimmen schallten gedämpft daraus hervor. Auch Potters Stimme war darunter. Ahnungslos trat sie auf die Schwelle. Vier Männer, deren Aussehen der rötliche Schein der Lampe noch schrecklicher machte, standen um den Tisch, auf dem ein Häufchen Goldgeschmeide lag, an dem es in bunten Farben funkelte und blitzte.

In den gedämpften Streit der Männer tönte plötzlich eine melodische Stimme: „Was ist das dort, Onkel, und was wollen die Männer von dir?"

Die Männer waren jäh emporgefahren. Potter trat erschreckt auf Lizzie zu. Wapstra aber, der ihr am nächsten stand, ergriff ihre Hand und zog sie an den Tisch. „Was das ist?" sagte er mit bitterem Hohn. „Das sind gestohlene Diamanten. Wir aber sind betrogene Diebe und diejenige, von der wir diesmal ein Meisterstück erwarteten, und die eine jämmerliche Pfuscharbeit gemacht hat, das sind Sie!"

Mit weit aufgerissenen Augen starrte Lizzie den Sprechenden an. Ihr Blick irrte über die gleißenden Schmuckstücke und über die verzerrten Gesichter der Männer. Dann leuchtete der Blitz der Erkenntnis in die dunkle Tiefe ihrer Seele hinein, und mit leisem Aufschrei brach sie ohnmächtig zusammen.

16 – Ein unterbrochener Urlaub

Ein langsam fahrender gut federnder Wagen brachte am Vormittag des Samstags Kommissar van Rinschoten und den bleich aussehenden jungen Schriftsteller, dessen Kopf noch ein Verband umgab, zu der Abfahrtstelle der Dampfboote, welche auf einem kleinen Flüsschen in angenehmer Fahrt zwischen üppigen Wiesen hin den Verkehr zwischen dem geräuschvollen, lebendurchwogten Rotterdam und dem stillen Städtchen Delft auf dem Wasserwege vermittelten. Hier warteten schon zwei Krankenpfleger mit einem Tragstuhl, in den sie Doktor Helpert hoben, um ihn auf das Hinterdeck des kleinen Dampfers zu schaffen. Der Kommissar nahm auf einem Feldstuhl an seiner Seite Platz. Der Genesende atmete tief die frische Luft ein, und sein Blick gewann Leben, als er über die grünen Ufer des Flusses schweifte, den das Boot jetzt hinauffuhr.

„Wie freundlich von Ihren Angehörigen, mich in ihrem Heim aufzunehmen," sagte er leise. „Und doch bangt mir etwas davor. Ich werde den Damen schwere Last bereiten – und ich kann nur wenige Worte holländisch."

„Da ist es doppelt gut, dass wir, meine Schwester und ich, eine deutsche Mutter gehabt haben und Ihre Sprache leidlich gut sprechen," sagte van Rinschoten lächelnd.

„Sie hängen so sehr an Ihrer Schwester! Sie erwähnen sie oft und jedesmal geht ein Glanz in Ihren Augen auf. Gleicht sie Ihnen?"

„O," meinte der Kommissar schalkhaft. „Sie fragen noch, Doktor? Und Sie kennen sie doch."

„Ich? Wie sollte ich?"

„Und doch ist es so! Sie sind mit einem Rheindampfboot gekommen, nicht?"

„Mit dem ‚Kinderdijk‘ ".

„Nun wohl – erinnern Sie sich nicht, dass Sie, als Sie an Land kamen, von einer jungen Dame angesprochen wurden, die von einer Ähnlichkeit getäuscht, in Ihnen einen anderen vermutete?"

„O," sagte der junge Schriftsteller überrascht, während vor ihm das Bild einer anmutigen jungen Dame mit schönen grauen Augen emporstieg. „Das ist Ihre Schwester gewesen? Freilich – wir beide haben Ähnlichkeit miteinander."

„Wie seltsam doch manchmal die Geschicke der Menschen miteinander verknüpft werden," fuhr er sinnend fort. „Ohne diese Ähnlichkeit hätte ich Sie nicht kennen gelernt, und es ist mir fast, als wäre ich schon lange mit Ihnen vertraut."

Van Rinschoten drückte seine Hand. „Dasselbe Gefühl lebt in mir, und ich hoffe, dass Sie dies auch in unserem schlichten Heim empfinden werden," sagte er herzlich. „Ich kann Ihnen gar nicht sagen, wie sehr ich mich auf die Tage meines Urlaubs freue."

„Es sind wohl schwer verdiente," meinte Doktor Helpert.

„Ganz gewiss! Das Böse ist ununterbrochen tätig in der Welt, und das Verbrechen zieht Unzählige in seinen verhängnisvollen Bann."

„Und Sie sind gern in Ihrem Berufe tätig?"

„Mit voller Seele! Und nur so darf er betrieben werden; sonst würden die Erfolge sicher ausbleiben. Um so nötiger ist uns eine Ausspannung. Hoffentlich wird sie durch nichts unterbrochen."

„Kommt das auch vor?"

„Leider oft genug. Und liegt ein Verbrechen vor, dessen Ausführung von besonderen Umständen begleitet ist, dann hat man so wie so keine Ruhe. Es geht uns wie den Jägern, denen man ein seltenes Wild im Revier meldet. Man verzichtet nicht gern darauf, an der Jagd teilzunehmen."

„Wie reich dies Land ist!" sagte der junge Schriftsteller gedankenvoll, den Blick über die üppigen Weiden gleiten lassend.

Delft. Rotterdamer Pforte, um 1730

„Ja, es ist ein gesegnetes Land!" erwiderte der Holländer voll freudigen Stolzes, „und wir leben glücklich und zufrieden darin. Ich möchte so gern, dass auch Sie es lieb gewinnen trotz des Schrecklichen, das Sie betroffen hat. Kein Volk entbehrt des menschlichen Abschaums, und das Seevolk, das auf tausenden von Schiffen unsere Häfen und Kanäle bevölkert, hat die Sitten wahrlich nicht verbessert. Aber sehen Sie – dort liegt das alte liebe Delft vor uns. Die Kirche mit dem alten etwas geneigten Turm ist die Oude Kerk, in welcher Admiral Tromp, der Sieger in 32 See-schlachten, begraben liegt. Der schlanke spitze Turm ist derjenige der Nieuwer Kerk, in welcher Sie das prächtige Grabmal Wilhelms des Schweigsamen finden werden. Im Prinzenhof finden Sie noch die Spuren der Kugel, die der feige Mörder Balthasar Gerards auf den Begründer der niederländischen Unabhängigkeit abfeuerte und die den Helden tötete. O, das alte Delft birgt eine Fülle histori-scher Erinnerungen, und Sie sollen sie alle kennen lernen!"

Das kleine Dampfboot hatte seinen Anlegeplatz oben am Südwall erreicht, und der Kommissar winkte den beiden Wärtern, welche die Fahrt mitgemacht hatten und jetzt die Speichen durch die ei-sernen Ösen des Tragstuhls schoben.

„Wir haben nur einen ganz kurzen Weg, durch diese alte Kasta-nien-Allee am Wasser. Das fünfte Haus dort, das hinter der leben-den Hecke des Vorgartens sichtbar wird, soll Sie hoffentlich bald wieder in aller Kraft und Frische sehen. Ich sehe Gesine schon am Gartentor", sagte van Rinschoten, während er mit den Trägern und an der Seite des Genesenden das Land betrat.

Die grauen Augen der jungen Holländerin verrieten deutlich das Mitleid, das sie mit ihrem neuen Hasugenossen empfand. Doktor Helpert fühlte sich um ein passendes Wort verlegen und streckte ihr nur seine weiße, blutleere Hand entgegen, die sie mit warmem Drucke umschloss.

„Seien Sie uns willkommen," sagte sie einfach; aber man hörte es den Worten an, dass sie von Herzen kamen. „Tante Betty erwartet Sie im Hause."

„Das hast du praktisch eingerichtet, Schwesterchen," rief van Rinschoten erfreut, als er sah, dass ein nach dem hinter dem Hause sich ausbreitenden Garten gelegenes Zimmer zu ebener Erde für den Gast vorbereitet war, „und da – wahrhaftig ein Fahrstuhl!"

„Kennst du ihn nicht mehr, Karel?" sagte Gesine mit feucht-schimmernden Augen. „Es ist der Stuhl, den unsere liebe Mutter in den letzten Monaten ihres Lebens benutzte. Maartje," sie wies auf ein stämmiges Mädchen, die Köchin und Bedienerin der beiden Damen, die neugierig auf der Schwelle der kleinen blitzblanken Küche stand, „hat ihn vom Boden geholt – ich denke, er soll unserem Gaste gute Dienste leisten, bis er sich genügend erholt hat, um ihn entbehren zu können."

„Dafür verdienst du einen Extrakuss, Gesine!" rief der Kommissar und wandte sich strahlend zu dem jungen Schriftsteller. „Glauben Sie nun, dass ich recht habe, wenn ich auf mein Schwesterchen stolz bin?"

„Glauben Sie ihm nicht," sagte Gesine lächelnd, während ein leichtes Rot in ihre Wangen stieg, das den Schriftsteller lebhaft an den Moment ihrer ersten Begegnung mahnte. „Er wird mich noch eitel machen mit seinem unverdienten Lob. Sorg' lieber, dass unser Gast aus dem unbequemen Tragstuhl in den bequemeren Fahrstuhl kommt und dann an den Frühstückstisch, an dem ihn Tante Betty schon erwartet."

Damit eilte sie zu Maartje in die Küche, um die kräftige Bouillon, die sie für den neuen Hausgenossen bereit hielt, in die große Tasse aus Delfter Porzellan* zu gießen.

Mit Tante Bettys herzlicher Begrüßung wich der letzte Rest von Befangenheit, die Doktor Helpert beschlichen hatte. Der sonnige Frieden, der über diesem Hause lag und der aus jedem der Worte, aus jeder Miene seiner Insassen sprach, heimelte ihn so an, dass er sich eine Stunde später, als er auf dem blütenweißen Lager ruhte, wie zu Hause fühlte und die Augen schließend, sich ganz dem wohligen Gefühle hingab, das über ihn gekommen war.

Eine laute, fröhliche Stimme ließ ihn die Augen wieder öffnen. Auf die Schwelle seines Zimmers trat, von dem Kommissar geleitet, ein weißhaariger Mann, und dieser wendete die durch funkelnde Brillengläser schauenden Augen dem Schriftsteller zu. „Da haben wir also den Patienten, den Sie meiner Obhut anvertrauen wollen, lieber van Rinschoten." Und zu dem Liegenden sich wendend sagte er in etwas gebrochenem Deutsch: „Ich bin Doktor Wynberg und kenne Ihren Fall schon. Ich will nur Ihre Verbände nachsehen, ob sich durch den Transport nichts daran verschoben hat. Na, das sieht ja gut aus. Bei der guten Pflege, die Sie hier erwartet, werden Sie bald wieder auf den Beinen sein. Eine nette Bande müsst Ihr übrigens da haben in Eurem Rotterdam, Kommissar!"

„Wie findest du ihn?" fragte drinnen im Wohnzimmer Tante Betty ihre Nichte. „Die Ähnlichkeit mit Karel ist überraschend – selbst jetzt, da er bleich aussieht und der Verband ihn entstellt."

Gesine nickte nur. Ein glückliches Gefühl war in ihr, von dem sie sich keine Rechenschaft zu geben wusste.

Van Rinschoten begleitete den langjährigen Hausarzt seiner Angehörigen durch den Vorgarten zur Gittertür. „Werden wir Sie lange hier haben?" fragte dieser beim Abschied.

„Zwei Wochen," entgegnete der Kommissar, „wenn nichts Außergewöhnliches dazwischen kommt."

„Zu wem wollen Sie?" rief er einen Telegraphenboten an, der vor der Gartenhecke stehen geblieben war und nach einer Hausnummer suchte, die er von einem Telegramm in seiner Hand ablas.

„Ich habe ein dringendes Telegramm für Herrn Kommissar van Rinschoten!" sagte der Beamte nähertretend.

„Der bin ich!"

Der Bote reichte ihm das geschlossene Telegramm und den Empfangszettel, den der Kommissar nach einem flüchtigen Blick auf seine Uhr unterschrieb. Dann riss er hastig das Telegramm auf, und ein finsterer Schatten huschte über sein Gesicht. Es war von seinem Chef und lautete: „Melden Sie sich unverzüglich im Haag beim Minister des Innern!"

„Da haben wir's!" dachte van Rinschoten missmutig. „Das ist nun mein erster Ferientag! Es muss eine heikle Sache sein, wenn der Minister selbst sich hineinmengt. Was wird Gesine sagen?"

„Ich muss wieder fort!" sagte er hastig in das Wohnzimmer tretend und warf das Telegramm auf den Tisch. „Mein Chef befiehlt mir, mich sofort im Haag beim Minister zu melden. Gott weiß, welche Teufelei da wieder passiert sein mag!"

„Aber du kommst doch wieder?" rief Gesine erschreckt.

Beispiel einer Dampfstraßenbahn, um 1896

Der Kommissar zuckte die Achseln, während er einen Fahrplan aus der Tasche zog. „Nun geht auch der nächste Zug erst in anderthalb Stunden. Dann muss ich mit der Dampftrambahn fahren. Was das nur sein mag, und weshalb gerade ich hinbeordert werde? Sie haben doch im Haag tüchtige Beamten genug. Aber Befehl ist Befehl. Lebt wohl!" sagte er eilig und griff nach seinem Hute. „Zum Glück ist die Haltestelle des Dampftrams* an der Rotterdamer Poort*, und die kann ich in zwei Minuten erreichen!"

Dann stürmte er fort und ließ die beiden Damen bestürzt zurück.

Im Schloss im Bosch herrschte Bestürzung und Verwirrung. In den Gemächern der indischen Gäste hatte es eine furchtbare Szene gegeben. Der Rajah von Mataram war von seinem Begleiter nur mit Mühe abgehalten worden, mit eigener Hand an seinem Schatzwächter ein blutiges Strafgericht zu vollziehen, als er von dem Verschwinden des Lederbeutels mit den Diamanten erfuhr. Nur der Umstand, dass der Rajah durch die Trunkenheit des herkulischen Balinesen* abgehalten worden war, ihm bei seiner Rückkehr den eigentlichen Kleinodienschatz zu übergeben, den er bei dem Gastmahl im Kolonialministerium getragen hatte, sicherte dem zitternden und mit fahlem Gesicht sein Geschick erwartenden Javaner sein Leben.

Die Verwirrung wurde noch vermehrt, als einer der Balinesen, der den Dolmetscher holen wollte, mit einer Meldung zurückkam, welche die Aufregung des Rajah noch vergrößerte. Ein Sekretär flog zum Assistent-Residenten, der mit bleichen Mienen herbeieilte. Van Linteloo von eigener Hand getötet – der Rajah bestohlen –, das waren Nachrichten, die mit Zentnerschwere auf den Kolonialbeamten niederfielen. Zum Glück verlor er den Kopf nicht. Er wies seine Sekretäre an, die neugierige Dienerschaft fernzuhalten, und begab sich sofort persönlich zum Herrscher von Lombok, um den Umfang des diesem zugefügten Schadens zu erfahren.

Etwas beruhigter, als er hörte, dass die unschätzbaren Kleinodien seines eingeborenen Fürsten durch einen glücklichen Zufall dem Raube entgangen waren, war er zuerst geneigt, diesen mit dem Selbstmorde seines Dolmetschers in Verbindung zu bringen. Ein Blutstropfen erst auf der Bank des Fensters, der von seinem Sekretär bemerkt wurde, führte ihn zu einer schärferen Beobachtung des

Fensters und zu der Überzeugung, dass der Raub von außen her bewerkstellig worden sein müsse. Unverzüglich telephonierte er an das Polizeiamt und ließ den Direktor ersuchen, sich ohne Aufenthalt in das Lustschloss im Bosch zu begeben.

Dieser erschien, so schnell die Pferde seines Wagens laufen konnten. Auch er war entsetzt über das Vorgefallene und fuhr direkt zum Minister des Innern, um diesem Meldung zu machen, nachdem er den Assistent-Residenten gebeten hatte, durch einen seiner Sekretäre ein möglichst genaues Verzeichnis der gestohlenen Schmucksachen anfertigen zu lassen, und zugleich gab er die Weisung, kein Insasse des Schlosses dürfe dasselbe verlassen, bis er weitere Anordnungen getroffen habe.

Der Minister, der sich sofort wieder seinerseits mit dem Leiter der kolonialen Angelegenheiten in Verbindung setzte, geriet in eine nicht minder große Erregung als jener. Dieser Raub konnte den ganzen Zweck der Huldigungen, mit denen man den gefährlichen Herrscher von Lombok überschüttet hatte, illusorisch machen. Während der Kolonialminister sofort zu dem Rajah fuhr und diesem das tiefste Bedauern der niederländischen Regierung über den Raub aussprach und den reichlichen Ersatz der Schmuckstükke, falls diese nicht selbst wieder zur Stelle geschafft werden könnten, versprach, konferierte der Minister mit dem Polizeichef über die zunächst einzuleitenden Schritte.

Über einen Punkt waren sich die Herren sofort einig. Es musste alles getan weren, um jedes Bekanntwerden des Raubes in der Öffentlichkeit zu vermeiden. Der Minister war deshalb auch dafür, einem gewiegten Kriminalbeamten aus Amsterdam oder Rotterdam und keinem Haager Beamten den Fall anzuvertrauen. Der Polizeichef stimmte zu und riet, an den Rotterdamer Chef zu telegraphieren, der besonders tüchtige Leute zur Verfügung habe. Der Minister stimmte zu, und die Folge dieses Entschlusses war das

Telegramm, das Kommisar van Rinschoten in den ersten Stunden seines Urlaubs erhielt, das ihm diesen wieder entriss.

Die Dienerschaft in dem Schloss wurde in dem Glauben erhalten, die ganze Aufregung knüpfe sich nur an den in einem Fieberanfall verübten Selbstmord des Dolmetschers van Linteloo. In der Tat war man geneigt, einen solchen Anfall als unmittelbare Veranlassung des traurigen Falles anzunehmen. Der Sekretär bestätigte, dass er den Dolmetscher in einem fieberhaften Zustande getroffen habe; eine Durchsuchung seines Gepäcks gab keinerlei Anhalt für eine andere Mutmaßung.

Bis zum Eintreffen des Kommissars van Rinschoten, den der Minister mit Ungeduld erwartete, nahm der Haager Polizeichef persönlich im Verein mit dem Assistent-Residenten die ersten Ermittlungen vor. Auf den Blutfleck am Fenster aufmerksam gemacht, dem schnell das Auffinden des Glasstückes und der entsprechenden Öffnung neben dem Riegel in der Luftscheibe folgte, schüttelte der Polizeichef doch den Kopf, als er aus dem Fenster sah. Nur mit Hilfe einer hohen und schweren Leiter konnte jemand das Fenster hier erreichen. Das setzte die gewiss nicht lärmlose Tätigkeit von mehreren Personen voraus, und das Heranschaffen und spurlose Fortschaffen einer solchen Leiter hätte dem Posten, der sofort vernommen wurde, nicht unbemerkt bleiben können. Der Polizeichef war deshalb sehr geneigt, die oder den Täter im Innern des Schlosses zu suchen, erklärte die Öffnung in der Luftscheibe aber für eine in der Absicht vorgenommene, die Tat als eine von außen geschehene absichtlich darzustellen, um von vornherein den Verdacht auf eine falsche Bahn zu lenken.

Das nächste war eine Durchsuchung der Balinesen, obschon der Assistent-Resident von einer solchen abriet. Keiner von diesen würde es gewagt haben, sich an einem Besitz ihres Fürsten zu vergreifen. Die Durchsuchung hatte denn auch einen vollkommen negativen Erfolg. Immer rätselhafter wurde die Sache, als der Assistent-Resident feststellte, dass die Tür des Gemaches, in dem die Balinesen schliefen, wie immer von innen geschlossen worden sei. Es erschien als völlig ausgeschlossen, dass vom Innern des Schlosses aus ein Mensch dieses Zimmer passiert haben könnte, um in das Gemach des Schatzwächters zu gelangen. Mit jeder neuen Ermittlung wurde der Raub geheimnisvoller und dunkler und die Verlegenheit der Beamten eine größere.

Der Rajah hatte darauf bestanden, auch trotz des Raubes sein Reiseprogramm einzuhalten. Er fuhr allein mit dem Assistent-Residenten zur Abschiedsaudienz ins Schloss der Königin; inzwischen traf der Kommissar van Rinschoten im Ministerium des Innern ein und wurde sofort vom Minister empfangen. Mit wenigen Worten machte der Minister den Kommissar mit dem Geschehenen und seine auf eine möglichst geheime Durchführung der Untersuchung abzielenden Wünschen vertraut und schloss: „Sie sind mir als besonders tüchtig empfohlen worden! Widmen Sie Ihre ganze Tätigkeit dem Falle und treffen Sie Anordnungen ganz nach eigener Wahl. Der Polizeichef hier ist angewiesen, Ihre Ermittlungen, denen auch ich mit größter Spannung folgen werde, persönlich entgegenzunehmen. Dieser verwegene Raub, der uns in die peinlichste Aufregung versetzt, muss Aufklärung finden. Wir erwarten dieselbe durch Sie. Ruhen und rasten Sie nicht, Licht in diese dunkle Sache zu bringen!"

Damit war der Kommissar van Rinschoten entlassen.

Kein Gedanke des tüchtigen Beamten galt mehr der verlorenen Ferienzeit. Sein ganzes Sinnen wandte sich der neuen Aufgabe zu, die seinen Ehrgeiz mächtig ansporte. Ungesäumt nahm er einen Wagen und fuhr zum Schloss im Bosch hinaus.

17 – Der blutende Finger

Im „Haus im Bosch" wurde der Kommissar vom Haager Polizeichef mit einem Gefühl großer Erleichterung empfangen. Ausführlich berichtete er über seine Wahrnehmungen und führte dann den Kommissar in das Gemach, in dem der Schatzwächter des Rajah, der noch immer verstört und stumpf vor sich hinstarrte, auf seinem Teppich kauerte.

„Die Inder sind durchsucht, auch die Zimmer?" fragte van Rinschoten.

„Gründlich – in meiner Gegenwart."

„Und man hat nichts Auffälliges gefunden?"

„Nichts als diesen Blutflecken auf der Fensterbank und dieses Loch in der Luftscheibe."

„Es ist mit einem Diamant geschnitten!" sagte der Kommissar nach kurzer Prüfung, „und zwar von der Außenseite, augenscheinlich um den Riegel, der die Luftscheibe innen festhielt, zurückschieben zu können. Bei dem Herausstoßen des Stückes hat sich der Einsteigende geschnitten."

„Aber blicken Sie nur hinaus. Dies Fenster liegt sehr hoch. Die Posten haben die ganze Nacht wie immer um das Schloss patrouilliert. Das Heranbringen, Anlegen und Fortschaffen einer Leiter hätte von ihnen unbedingt gesehen werden müssen."

Van Rinschoten zuckte schweigend die Achseln. „Wenn ich Sie vorhin recht verstand, so befanden sich die Schmucksachen in einem Lederbeutel, den der Wächter des Rajah auf der Brust trug."

„Ganz recht!"

„Wo war das Lager des Balinesen?"

„Dort der Teppich, auf dem der Inder sitzt. Es ist der Mann, dem der Beutel geraubt worden ist."

Van Rinschoten trat zu dem Inder heran und musterte ihn lange und schweigend. Plötzlich zuckte es in seinem Antlitz. Er trat näher an ihn heran und berührte eine Stelle des rotseidenen Sarongs, den der Balinese trug. Zwei dunkle Flecke zeigten sich auf dem Gewand. „Das sind Blutflecken!" sagte der Kommissar zu dem überraschten Polizeichef. „Sie stehen in Verbindung mit dem Blutfleck am Fenster." Und plötzlich warf sich van Rinschoten auf den Boden nieder und untersuchte aufmerksam den Teppich, der ihn bedeckte. „Da ist wieder eine Blutspur!" sagte er, auf einen kleinen Fleck weisend. „Ein einzelner Tropfen!"

„Was folgern Sie daraus?" fragte der Polizeichef gespannt.

„Ihre Annahme, dass der Dieb das Fenster zerschnitten haben könnte, um auf eine falsche Spur zu leiten, lässt sich nicht aufrecht erhalten. Das wäre nach dem Raube geschehen. Die Blutflecken beweisen, dass das Fenster erst zerschnitten wurde und dass der Täter dabei eine Wunde empfing. Dann erst ist er auf den Schlafenden zugeschritten und hat ihn beraubt. Dabei sind weitere Blutstropfen auf den Sarong des Inders gefallen."

„Müssten sich dann nicht noch mehr Blutspuren finden?"

„Ich bin sicher, dass der Lederbeutel mit den gestohlenen Sachen solche aufweist. Unbegreiflich ist nur, dass der Inder nicht aufwachte."

„Er war, wie die anderen, angetrunken."

„Woher nahmen sie das Getränk?"

Der Polizeichef zuckte die Achseln. Van Rinschoten sah sich jeden Winkel des Zimmers an, auch das des Rajah, endlich das Gemach, in dem die übrigen Balinesen geschlafen hatten. „Und dies Zimmer war verschlossen?"

„Der Riegel war von innen vorgeschoben."

Der Kommissar prüfte Tür und Schloss genau. „Es ist auch nicht das leiseste Merkmal einer gewaltsamen Öffnung zu sehen," sagte er dann. Sein Finger deutete auf eine kleine Erhöhung unter dem Teppich in einer Ecke des Gemachs. Er schlug den Teppich zurück und zog drei geleerte Flaschen hervor. „Rum!" sagte er, in eine hineinriechend. „Das erklärt den tiefen Schlaf des Beraubten. Hm!" machte er nachdenklich, wiederholt riechend.

„Was haben Sie?"

Van Rinschoten hob die Flaschen einzeln gegen das Licht. In einer befand sich noch ein Restchen. Er reichte dem Chef die Flache und sagte: „Wollen Sie die Güte haben, diesen Rest sofort chemisch untersuchen zu lassen. Dem Geruch nach hatte der Rum eine Beimischung erhalten, die bestimmt gewesen ist, die narkotische Wirkung des Getränkes zu erhöhen. Trifft meine Vermutung zu, so ist der Rum in der Absicht in das Zimmer der Balinesen gebracht worden, um einen tieferen Schlaf derselben herbeizuführen. Dass die Verbrecher sich in dieser Annahme nicht täuschten, beweist die gelungene Ausführung. Dann aber haben sie im Schlosse Helfershelfer gehabt, und der Selbstmord des Dolmetschers gewinnt an Bedeutung."

„Aber der Assistent-Resident stellt diesem van Linteloo ein gutes Zeugnis aus," wandte der Polizeichef ein.

„Wir werden uns noch näher mit seiner Vergangenheit beschäftigen müssen," sagte van Rinschoten ruhig. „Einstweilen liegt mir viel an der Analyse des Rum-Restes."

Der Polizeichef wandte sich an den Sekretär des Assistent-Residenten und ersuchte ihn, mit der Flasche sofort ein chemisches Laboratorium aufzusuchen, dessen Adresse er ihm angab. „Was wollen Sie jetzt tun?" wandte er sich dann an den Kommisar.

„Die Dienerschaft verhören. Es gilt vor allem festzustellen, wie der Rum in das Zimmer des Balinesen gelangt ist."

„Wollen Sie diese nicht selbst befragen?"

Van Rinschoten lächelte. „Die Sprache auf Lombok ist mir leider unbekannt, ebenso wie das Javanische und Malayische. Der Dolmetscher ist tot, der Assistent-Resident mit dem Rajah zur Abschiedsaudienz gefahren, und der Sekretär, der vielleicht imstande wäre, sie zu befragen, ist fortgeschickt worden."

Der Polizeichef biss sich leicht auf die Lippen; aber sein Respekt vor der Umsicht und kühlen Überlegung des Kommissars wuchs. Die gesamte Dienerschaft und auch das Küchenpersonal wurde in van Linteloos Zimmer gerufen. Scheu wendeten sich die Blicke der Eintretenden dem Winkel zu, wo man die Leiche des Dolmetschers hingelegt und mit einem Tuche zugedeckt hatte.

Der Kommissar wies auf die beiden leeren Rumflaschen hin, die er auf den Tisch gestellt hatte, während seine durchdringenden Blicke jeden musterten. „Diese Rumflaschen sind gestern Abend zu den Indern hineingetragen worden. Wer kann darüber Auskunft geben?"

Der Küchenchef trat vor und sah Etikette und Hals der Flaschen genau an. „Ich habe Rum in Verwahrung," sagte der Mann. „Aber das ist keiner davon."

„Sie sind Ihrer Sache sicher?"

„Ganz sicher!" sagte der Koch mit großer Bestimmtheit. „Mein Vorrat stammt aus den königlichen Kellereien, und Sie sehen, dass dieser da von einer Haager Weinfirma gekauft ist, deren Name auf der Etikette steht, die aber nicht Lieferantin für den Hof ist."

Van Rinschoten befragte jeden Diener einzeln. Niemand wusste etwas von den Flaschen.

Ein Hofbeamter, dem die Leitung des Hauswesens im Haus im Bosch während der Anwesenheit der indischen Gäste unterstellt war, schüttelte den Kopf. „Es sind sehr wenig Fremde im Schloss gewesen, und die hatten wohl auch nur mit der Küche zu tun, die im Souterrain liegt."

Ein junger Lakai machte eine hastige Bewegung, die van Rinschoten nicht entging.

„Wissen Sie vielleicht etwas?" redete er den Bedienten an.

„Ja!" rief dieser aufgeregt. „Gestern vormittag ist ein Mann hier oben gewesen, der einen Korb trug und einen Brief mit der Adresse des Dolmetschers. Ich habe ihn zu dem Herrn geführt, der leidend auf dem Divan dort lag. Der Mann, der wie ein Koch gekleidet war, ist nur wenige Minuten im Zimmer geblieben; denn ich sah ihn selbst darauf wieder fortgehen."

Der Polizeichef und der Kommissar wechselten einen schnellen Blick.

„Wie sah der Mann aus?"

„Wie ein Koch – ich glaube, er trug einen kleinen struppigen roten Schnurrbart – genau habe ich ihn mir nicht angesehen."

Weiter war nichts aus der Dienerschaft herauszubringen, die deshalb von dem Polizeichef entlassen wurde.

„Der Korb hat den Rum enthalten," sagte van Rinschoten mit einem ernsten Blick auf den Toten. „Und jener dort ist wohl ein Mitschuldiger, ganz gewiss aber ein Mitwisser."

„Und warum sollte der Dolmetscher sich den Tod gegeben haben?"

Der Kommissar zuckte schweigend die Achseln. „Wir haben die Macht nicht, ihn zum Sprechen zu bringen," sagte er; „dem irdischen Richter hat er sich selbst entzogen, wenn er an dem Verbrechen beteiligt ist. Jetzt aber möchte ich feststellen, ob in den Wirtschaftsgebäuden oder in den Stallungen Leitern vorhanden sind, vorher indessen den Erdboden und den Platz an dieser Seitenwand, auf der das Fenster mit der zerschnittenen Luftscheibe sich befindet, einer genaueren Prüfung unterwerfen."

Der Polizeichef stimmte zu und folgte ihm. Der breite mit feinem Kies bestreute Weg, der um das Schloss führte, bot nichts Auffälliges. Besonders genau prüfte van Rinschoten die Stelle unter dem Fenster. Endlich schüttelte er den Kopf. „Mit einer Leiter kann das Fenster von dem Einsteigenden nicht erreicht worden sein. Es müsste sich eine Eindrucksspur im Kies finden. Aber ich sehe auch hier keine Blutspur mehr. Das wäre weiter nicht auffällig; denn der Täter kann sein Taschentuch um die Wunde gewickelt haben und diese selbst eine geringfügige gewesen sein. Damit ist noch nicht ausgeschlossen, dass man von außen den Raub ausgeführt hat."

„Könnte nicht dieser Dolmetscher, welcher an dem Verbrechen beteiligt war, eine Strickleiter am Fenster befestigt haben, nachdem er sich von dem tiefen Schlaf der Balinensen überzeugt hatte?"

„Ich habe auch schon daran gedacht," erwiderte van Rinschoten.

„Dann aber hätte er die Luftscheibe geöffnet und der Einsteigende sie nicht zu zerschneiden brauchen."

Wieder biss sich der Polizeichef auf die Lippen.

Die Augen des Kommissars hafteten, während er wie verloren dastand, an dem Fenster. Plötzlich geriet er in Bewegung. „Was ist das?" rief er.

„Was haben Sie?"

„Es muss eine Leiter zur Stelle geschafft werden!" rief der Kommissar, dessen Ruhe jetzt einer fiebernden Erregung gewichen war, und er eilte nach den Stallgebäuden.

Eine Leiter war vorhanden, aber der Augenschein lehrte sofort, dass sie seit langer Zeit nicht von ihrer Stelle genommen worden sein konnte. Das bewies die dichte Staubschicht, die darauf lag. Eine weitere Leiter war nicht da. Der Kommissar ließ diese durch ein paar Stallbedienstete an die Wand des Fensters anlegen und schickte sich an, selbst hinaufzusteigen.

„Haben Sie etwas Wichtiges entdeckt?"

„Haben Sie noch zwei Minuten Geduld," sagte van Rinschoten. „Ich kann mich täuschen; aber ich glaube, ich habe etwas entdeckt."

Er rückte die Leiter ein Stück vom Fenster ab und stieg hinauf. Ein Ruf der Überraschung drang von seinen Lippen. Der dunkle Fleck, den er von unten bemerkt hatte und der sich etwa in Brusthöhe über dem schmalen Sims befand, war ein Blutfleck, und in derselben Höhe zeigten sich, nach der Ecke des Gebäudes weiterlaufend noch mehrere. Aber dieser erstere hatte eine Form, die er lange anstarrte. „Bei Gott," murmelte er, „das sieht wahrhaftig aus wie der Abdruck eines blutigen Fingers."

Der Polizeichef verfolgte mit höchster Spannung die weiteren Manipulationen des Kommissars, nachdem ihm dieser die Bedeutung der Blutflecke erklärt hatte. „Meiner Treu," dachte er, „wir scheinen in diesem van Rinschoten den richtigen Mann für die schwierige Aufgabe gewonnen zu haben. Was hat er denn jetzt mit dem Blitzableiter zu tun? Von dort kann doch kein Mensch ins Fenster kommen?"

Der Kommissar stieg eilig die Leiter herab. „Es ist so, wie ich dachte," sagte er. „Der Diebstahl ist von außen ausgeführt worden und der Dieb am Blitzableiter hinabgeklettert. Auch dort sind deutliche Fingerspuren. Wie aber ein Mensch auf jenem schmalen Sims, der nur die Breite einer Hand hat, einhergehen kann, ohne unfehlbar abzustürzen, das ist mir ein Rätsel. Aber geschehen ist das Verbrechen auf diesem Wege. Die Fingerspuren sind deutlich zu verfolgen. Es ist noch mehr herauszulesen; der Abdruck ist klein und zierlich; die Höhe reicht nur bis zur Mitte der Brust, vom Sims aus gerechnet. Das beweist, dass der Täter eine kleine und zierliche Person gewesen ist."

„Der Täter ist den Weg gegangen und zurückgegangen," bemerkte van Rinschoten bestimmt; „darüber besteht bei mir kein Zweifel mehr. Aber," setzte er aufseufzend hinzu, „das erhöht das geheimnisvolle und schwierige des Falles; denn einer Katze mag es schon schwer werden, auf dem Sims hinzulaufen, und diesen Weg ist ein Mensch gewandelt, der nur für seine Zehen einen Halt gefunden haben kann. Das weist ebenfalls auf eine ungemein leichte Gestalt hin. Ich finde dann noch einen Widerspruch," fuhr er nach längerem Sinnen fort. „Die diesen Raub geplant und ausgeführt haben, sind ganz raffinierte Gauner gewesen; denn ein einzelner ist es nicht gewesen, selbst wenn er mit diesem van Linteloo unter einer Decke steckte. Diesem Raffinement gegenüber sind die Blutspuren der Beweis für eine grenzenlose Leichtfertigkeit, wie sich ihrer kaum ein Anfänger in der Schule des Verbrechens schuldig macht. Fast möchte ich glauben, der Täter sei sich seiner blutenden Hand gar nicht bewusst gewesen, und doch muss der Schnitt schmerzlich gewesen sein."

„Was gedenken Sie jetzt zu tun?"

„Die nächste Umgebung des Blitzableiters nach Spuren abzusuchen. Da er noch Blut trägt, so könnte uns ein Auffinden weiterer Spuren die Richtung verraten, welche der Dieb genommen hat."

Die scharfen Augen van Rinschotens prüften sorgsam jeden Fußbreit des Bodens. Plötzlich bückte er sich und hob etwas Glänzendes vom Boden auf. „Ein Ring!" rief er. „Der Täter muss ihn verloren haben. Seltsam – ein Damenring – und –" er starrte den Ring an, während auf seinem Antlitz die Farbe kam und ging.

„Was haben Sie, Herr Kommissar?" fragte der Polizeichef überrascht.

„Vielleicht einen Anhalt zur Entdeckung der Täter, wenn dieser Ring in dem Besitze eines von ihnen gewesen ist," sagte van Rinschoten, und ein Schweißtropfen rann von seiner Stirn.

„Lassen Sie doch sehen!"

Zögernd gab der Kommissar den Ring aus der Hand.

„Ein ungewöhnliches Stück!" sagte der Polizeichef, ihn spielend auf den Finger streifend. „Die Form ist die eines Damenringes – und sehen Sie – eine Dame wird ihn auch früher getragen haben. Hier ist ein Stück Goldreif eingesetzt: er ist für einen Mann passend gemacht worden."

„Glauben Sie, dass Ihnen der Fund gute Dienste leisten wird?"

„Es ist immer ein Fund, der bedeutsam ist, vorausgesetzt, dass kein Unverdächtiger im Schloss ihn verloren hat. Davon werden wir uns bald überzeugen." Und während er, begleitet von dem Polizeichef das Schloss wieder betrat, dachte er: „Großer Gott, der Ring gleicht demjenigen auf ein Haar, den die Tante Betty trägt!"

18 – Zwischenfälle

„Nehmt das Mädchen fort, Potter!" rief Wapstra, einen giftigen Blick auf Lizzie werfend. „Ich vergesse mich, wenn ich sie noch länger ansehe. Sie ist schuld, dass wir statt Millionen diesen Beutel hier haben. Ich wette, sie hat das Beste auf dem Wege verloren, und das leitet die Fanghähne obendrein auf unsere Spur. Nehmt sie fort, oder –" und er stieß roh mit dem Fuße nach der Bewusstlosen.

Potter griff mit rohen Händen Lizzie auf. Leicht wie ein Kind lag sie in seinen Armen. Auch er war voll Wut und Enttäuschung. Er stieg mit ihr die enge, winklige Stiege hinauf, stieß die Tür seines Gemaches auf und ließ seine Last unsanft auf den Boden gleiten. Mochte das unnütze Ding, das sie um die Früchte ihrer Mühen und Erwartungen gebracht hatte, da liegen bleiben, bis sie aus ihrer Ohnmacht erwachte. Er selbst eilte wieder hinab, um das weitere mit den Genossen zu beratschlagen.

Als Lizzie mit schmerzendem Kopf die Augen aufschlug, war es dunkel um sie her. Sie erhob sich und tastete umher. Langsam sammelte sie ihre Gedanken. Das Bild, das sie in so jähen Schrekken versetzt hatte, tauchte aufs neue vor ihr auf: die vier Gesichter der Männer, auf denen die Wut und Enttäuschung geschrieben stand, das blitzende Geschmeide auf dem Tische. Und aufs neue gellten ihr die Worte des einen der Männer in die Ohren: „Wir sind Diebe, und Sie gehören zu uns!"

Ein so heftiges Zittern befiel das arme Kind, dass sie sich an die Wand lehnen musste, um nicht aufs neue zusammenzusinken. Mit irren Augen starrte sie in das Dunkel; tanzende Funken erschienen vor ihrem Blick. In Gemeinschaft mit Verbrechern stand sie; diese Erkenntnis hatten jene Worte in ihre Seele geflammt, und derjenige, den sie Onkel nannte und der sie aus dem Hause des ernsten schweigsamen Mannes in Amerika geführt, war einer von ihnen. Wie war sie in jenen Wagen gekommen? Wie groß war ihre eigene unbewusste Teilnahme an dem Verbrechen? Eine furchtbare Angst umfing sie. Sie musste fort, fort aus dieser Umgebung, wenn sie nicht wahnsinnig werden sollte. Ihr Hirn kreiste; ihre Knie wankten; aber ihre Hände tasteten sich an der Wand fort, bis sie die Füllung der Tür erreicht hatten. Fort, fort von hier! Nur der eine Gedanke schrie in ihr und forderte Gehör. Ihre Hände griffen nach der Klinke – die Tür war unverschlossen. Ein kalter Luftstrom kam von der Treppe herauf und machte sie in ihrem leichten Gewande frösteln. Von unten herauf drang der Schall gedämpfter Stimmen. Die Männer mochten die Tür der Hinterstube geschlossen haben. Instinktiv begriff sie, dass ihrem Leben Gefahr drohe, wenn man ihre Flucht bemerkte. Gut, auch das! Nur nicht leben, in der Nähe dieser Menschen leben! So tastete sie sich zur Stiege und schlich hinab, Stufe für Strufe, von denen eine trotz ihres leichten Gewichts knarrte. Bebend lauschte sie – das Gemurmel unten hinter der nur angelehnten Tür, durch deren Ritze ein schmaler Lichtstreifen fiel, dauerte an. Mit Zentnerschwere fiel es ihr aufs Herz, dass das Haus verschlossen sein werde. Eine wilde Verzweiflung ward in dem Herzen dieses jungen Mädchens rege, das in geistiger Beziehung fast noch ein Kind geblieben war. Gewann sie den Ausweg aus dem Hause nicht, so gewann sie vielleicht den Ausweg aus einem Leben, dessen Fortsetzung ihr nach der gewordenen Erkenntnis nur ein Entsetzen schien.

Jetzt war sie unten. Lautlos wie ein Schatten durcheilte sie den Gang, dessen Hoftür angelehnt war. Im Stall hörte sie nur eine Stimme; eine Laterne stand auf dessen Schwelle. Verheeven war es, der nach den Pferden sah. Unhörbar glitt Lizzie auf den nur mit den dünnen Trikots bekleideten Füßen über die Kiesel des Hofpflasters in den großen gewölbten Torweg. Die Laterne auf der Stallschwelle wurde emporgehoben; schwankender Lichtschein erfüllte einen Teil des Hofes. Atemlos, an die Mauer gepresst, blieb sie stehen. Kam der Mann mit der Laterne hierher, so war es aus mit ihr. Etwas wie wilder Trotz regte sich in ihr. Nur zu! Aber der Lichtschein wurde kleiner und verschwand dann ganz. Verheeven war in das Haus getreten. Sie hörte ihn die Hoftür des Ganges zuschlagen. Im neu erwachenden Durst nach der Freiheit stürzte sie zu dem großen Tore der Einfahrt. Sie hing sich an das Schloss und zerrte daran. Vergebens! Mit leisem Stöhnen sank sie gegen die harten Schranken ihrer Freiheit.

Mochten sie sie hier finden, sie quälen und töten! Wenn es nur das wäre! Aber wenn sie sie aufs neue zwangen, an ihrem verbrecherischen Tun teilzunehmen, zwangen durch die furchtbare dämonische Macht jenes Menschen, mit dem sie sich verknüpft glaubte durch verwandtschaftliche Bande? Alles, nur das nicht. Noch einmal zog und zerrte sie an dem schweren Tor, und als sie dieses nachgeben fühlte, verdoppelte die Verzweiflung ihre Kräfte.

Ein paar Hände breit öffnete sie es endlich und zwängte sich dazwischen.

Taumelnd flüchtete sie auf die Straße hinaus, flüchtigen Fußes den Häusern entlang in die graue Dämmerung des Morgens, nur in ihrem seltsamen Trikotgewande, einem unirdischen Wesen gleich. Sie bog um eine Straßenecke, um eine zweite. Sie wäre fortgelaufen, so weit ihre müden Füße sie zu tragen vermochten. Da versperrte ihr ein Kanal den Weg, und sie lief nach dem Wasser hinab.

Das Wasser! Die dunkle Flut, die da so träge vor ihr lag – bot sie ihr nicht Vergessen für alle ausgestandenen Leiden, Schutz vor einem Leben, in dem sie keine Freude erwartete? Der jäh aufsteigende Gedanke, hier Ruhe zu suchen, überwältigte sie und brach ihre Kraft. Sie sank in die Knie nieder und stützte sich mit der rechten auf die Steinplatte des Weges, der den Kanal umsäumte. Wie ein letzter Gruß aus diesem Leben trat ein Bild vor ihre Seele, das Bild einer sanft blickenden traurigen Frau. „Mutter!" stöhnte sie und glitt dem Rande der Steinplatten zu. „Mutter, nimm mich zu dir!"

„Ho!" rief da eine derbe Stimme, und ein Arm, der in einem Uniformmantel steckte, schlang sich um das junge Mädchen, dem aufs neue die Sinne schwanden. „Was ist denn das für ein seltsamer schwarzer Vogel, der so früh schon ins Wasser flattern will?"

Unter den vier Gaunern war ein heftiger Streit ausgebrochen. Der Bullenbeißer und der Feilenkönig verlangten, man solle die Diamanten sofort aus den Fassungen brechen und eine Teilung im Original vornehmen. Dem aber widersetzte sich Wapstra aufs äußerste. „Seid Ihr toll?" fragte er grimmig. „Glaubt Ihr denn, dass Ihr die Steine verwerten könnt, ohne dabei gefasst zu werden? Der einzige, der sie uns in barem Geld bezahlt, ist Verheevens Bruder in Amsterdam, und zu dem fahre ich mit dem Frühzuge. Allein! Verstanden?"

„Und wer gibt uns Sicherheit, dass Ihr nicht mit dem Erlös auf und davon geht?" murrte der Lange, dessen Habgier durch den Anblick des Geschmeides zu lichter Flamme angeschürt war.

Wapstra reckte sich auf. „Habe ich je einen von Euch übervorteilt?" sagte er grimmig, und aus seinen blutunterlaufenen Augen sprühten Blitze. „Wie ich sage, so geschieht's, Mann! Ich fahre mit dem Frühzuge nach Amsterdam, und Ihr kommt auf verschiedenen Wegen mir nach, wenn Ihr nicht vorzieht, hier zu bleiben, bis ich mit dem Erlös der Steine zurückkehre!"

„Ich gehe auch nach Amsterdam!" brummte der Lange. „Ich sehe nicht ein, warum ich auf meinen Anteil auch nur eine Stunde länger warten soll, als nötig ist. Und wenn ich ihn heute Abend nicht in den Händen habe, so –" ein tückischer Blitz aus seinen Augen glitt zu Wapstra hinüber.

„Du wirst ihn haben, Langer!" sagte Wapstra finster. „Und Ihr anderen auch. Aber seid vernünftig, Leute! Der größten Gefahr setze ich mich aus, der ich den Beutel mit dem Geschmeide fortbringe. Deshalb muss ich jetzt fort, mit dem ersten Zuge, ehe der Diebstahl entdeckt ist!"

Potter schlug sich auf Wapstras Seite, und auch der Bucklige erklärte sich einverstanden. Der Lange sah sich überstimmt und sah mürrisch drein.

„Für mich ist es das beste, wenn ich mit dem Mädel bis zum Abend bleibe!" meinte Potter, als Verheeven eintrat.

„Gib uns zu trinken!" rief der Lange diesem zu. „Vielleicht bringt mich ein Genever auf andere Gedanken. Denn mir ist's, zum Teufel, als bekäme ich von dem Zeug da nichts für mich zu sehen."

„Du bist ein Narr!" sagte Wapstra achselzuckend und packte die Sachen wieder in den Lederbeutel, den er dann auf seiner Brust verbarg. „Vorwärts, Verheeven – sperr' mir die Tür auf – ich muss fort!"

„Das Tor ist noch offen," sagte dieser. „Ich dachte mir's schon, dass Ihr hier die Zeit nicht vertrödeln würdet!"

„Also heute abend!" rief der Lange dem rotbärtigen Gauner drohend nach, der ohne ein Wort der Entgegnung verschwand.

Der Lange und der Bucklige machten sich über den Genever her, den Verheeven auf den Tisch gesetzt hatte. Potter stieg nachdenklich die Treppe hinan. Die wenigen hundert Gulden, die auf seinen Anteil fielen, waren zu teuer erkauft; denn mit Schrecken dachte er jetzt an die Tatsache, dass Lizzie Einblick gewonnen hatte in die wahre Natur seiner Geschäfte und dass ihm auch von ihrer Seite Schwierigkeiten bevorstehen würden.

Das Gemach, in das er sie gebracht, war noch finster.

„Lizzie!" rief er.

Es kam keine Antwort. Er rieb ein Streichholz an und leuchtete umher – von dem Mädchen war keine Spur zu sehen. „Sollte sie schlafen gegangen sein?" dachte er verwundert. „Ohne meinen Befehl abzuwarten?"

Er ging hinüber in das Zimmer, in dem Frau Verheeven ihr das Lager eingeräumt hatte, von dem er sie vor ein paar Stunden wachgerüttelt hatte. Die Decken waren noch in Unordnung, das Bett leer. Potter stieß einen furchtbaren Fluch aus und sprang die Stiege hinunter. „Verheeven!" rief er. „Leuchtet Haus und Hof ab; das Mädel ist geflohen!"

Der Lange und der Bucklige fuhren entsetzt hinter ihrer Flasche in die Höhe. Auch sie beteiligten sich an der Durchsuchung, die Potter mit bleichem Gesicht und zusammengebissenen Zähnen leitete. Sie war ohne Ergebnis.

„Ich muss sie finden!" knirschte Potter. „Fort mit Euch – denn wenn sie das Mädel ergreifen, ist niemand mehr sicher von uns!"

Dann eilte er von dannen.

„Ihr wartet bis zum Tagesanbruch!" entschied Verheeven, „und so lange, bis ich meine Taverne aufmache. Ihr erregt mehr Verdacht, wenn ihr euch jetzt beim Morgengrauen draußen herumtreibt. Auf solche Nachtvögel hat die Polizei ein ganz besonders scharfes Auge. „Ja, wenn ein Frauenzimmer zwischen solchen Sachen steckt!" schloss er mürrisch. „Frauenzimmerhände gehören nicht in solche Dinge hinein!"

Potter kam nicht zurück. Von der Entflohenen war nichts zu erblicken. Sie musste aufgegriffen worden sein, wenn sie von einem Polizisten in diesem seltsamen Kostüm betroffen wurde, das sie trug.

„Fort!" war nun auch Potters Losungswort. Er strich durch die Straßen, bis es hell wurde, und eilte nach der Station der Holland'sche Spoorweg*. Mit dem ersten nach Rotterdam fahrenden Zuge fuhr er ab, um von dort, auf einem andern Wege als Wapstra, nach Amsterdam zu gelangen. Sein Spiel war verloren – für ihn galt es, nach Einheimsung seiner Beute so schnell wie möglich die Grenze zu erreichen.

Im letzten Wagen des Frühzuges Haag – Amsterdam saß Wapstra, finster und missmutig die Ereignisse der Nacht überdenkend. Wie er selbst auch die Steine an dem Geschmeide, das er unter der Weste barg, schätzen mochte, er wusste recht wohl, dass Verheeven ihm nicht den zehnten Teil des wirklichen Wertes dafür zahlen würde. Das waren wohl kaum tausend Gulden, von denen auch ihm nur ein Bruchteil blieb. Eine bittere Verwünschung glitt über seine Lippen. Er hatte kein Glück mehr – ein großer Coup gelang ihm nicht mehr. Wenn er das Geld nahm und von dannen ging in ein fremdes Land? Potter konnte er immer einen Teil der Beute dalassen; denn er wusste nicht, ob er ihn nicht wieder nötig hatte. Aber der Lange und der Bucklige!

Bahnstrecken Rotterdam – Delft – Haag – Leyden – Amsterdam, 1906

Ein hässliches Lächeln spielte um seine Lippen, wenn er an die Wut dieser beiden getäuschten Gauner dachte.

„Leyden! Fünf Minuten!"

Wapstra rührte sich nicht in seinem Kupee, das kein anderer mit ihm teilte. Als der Zug weiter fuhr, atmete er auf. „Die Arbeit und Enttäuschung dieser Nacht haben auch meine Nerven angegriffen," dachte er. „Wäre ich nur erst in Amsterdam!"

Ein gellender Pfiff der Lokomotive seines Zuges – zwei, drei Schreie der Dampfpfeife einer anderen unterbrachen seine Gedanken. Ein furchtbarer Stoß, der ihm die Besinnung raubte, ein Bersten, Krachen und Splittern um ihn her. Mit dem letzten Blick sah er noch, wie die vordere Wand seines Abteils sich krachend und splitternd auf ihn zuschob; dann war es still für ihn geworden ringsum.

Desto lautere Verwirrung herrschte draußen. Gleich hinter dem Leydener Bahnhof war ein Lastzug infolge unrichtiger Weichenstellung auf das Ende des Personenzuges aufgefahren, die beiden letzten Wagen desselben zertrümmernd. Todesächzen und wilde Schreie um Hilfe drangen aus den zerschmetterten Wagen, und mit bleichen Gesichtern begannen Bahnbeamte und Passagiere die Opfer dieser Katastrophe zu bergen.

Mit zerschmetterten Unterschenkeln und einer schweren Brustquetschung bettete man einen Passagier des letzten Wagens auf den Bahndamm. Es war noch Leben in dem Todgeweihten, der eine Hand in seiner Weste festgekrallt hatte. Es war Wapstra.

19 – Licht und neues Dunkel

Kaum hatten der Polizeichef und van Rinschoten das Schloss wieder betreten, als der Sekretär des Assistent-Residenten zurückkehrte und den Zettel mit dem Befunde des Laboratoriums dem ersteren überreichte.

„Da haben wir's; Opiumzusatz!" sagte dieser.

„Ich war davon überzeugt," entgegnete der Kommissar, der düster und schweigsam geworden war. „Der Befehl des Ministers, den Vorfall so geheim wie möglich zu behandeln, schließt wohl nicht aus, dass das Verzeichnis der geraubten Schmuckstücke unverzüglich allen Polizeistationen telegraphisch bekannt gegeben wird?"

„Gewiss nicht!" sagte der Polizeichef. „Ich habe das übrigens auf eigene Verantwortung angeordnet. Gegenwärtig dürften alle Polizeiämter schon im Besitz desselben sein. Aber glauben Sie, damit etwas zu erreichen? Die Diebe werden die Steine längst aus der

Goldfassung herausgebrochen und die letztere eingeschmolzen haben."

„Das ist gewiss naheliegend," gab der Kommissar zu. „Aber in unserem Berufe muss man mit dem Zufall rechnen; er ist unser kräftigster Bundesgenosse."

„Ich kehre jetzt auf das Amt zurück – hier bin ich inzwischen wohl unnötig geworden," meinte der Polizeichef. „Ich sehe, die Nachforschungen konnten in keine besseren Hände gelangen als in die Ihrigen. Sie setzen sie wohl noch fort?"

Van Rinschoten nickte nachdenklich.

„Ich werde immer für Sie zu sprechen sein. Ich bin begierig, die Schritte zu erfahren, die Sie nach Beendigung Ihrer Nachforschungen hier am Tatort einschlagen werden."

Damit wollte sich der Polizeichef entfernen; er wurde aber von dem wieder hinzutretenden Sekretär aufgehalten.

„Haben die Herren schon von dem Eisenbahnunglück bei Leyden erfahren?" fragte er. „Ein Extrablatt wurde vorhin in der Stadt verbreitet."

„Nein!" rief der Polizeichef, und auch van Rinschoten horchte auf. „Das scheint ja ein wahrer Unglückstag werden zu wollen!"

„Ein Lastzug ist hinter Leyden auf die letzten Wagen des Haager Frühzugs nach Amsterdam aufgefahren," berichtete der Sekretär weiter. „Das Extrablatt berichtet von zwei Toten und vier Schwerverwundeten. Zum Glück sind die beiden letzten Wagen nur mäßig besetzt gewesen."

Van Rinschoten ging mit schwerem Herzen aufs neue an seine Arbeit. Zunächst gelang es mit Hilfe des Sekretärs festzustellen, dass die Balinesen die Flaschen mit dem opiumversetzten Rum in van Linteloos Zimmer entdeckt und sofort als gute Beute erklärt hatten. Das stellte immer noch nicht des Dolmetschers Mitschuld in Frage, von der van Rinschoten fest überzeugt war. Der wichtigste Anhaltspunkt war und blieb der Ring. Eine nochmalige Befragung der gesamten Insassen des Schlosses ergab, dass er niemandem gehörte. Es blieb kein Zweifel, dass das derselbe Diamant war, mit dem der Täter die Öffnung in das Fenster geschnitten hatte und den er beim Herabklettern am Blitzableiter verloren hatte. Je mehr van Rinschoten ihn betrachtete, desto gewisser wurde er, dass Tante Betty das Gegenstück zu demselben am Finger trug. Wenn der Ring aus seiner eigenen Familie stammte? Wie, um Himmels willen, war er in die Hände von Verbrechern gekommen?

Die Nachforschungen, die er im Park anstellte, waren ohne jeden Erfolg. Kein Indianer hätte eine Fährte genauer absuchen können als van Rinschoten die nähere Umgebung des Blitzableiters und die nächsten Parkwege. Es hatte in der Nacht und am Vormittag nicht geregnet. Auch die geringste Blutspur hätte sich verfolgen lassen müssen. Nichts dergleichen fand sich.

Es war vier Uhr nachmittags geworden, als der Kommissar seine Nachforschungen an Ort und Stelle beendet hatte. Weder Hunger noch Durst meldeten sich bei ihm. Der Ring! Mit ihm musste er seine Nachforschungen nach den Tätern beginnen, und diese Nachforschungen mussten – in seiner eigenen Familie ihren Anfang nehmen. An eine Hoffnung klammerte er sich. War der Ring, den Tante Betty trug, ein gekaufter, dann zerfielen alle seine dunklen Gedanken, und der Verfertiger konnte vielleicht eine auf die Spur führende Auskunft geben. Mit diesem einen Hoffnungsstrahl machte er sich auf den Weg zum Polizeichef, nachdem er noch die Papiere des Selbstmörders an sich genommen hatte.

Jener hörte den Bericht des Kommissars aufmerksam an. „Ich billige natürlich alles, was Sie tun, lieber van Rinschoten; aber im Grunde genommen haben auch Sie wenig Hoffnung, die gestohlenen Schmucksachen wieder herbeizuschaffen; gestehen Sie es nur ein!"

„Ich wies schon einmal auf unseren stärksten Bundesgenosen hin, auf Seine Majestät den Zufall!" gab der Kommissar zurück. „Er spielt im Verbrecherleben wie in der Verfolgung der Verbrecher eine große Rolle. Immerhin fürchte ich, dass wir die Beute selbst verloren geben müssen, wenn es uns auch gelingen sollte, die Räuber ausfindig zu machen."

Ein Beamter trat in diesem Augenblick mit einem Staatstelegramm ein, das er dem Polizeichef überreichte.

„Der Zufall!" lächelte dieser, während er das Telegramm erbrach. „Man darf nur nicht zu sehr mit ihm rech . . . !" Er vollendete nicht, sondern sprang mit einem lauten Ausruf des Erstaunens auf. „Das ist mehr als Zufall," sagte er ernst, indem er dem Kommissar das geöffnete Telegramm hinreichte. „Das ist der Finger der Vorsehung. Die Schmucksachen sind gefunden worden – bei einem Sterbenden!"

Mit größerer Hast, als es sich einem Vorgesetzten gegenüber geziemen mochte, riss van Rinschoten das Papier an sich. Es war von der Polizeibehörde in Leyden und meldete: „ Gestohlene Schmucksachen unversehrt aufgefunden in der Kleidung eines beim Eisenbahnunglück tödlich Verletzten. Erbitten Verhaltensmaßregeln."

„Telegraphieren Sie, dass Sie mit dem nächstfälligen Zuge in Leyden eintreffen!" rief aufs höchste erregt der Polizeichef. „Ich selbst werde sofort persönlich dem Minister Bericht erstatten. Die Abreise des Rajah von Mataram muss verschoben werden, bis Sie mit den Schmucksachen zurück sind. Finden Sie den Mann, bei dem die Schmucksachen gefunden worden sind, noch am Leben, so suchen Sie natürlich erst eine Vernehmung zu erzielen. Ist der Mann tot, so requirieren Sie sofort eine Lokomotive und fahren auf derselben mit dem Schmuck hierher zurück, wenn das Abwarten eines fahrplanmäßigen Zuges eine Verspätung bedeuten sollte! Vorwärts, lieber Herr Kommissar – erst den Schmuck, dann mit Nachdruck an die Verfolgung der Übeltäter, von denen uns anscheinend den wichtigsten das rächende Geschick in die Hände geliefert hat."

Eine halbe Stunde später saß der abgehetzte Kommissar im Leydener Zuge. Würde er den Schwerverletzten noch lebend antreffen? Würde sich das Dunkel, das den Ring mit den Schlangen umgab, lichten?

Er fuhr zunächst zur Polizei, legitimierte sich dort und nahm gegen Quittung den Lederbeutel mit den Schmucksachen in Empfang. Dann erbat er sich die Hilfe eines Beamten zur Führung des Protokolls, falls er den Schwerverletzten vernehmungsfähig finden würde, und begab sich in einer Spannung, die er nur schwer zu verdecken vermochte, zum Hospital, in das man die Opfer des Eisenbahnunglücks getragen hatte.

„Es geht mit ihm zu Ende," flüsterte der Arzt, als er ihn an das Lager Wapstras führte, der mit röchelnder Brust dalag. „Es ist ein Wunder, dass er noch lebt; sein Brustkasten ist eingedrückt und seine beiden Beine bis zum Knie zerschmettert. Wir sind gar nicht zur Operation geschritten; er liegt schon im Todeskampfe."

„Gibt es ein Mittel, ihn noch einmal zur Besinnung zu bringen?" fragte van Rinschoten, den Sterbenden unverwandt betrachtend.

„Er hat gleich ausgelitten," wandte der Arzt ein.

„Hier handelt es sich um mehr als um das verfehlte Leben, das hier zu Ende geht," versetzte der Kommissar. „Ein einziges Wort, das wir dem Sterbenden entlocken, kann eine Tat aufhellen, an deren Erforschung der Regierung ungemein viel gelegen ist. Im Namen des Gesetzes muss ich Sie ersuchen, Herr Doktor, alle Mittel anzuwenden, die imstande sind, die Besinnung des Sterbenden noch einmal zurückzurufen."

Der Arzt zuckte schweigend die Achseln, nahm ein Gläschen, das mit einem Glasstöpsel verschlossen war, und öffnete es. Ein scharfer, betäubender Duft entwich dem Glase. Der Arzt tröpfelte etwas von der Flüssigkeit in einen Löffel und goß es auf die geöffneten Lippen des Sterbenden.

Ein Seufzer entfuhr diesem; eine Art Krampf erschütterte seine Kinnbacken, und er schlug die Augen auf. Ein starrer, fragender Blick traf die um sein Lager stehenden Personen: „Pot-ter!" röchelte er, und seine Augen schlossen sich. Ein neuer Krampf erschütterte ihn; ein Zucken durchlief seinen Körper.

„Schnell, Herr Doktor! Noch einmal –" rief van Rinschoten in fieberhafter Erregung; aber dieser schüttelte den Kopf, indem er sich zugleich zu dem Liegenden niederbeugte.

„Ihn belebt keine Menschenmacht mehr," sagte er sich wieder aufrichtend. „Wenn der Mann hier ein Verbrecher war, so hat ihn dieser Augenblick der irdischen Gerechtigkeit entrückt und vor einen höheren Richter geführt. Der Mann ist tot, Hr. Kommissar."

„Potter?" wiederholte dieser. „War es sein eigener Name? War es ein fremder? Wer kann es wissen? Haben Sie sämtliche Sachen zur Stelle, die Sie bei dem Toten fanden?" wandte er sich an den Beamten.

„Hier sind sie!"

„Ich nehme sie an mich," erklärte van Rinschoten. „Sorgen Sie, dass sofort eine photographische Aufnahme von der Leiche gemacht und sein Signalement* aufgenommen wird, soweit es sich noch feststellen lässt. Mit der Beerdigung muss gewartet werden, bis die Erlaubnis dazu aus dem Haag eintrifft."

Müde zum Umfallen begab er sich auf den Bahnhof. Da nur zehn Minuten ihn von dem Eintreffen des Amsterdamer Schnellzuges trennten und seine requirierte Maschine doch erst hinter diesem die Station hätte verlassen dürfen, so beschloss er, den Zug zu benutzen, der ihn immer noch einige Minuten vorher zum Haag zurückbrachte. Die wenigen Minuten benutzte er, um einen Trunk und einen Bissen zu sich zu nehmen. Die Durchsicht der Brieftasche, die man dem Toten abgenommen hatte, verschob er auf die Zeit im Kupee.

Er fand einen Pass, ausgestellt auf den Agenten Soesmann, eine kleine Summe in holländischem Papiergeld und einen Zettel, auf dem ein paar Bleistiftstriche eine Art Situationsplan darstellten. Fieberhaft durchforschte er die Mappen der Tasche nach etwas, das den Namen Potter erklären konnte, den der Sterbende als letztes Wort ausgestoßen hatte. Nichts fand sich.

Im Zimmer des Polizeichefs fand van Rinschoten zu seiner Überraschung nicht nur den Assistent-Residenten von Lombok, sondern auch den Minister des Innern und den Minister der Kolonien anwesend. Man hatte den Extrazug, der den Rajah von Mataram nach dem Hafen und an Bord bringen sollte, warten lassen.

„Nichts fehlt," sagte der Kommissar erschöpft.

„Haben Sie noch etwas zu ermitteln vermocht?"

„Ich fand den Mann, dem die Schmucksachen abgenommen wurden, als einen Sterbenden. Nur einen Namen brachten seine Lippen noch hervor, den Namen Potter."

Der Polizeichef legte seine Hand auf van Rinschotens Arm. „Bleiben Sie noch!" sagte er, während er sich den Exzellenzen zuwandte, die mit dem Assistent-Residenten gingen, um ihn zum Rajah zu geleiten; „Ich habe noch mit Ihnen zu reden."

Er begleitete die Herren bis zum Fuß der Treppe und kehrte eilands in sein Arbeitszimmer zurück.

„Den Namen! Schnell noch einmal den Namen!"

„Potter! So glaube ich ihn deutlich verstanden zu haben. So haben ihn auch der Beamte, den ich vom Leydener Polizeiamte mitnahm, und der Arzt vernommen."

Der Polizeichef drückte auf den Knopf des elektrischen Apparates auf seinem Schreibtisch. „Ist Vanderem noch da? Ich lasse ihn mit dem Bericht über das heute morgen am Signalskanal* aufgelesene und ins Krankenhaus eingelieferte Mädchen herüberbitten."

Wenige Augenblicke später betrat ein älterer Polizeibeamter mit einem Schriftstück das Zimmer.

„Ich habe mich nicht getäuscht," sagte der Chef, nachdem er in die Akten geblickt hatte; „es ist derselbe Name. Ein junges Mädchen in einem schwarzen Trikotkostüm, wie es Artistinnen zu tragen pflegen, wurde heute früh bei Tagesgrauen von dem Polizisten Houßmans am Signalskanal in dem Augenblick festgehalten, als sie sich ins Wasser stürzen wollte. Ohnmächtig auf die Polizeiwache gebracht, erwies sie sich dort als geistig so angegriffen, dass sie auf die Beobachtungsstation des Krankenhauses gebracht wurde. Nach einigen Stunden ist sie ruhiger geworden und hat deutliche Antworten auf an sie gerichtete Fragen gegeben. Dabei hat sie bekundet, dass sie Potter heiße und vor länger als vier Jahren mit einem Bruder ihres Vaters nach dem Kontinent gekommen sei. Weiteres war nicht zu ermitteln; auf alle weiteren Fragen erklärte sie nichts zu wissen. Halt! Hier ist noch eine Bemerkung, die ich vorhin selbst übersah, da ich dem Fall keine größere Bedeutung schenkte. Das junge Mädchen hat einen unverbundenen tiefen Schnitt im zweiten Glied des rechten Zeigefingers."

„Einen Schnitt im Finger!" Der Polizeichef und der Kommissar riefen es wie aus einem Munde und sahen sich verblüfft an.

„Ihr Bundesgenosse, der Zufall, scheint Ihnen in der Tat gewogen zu sein!" sagte der Polizeichef. „Der Name Potter und diese Wunde – wenn sich nun der Ring organisch in die Sache einfügt, so sind die Täter gefunden."

„Der Ring!" Van Rinschoten war der Ausruf entfahren. „Morgen in aller Frühe werde ich meine Nachforschungen weiter aufnehmen," sagte er. „Die Hauptbeteiligten können uns ja nicht mehr entgehen. Und ich habe ein schweres Tagewerk hinter mir!"

„Erholen Sie sich, lieber van Rinschoten. Sie haben es verdient!"

Mit diesen freundlichen Worten entließ der Chef den Kommissar. Aber dieser ging nicht zur Ruhe. Obschon es neun Uhr vorüber war, fuhr er zur Dampftramstation am Huygensplein* und fuhr mit dem letzten abgehenden Tram nach Delft.

Er fand noch Licht im Wohnzimmer, und Maartje öffnete ihm eilends auf sein Klingeln an der Gartenpforte.

„Karel!" rief Gesine überrascht. „Nachdem wir dich den ganzen Tag vergeblich zurückerwartet haben, kommst du so spät noch!"

„Auch nur auf einen Sprung!" sagte der Kommissar, erschöpft auf einen Stuhl sinkend. „Ich habe eine schwere Tagesarbeit hinter mir, und es sind nicht minder schwere Tage, die mir noch bevorstehen. Ich hätte dich wecken lassen müssen, Tante Betty, wenn du schon zur Ruhe gegangen wärest!"

„Ei!" sagte die alte Dame erschreckt. „Und du sprichst das so sonderbar ernst! Was ist denn vorgefallen?"

„Bitte, lass mich einmal den Schlangenreif an deiner Hand genau betrachten."

Auch Gesine war durch das sonderbare Gebaren ihres Bruders ängstlich geworden.

Tante Betty schob den Ring vom Finger und hielt ihn ihrem Neffen hin. Ein Blick desselben genügte, um zu erkennen zu lassen, dass er dem aufgefundenen und in seiner Tasche befindlichen völlig gleich war. „Tante Betty, kannst du dich entsinnen, wo du den Ring gekauft hast?"

„Gekauft, Karel? Ich habe ihn nicht gekauft. Er ist ein Geschenk deines Vaters, meines Bruders, der die Zeichnung dazu selbst entwarf und ihn danach vom Juwelier herstellen ließ."

174

„Dann kann der Juwelier einen zweiten für sich oder einen anderen, dem die Fassung gefiel, angefertigt haben?"

„Einen zweiten?" Tante Betty erhob sich hastig, und auf ihren Wangen kam und ging die Farbe. „Aber einen zweiten bekam ja Anntje, meine arme Schwester, ehe sie heimlich von dannen ging!"

Auch van Rinschoten war aufgesprungen. „Dann ist dieser Ring –" sagte er stockend, indem er den gefundenen Reif aus der Tasche zog; „dann trug sie ihn vielleicht –"

„Anntje!" schrie Tante Betty auf, und auch Gesine wurde bleich. Die alte Dame griff nach dem Ringe und legte ihn zu dem ihrigen. „Es ist derselbe, Karel. Es ist derselbe. Kein Zweifel, es ist der Ring meiner verschollenen, so lange beweinten armen Schwester! O sag'; lebt sie? Ist sie tot? Wie kommt der Ring in deine Hände?"

„Durch ein Verbrechen!" wollte der Kommissar sagen; aber er besann sich rechtzeitig auf den furchtbaren Eindruck, den dies Wort in Verbindung mit dem Ringe auf seine Angehörigen machen musste, und sagte deshalb nur: „Durch einen – Zufall, Tante! Aber ich bitte dich, gib dich keinen übereilten Hoffnungen hin. Gerade, dass dieser Ring in andere Hände gelangen konnte, beweist mir, dass sie längst nicht mehr unter den Lebenden weilt."

„Anntje! Meine liebe, arme Schwester!" schluchzte Tante Betty.

„Ich bitte dich, beruhige dich! Ich musste dir den Ring zeigen! Sei versichert, dass ich alles aufbieten werde, um die Herkunft des Ringes zu ergründen. Verzeiht die Störung, die ich euch machte. Maartje muss mich wieder hinauslassen. In zwanzig Minuten geht der Nachtschnellzug den Spoorweg hier durch nach dem Haag, und ich muss ihn benutzen. Nun fällt dir die Last unseres Pfleglings allein zu, Gesinchen!" lächelte er traurig, „und ich wollte dir die größere abnehmen."

„Denk' nicht daran, Karel!" sagte das junge Mädchen. „Ich weiß, was ich an ihm tue, tue ich an dir!" und wieder stieg ein leises Rot in ihre Wangen empor.

„Neues Dunkel!" seufzte der Kommissar van Rinschoten, als er im Kupee des durch die Nacht sausenden Eilzuges saß, der ihn in der kurzen Zeit von nur zehn Minuten nach dem Haag zurückbrachte. „Wie wird es sich lichten?"

20 – Enttäuschungen

In dem Hehlerschlupfwinkel des Amsterdamer Verheeven, zu dem nur diejenigen Zutritt erlangten, die dem gewiegtesten und raffiniertesten Hehler von ganz Holland persönlich bekannt waren oder sich durch ein Losungswort ausweisen konnten, saß, eine Beute schwer zu verhehlender Wut und Erregung, das Gaunerkleeblatt: Potter, der Mann mit dem Bullenbeißergesicht und der Feilenkönig. Wie ein Donnerschlag hatte sie die Nachricht getroffen, dass Wapstra bei Verheeven nicht erschienen war. Der Lange wütete und drohte, dem Schuft ans Leben zu wollen, der seine Genossen um ihren Anteil an der Beute bringe, und selbst in Potter waren Zweifel an der Gaunerehrlichkeit Wapstras aufgestiegen, die sich bei den Flüchen und Lamentationen der anderen nur noch verdichteten.

Nur Verheeven widersprach den schlimmen Annahmen der Drei. Er kenne Wapstra lange genug, um zu wissen, dass er keinen von der Zunft benachteilige. Wann denn übrigens der Gesuchte in Amsterdam habe eintreffen wollen?

„Heute früh!" gab Potter zur Antwort.

„Hallo!" sagte Verheeven mit einem Male ernst. „Er hat doch nicht in dem Leydener Unglückszuge gesessen?"

„Was ist denn passiert?" riefen die drei wie aus einem Munde.

„Ein Zusammenstoß, bei dem mehrere Passagiere getötet und verletzt worden sind."

Die drei sahen sich an.

„Der Frühzug vom Haag über Leyden ist verunglückt?" fragte Potter mit heiserer Stimme. „Besinnt Euch, Verheeven!"

„Wartet," sagte dieser. „Das Abendblatt vom ‚Telegraaf' hab' ich vorn in meinem Lokal. Ich selbst hab' noch nicht Zeit gehabt einen Blick hineinzuwerfen. Ich hole das Blatt; das muss ja nähere Nachrichten bringen."

Die drei waren verstummt und hingen ihren eigenen quälenden Gedanken nach. War Wapstra unter den Opfern, dann waren die Schmucksachen gefunden und die Häscher auf ihrer Fährte.

„Ein verdammt schlechtes Geschäft!" murmelte der Lange und spie aus. „Um den Lohn betrogen und mit der Nase vor dem Zuchthause. Hol' mich der Teufel, wenn ich mich noch einmal so zum Narren halten lasse. Teilten wir heute morgen die Diamanten, so hätten wir unseren Teil, und ihr anderen könntet meinetwegen alle miteinander in dem verunglückten Zuge gesessen haben!"

Verheeven trat mit dem Abendblatt des ‚Telegraaf' ein. „Unter den Schwerverwundeten ist ein Agent Soesmans," sagte er; „Nannte sich Wapstra nicht –"

Er konnte nicht vollenden; denn ein dreifacher Schrei der Bestürzung unterbrach ihn.

„Es ist Wapstra!" sagte Potter mit fliegendem Atem. „Wo hat's ihn getroffen?"

„Beide Unterschenkel zerschmettert und Brust gequetscht – tödlich verwundet," las Verheeven. „Davon steht er nicht wieder auf!"

„Alles verloren!" knirschte Potter in sich hinein. „Lizzie ist verschwunden, Wapstra in den Händen anderer, die wahrscheinlich nette Augen machen werde, wenn sie sehen, welchen Fang sie da gemacht haben. Mir bleibt nichts übrig als schleunige Flucht über die Grenze. Ich gehe!" erklärte er. „Ich habe nicht Lust, auf Staatskosten ein Dutzend Jahre Wolle zu spinnen. Wer weiß, wie lange uns die Fanghähne der Polizei schon auf den Fersen sind!"

„Dann geht auch Ihr!" drängte Verheeven den Langen und den Buckligen. „Mögt Ihr Euch erwischen lassen, wo Ihr wollt. Bei mir solls nicht geschehen!"

Potter eilte davon. Fluchend folgte ihm der Lange, mit verstörtem Gesicht der Bucklige.

* * *

Der erste Weg van Rinschotens am folgenden Morgen war zum Chef der Beobachtungsstation im Hospital, bei dem er sich legitimierte und um Auskunft ersuchte über die unter so seltsamen Umständen eingelieferte junge Person, die sich mit dem Namen Potter bezeichnet habe.

„Es ist ein rätselhaftes Geschöpf," sagte der Anstaltsarzt. „Ihr Kopf scheint gelitten zu haben. Aber es ist nicht nur das allein. Sie scheint das Opfer spiritistischen Unfugs zu sein. Ich habe eine andere Kranke in meiner Behandlung, bei der diese Ursachen nachgewiesen vorliegen, und die Erscheinungsformen der beiden decken sich auffällig. Sie ist zudem körperlich sehr matt, und bei dem großen und eigenartigen Reiz ihrer Erscheinung möchte ich sie mit einer Blume vergleichen, die langsam dem Verwelken entgegen geht. Ich bin überzeugt, dass sie somnambul ist und dass man ihren Geist malträtiert hat. Das abenteuerliche Kostüm, das sie trug, hat mich veranlasst, das wenige, was von ihr zu erforschen war, der Polizei mitzuteilen."

„Ich kenne Ihren Bericht bereits," warf van Rinschoten ein.

„Dass niemand nach ihr Nachfrage gehalten hat, bestärkt meinen Verdacht, dass man sie wie eine Gefangene gehalten und sich ihrer zu spiritistischen Zwecken bedient hat. Ich muss sie natürlich noch eine zeitlang sorgfältig beobachten, ehe ich zu einem abschließenden Urteil über sie gelange."

„Kann ich sie sehen?"

„Sie liegt in einem wachen Schlafe, in einem ganz eigenen traumartigen Zustande," sagte der Irrenarzt; „Kommen Sie und sehen Sie selbst."

Betroffen blickte der Kommissar auf das liebliche, blasse, von wirrem dunklem Haar umgebene Gesichtchen in den Kissen. Wie ein Blitz schoss ihm der Gedanke durchs Hirn, dass dies und keine andere die Unbekannte Doktor Helperts und das weinende junge Mädchen sei, von dem die irische Peggy in der Herberge der Mutter Blasma berichtet hatte.

Aber seine Betroffenheit mehrte sich, und auch der Arzt an seiner Seite verriet ein Erstaunen, als ein liebliches Lächeln auf dem Gesicht der Schläferin erschien und sie, ohne die Lider zu heben, leise und freudig sagte: „Endlich kommen Sie, um mich zu befreien."

Aber gleich darauf verschwand das Lächeln von Lizzies Antlitz, und ein schmerzlicher Zug erschien statt dessen.

„Das sind nicht die Augen – sie blickten gütiger! Sie sind es nicht! O, gehen Sie – quälen Sie mich nicht!" rief sie angstvoll, ohne den Blick zu erheben.

„Sie hat Sie für einen anderen gehalten!" flüsterte der Arzt.

Der Kommissar nickte. Er beugte sich zu Lizzie nieder und sagte sanft: „Fürchten Sie nichts von mir! Ich will nur Ihr Bestes!"

„Schützen Sie mich vor ihm – der sich mein Oheim nennt!" rief die Schlafwachende mit allen Zeichen einer plötzlichen Angst. „Er will mich verderben!"

179

„Potter?!" rief van Rinschoten. „Sagen Sie mir, ob ich ihn kenne. Er hat rötliches, dicht geschorenes Haar, einen kleinen rötlichen Schnurrbart – "

Das Mädchen schauderte. „Das ist einer der Schrecklichen – die ich sah – diese wilden, verzerrten Gesichter – diese blitzenden Edelsteine – und ich –" sie schauderte aufs neue und begann zu zittern.

„Edelsteine!" rief van Rinschoten erregt. „Wo sahen Sie solche und woher kamen sie?"

„Ich weiß es nicht," klang es leise von den Lippen Lizzies zurück. „Es ist alles so dunkel um mich her, wenn ich mich besinnen will."

Der Kommissar riss sein Notizbuch aus der Tasche und blätterte darin. „Kennen Sie einen Professor Fergus, mein Kind?"

Das Antlitz Lizzies drückte aufs neue eine furchtbare Angst aus. „Das ist er – mein Oheim! So nannte er sich – er nahm meinen Willen und – o, ich fürchte ihn!" Lizzie hob schwach die beiden Arme von der Decke und streckte sie abwehrend aus.

„Sie quälen das Mädchen!" sagte der Arzt, leise den Arm des Kommissars berührend.

„Ich muss es!" sagte dieser gepresst. „Ich muss Sie sogar bitten, das Mädchen zu wecken oder aus diesem Schlaf zu befreien. Ich muss ihr etwas zeigen."

„Ich weiß es, was Sie mir zeigen wollen," sagte Lizzie immer noch mit geschlossenen Augen. „Es ist ein Ring – mit einem Diamanten – zwei goldene Schlangen halten ihn –"

Van Rinschoten fuhr so heftig zusammen, dass der Arzt sich ihm gespannt zuneigte und flüsterte: „Ist das zutreffend?"

Statt aller Antwort zeigte ihm der Kommissar den Ring. Überrascht sah der Arzt auf das Schmuckstück und das Mädchen und schüttelte ernst den Kopf.

„Gehört der Ring Ihnen? Wissen Sie etwas von ihm?"

„Ich sah ihn an dem Finger des Mannes, den ich fürchte," kam es leise, aber in voller Deutlichkeit von den Lippen des Mädchens zurück.

„Potters?" fragte der Kommissar, während seine Zähne sich aufeinander legten.

Lizzie wiederholte langsam und bestätigend den Namen.

„Und er hat den Ring immer getragen?" Ein Tropfen kalten Schweißes trat auf die Stirn van Rinschotens. „Er scheint früher einer Dame gehört zu haben?"

Lizzie bewegte sich unruhig. „Ich sah ihn – früher schon – ganz früh – als ich noch ein Kind war – eine Frau, die mich küsste und liebkoste, Mutter! – Mutter!" brach es in erschütternder Klage von den Lippen des Mädchens.

Van Rinschotens Hand klammerte sich um die Lehne des Stuhles, der neben dem Bette stand. Sein Gesicht hatte eine fahle Blässe angenommen. In ihm wogte und stürmte es. Das blasse junge Mädchen, das in ihrer rührenden Schönheit in einem Zustande vor ihm lag, von dem er sich keine Rechenschaft zu geben vermochte, sie, die mit einem Verbrechen auf das engste verknüpft war, – sie war das Kind der Schwester seines Vaters, ihm blutsverwandt!

Mit der stählernen Macht, die der Mann in seinem Berufe über sich selbst gewonnen hatte, drängte er die Empfindungen zurück, die ihm fast den Atem raubten.

„Sie nannten Potter, der sich auch ‚Professor Fergus‘ bezeichnete, Ihren Oheim. So war dessen Bruder Ihr Vater?"

Atemlos lauschte er auf die Antwort.

„Es ist wohl so – er erzog mich – er war ernst und streng; aber neben dem sanften Gesicht der Frau, die mich auf den Armen hielt – taucht noch ein anderes auf – ich kann nicht mehr sehen – es wird dunkel um mich," hauchte Lizzie.

„Machen Sie für jetzt ein Ende," mahnte der Arzt leise.

„Noch eins!" sagte van Rinschoten mit heiserer Stimme. „Lösen Sie den Verband um den Finger des Mädchens."

„Es ist eine einfache Schnittwunde von einem scharfen Gegenstande."

„Ich muss sie sehen!"

Achselzuckend willfahrte der Arzt seinem Begehren. „Sehen Sie – die Wundränder schließen sich schon."

„Kann die Wunde durch Schneiden mit Glas entstanden sein?"

„Das ist sehr leicht möglich."

„Dann bitte ich Sie, Herr Doktor, mir in Ihrem Zimmer noch ein paar Fragen beantworten zu wollen."

„Ich stehe zu Diensten."

Lizzie schien eingeschlafen zu sein. Ein ruhiges und friedliches Lächeln wie das eines Kindes, das in den Armen der Mutter sanft eingeschlummert ist, spielte um den feinen blassen Mund.

„Ich muss Ihnen eine Mitteilung machen," sagte der Kommissar im Zimmer des Arztes. „Dieses sonderbare Mädchen ist in ein Verbrechen verwickelt, mit dessen Aufhellung ich betraut bin."

Der Anstaltsarzt schüttelte den Kopf. „Man kann sie auch wider ihren Willen, ja wider ihr Wissen zur Teilnahme gezwungen haben!"

„Wie das?" rief van Rinschoten.

„Der jetzige Zustand hat mir die Erkenntnis ihres Wesens näher gerückt. Wenn dieser Potter, wie Sie ihn nennen, oder ‚Professor Fergus' über eine genügende sogenannte magnetische Kraft verfügt, so kann sie sehr wohl unter dem Einfluss seines Willens zu einer Tat gebracht worden sein, von der sie nicht das mindeste weiß."

„Und sind der Wissenschaft solche Fälle bekannt?"

„Genugsam. Die Suggestion besteht; darüber herrscht kein Zweifel. Und dass dieses Mädchen da drinnen, dessen Schicksal mir

sonderbar zu Herzen geht, suggestiven Einflüssen nur allzu zu-
gänglich ist, offenbart ihr ganzer Zustand."

„Halten Sie ihren Geisteszustand für bedenklich?"

„Ich halte sie körperlich und seelisch für äußerst schwach. Die
Merkmale einer besonderen Krankheit sind nicht hervorgetreten;
aber zuweilen löschen solche Personen mit ihren uns fremd und
übernatürlich erscheinenden Wesen aus wie ein niedergebranntes
Licht, dessen Docht es an weiterer Nahrung fehlt."

„Und nun die letzte Frage, Herr Doktor! Halten Sie es für möglich, dass eine künstlich in einen somnambulen Zustand gebrachte
Person unter dem Einfluss eines fremden Willens im Besitze über-
natürlicher Kräfte ist, die sie auf einem gefahrvollen Wege nicht
zum Straucheln, nicht zum Sturz bringen, die ihr die Fähigkeiten
geben, Leistungen auszuführen, welche sonst der Körper nicht
vollenden würde?"

„Unbedingt!" rief der Arzt. „Ich selbst bin Zeuge von solchen
Äußerungen einer ganz unglaublichen Kraft und Gewandheit gewesen, zu welcher die betreffende Personen ohne Suggestion nie
fähig gewesen wären. Das arme Kind da drinnen mag zu was für
Taten immer von Schuften verwendet worden sein, seine Seele
weiß nichts von Schlechtem; ich müsste sonst ein schlechter Psy-
chologe sein."

„Ich danke Ihnen, Herr Doktor," sagte van Rinschoten aufat-
mend. „Auch ich wünsche von ganzem Herzen, dass das junge
Mädchen dort im Zimmer von jedem Makel befreit werden möge!"

Der Kommissar verließ das Hospital. Sein Entschluss war gefasst.
Ehe er einen weiteren Schritt unternehmen konnte und durfte,
musste er den Polizeichef in die Geschichte des Ringes einweihen
und dessen Entschließung sich fügen.

Der Polizeichef, der ihn unverzüglich nach seiner Meldung zu
sich bitten ließ, empfing ihn schon an der Schwelle seines Arbeits-

zimmers. „Sie sehen schlecht aus, lieber van Rinschoten," sagte er mit einem forschenden Blick über das Antlitz des vor ihm Stehenden.

„Ich bitte Sie, Ihnen eine Mitteilung machen zu dürfen," sagte der Kommissar, an dem Sessel stehen bleibend, den der Polizeichef ihm hinschob.

„Die Sie betrifft?" fragte dieser überrascht.

„Die den Raub im Haus im Bosch anbelangt und die, wie ich fürchte, auch meine eigene Familie betrifft."

„Unmöglich!"

„Und doch ist es so!" Van Rinschoten begann zu berichten, von der Bestürzung, die ihn beim Auffinden des Ringes erfasst, bis zur Szene mit dieser Lizzie Potter. Mit immer größerer Spannung hörte ihm der Polizeichef zu. Als der Kommissar die Ansichten des Arztes hinzufügte, erhob sich sein Vorgesetzter in voller Erregung.

„Und Sie – Sie selbst halten es für denkbar, dass dieses Mädchen in dem von Ihnen soeben geschilderten Zustand den Diebstahl ausgeführt hat – in einem Zustande, der jede eigene Willensäußerung ausschließt?"

„Ich halte das nicht nur für möglich – ich sehe das als eine nicht mehr zu bezweifelnde Tatsache an. Sie trägt die Wunde am Finger; sie ist klein und zierlich; sie hat die ungeheuren Schwierigkeiten dieses Weges, die jeden Wachenden zum Sturz gebracht hätten, in ihrem schlafwandlerischen Zustande ungefährdet zurückgelegt. Sie steht auch unzweifelhaft in der engsten verwandtschaftlichen Verbindung zu der ersten Besitzerin dieses Schlangenringes, und das ist die Schwester meines Vaters, die vor mehr als zwanzig Jahren heimlich mit einem Amerikaner, den sie liebte, nach drüben ging und seitdem verschollen ist. Unter diesen Umständen bitte ich Sie, mich von der weiteren Verfolgung dieser Angelegenheit zu entbinden."

Der Polizeichef legte die Hand auf seine Schulter. „Nein, van Rinschoten! Sie bleibt in Ihren Händen. Nach allem, was ich höre, haben wir in jenem Mädchen es mit einem Opfer, nicht mit einer Verbrecherin zu tun. Sie aber mögen am ehesten den Schleier lüften, der über ihrer Herkunft lastet. Wenn wir uns dieses Verbrechers bemächtigen könnten, hätten wir den Schlüssel des Geheimnisses in Händen. Ihm muss vor allem jeder Schritt gelten, den wir tun. Verfügen Sie über alle Hilfsmittel, die uns zu Gebote stehen. Können Sie ein zutreffendes Signalement* von ihm erhalten?"

„Ich kenne die Herberge in Rotterdam, wo er gewohnt hat!"

„Lassen Sie sein Signalement durch den Telegraph überall hin verbreiten! Und glauben Sie mir, lieber van Rinschoten, ich habe in diesem Augenblick das Gefühl, das Dunkel, das Ihnen jetzt noch als furchtbar und schmerzlich erscheint, wird sich lichten!" Der Kommissar verneigte sich respektvoll und ging. Mittags war er in Rotterdam, und die Witwe Blasma und die irische Peggy hatten bald darauf ein eingehendes Verhör zu bestehen. Dann spielte der Telegraph nach allen Richtungen.

Und doch war der mit solchem Aufwand von Mühe Gesuchte dem Kommissar, als dieser abends in den Haag zurückkehrte, näher, als er dachte.

21 – Gesine

Während die nächsten Tage für van Rinschoten eine Fülle unerwarteter Ereignisse bringen sollten, verliefen sie in dem kleinen Häuschen am Zuidwall in Delft in ruhigem Gleichmaß – äußerlich wenigstens; denn im Innern der Tante Betty hatte das Auftauchen des Ringes, der nach Lage der Sache nur von ihrer Schwester Anntje stammen konnte, einen Sturm aufgewühlt, der sich in den rot geränderten Augen der alten Dame auch äußerlich bemerkbar machte.

Doktor Helperts Genesung machte unter der sorglichen Nachbehandlung seiner Wunden durch den alten Arzt des Hauses, Doktor Wynberg, erstaunliche Fortschritte, und Gesines sorgliche auf alles bedachte Pflege hatte Wunder gewirkt.

Die Kunde von dem Ringe, die Tante Betty so außerordentlich erregte, hatte auch sie im ersten Augenblick nicht ruhig gelassen. Allein, sie hatte die Tante Anntje ja längst als tot angesehen, und keinerlei Erinnerung machte das Bild derselben in ihrer Seele lebendig. Zudem kamen ihr die ihr auferlegten Hausfrauenpflichten jetzt doppelt zur Geltung, da Tante Betty sich zu vielem unfähig fühlte, und unter den vielen neuen Eindrücken, die ihr jeder Tag brachte, sank der Eindruck jener Botschaft, die Karel vor einigen Abenden gebracht hatte.

Sie hatte es sich nicht nehmen lassen, in den ersten Tagen der Anwesenheit des Genesenden im Hause den Rollstuhl, den Doktor Helpert benutzte, selbst zu führen, fast immer durch die Wege des hinter dem Häuschen liegenden Gartens, welcher, wie alles hier, sich in tadelloser Ordnung und Sauberkeit zeigte und dessen Abschluss eine große Laube bildete, unter deren schattigem Dach Doktor Helpert und seine Pflegerin manche Stunde miteinander verplaudert hatten.

Die seltsamen Umstände, welche diese beiden jungen und guten Menschen zusammengeführt hatten, brachten sie schneller einander näher, als dies sonst Jahre der Bekanntschaft zu tun vermögen. Der junge Schriftsteller hatte ihr von vielem aus seinem Leben berichtet, von seiner Tätigkeit in der fürstlichen Bibliothek, von seinen Erfolgen auf literarischem Gebiete, die er bescheiden genug darstellte, und von den hochfliegenden Plänen, Wünschen und Hoffnungen für die Zukunft. Mächtig angezogen von dem sinnigen Wesen dieser jungen Holländerin, ihrer kraftvollen Gestalt, ihrer aufrichtigen und geraden Art, das Leben zu nehmen, und der echten Weiblichkeit, die in ihr lebte und alle, die sie kennen lernten, in ihren Bann zog, hatte er ihr alle Falten seines Herzens erschlossen, bis auf eine; das war jene, welche die Erinnerung an jene liebliche blasse Unbekannte in sich barg.

Die Ereignisse, die Doktor Helpert auf das Krankenlager streckten, hatten die scharfen Konturen des Bildes der blassen Unbekannten nicht zu erblassen vermocht. In seinen wirren Fieberträumen hatte er sich mit ihr beschäftigt, und seit seine Gedanken wieder feste Formen annehmen konnten, hatten sie oft bei jener geweilt. Die tiefe stille Sehnsucht, die er nach dem rätselhaften jungen Mädchen empfand, das ihm das Schicksal mitten in seinen Lebensweg gestellt hatte, um es immer wieder, wenn er glaubte, sich nähern zu können, zu entreißen, hatte sich nicht gemindert, sondern vertieft; aber eine unerklärliche Scheu hielt ihn davon ab, Gesine gegenüber von ihr zu sprechen.

Gesine empfand diese Stunden, wie wir nach Regentagen den ersten warmen goldigen Sonnenschein wieder empfinden. Sie war in Liebe aufgewachsen, und nach der Eltern Tode hatten Tante Bettys und Karels zärtliche Sorgfalt nie das Gefühl der Vereinsamung in ihr aufkommen lassen. Und doch schien es ihr zuweilen, seitdem das Dach den Gast deckte, als scheine die Sonne in diesem Jahre strahlender, als sängen die Vögel in den Zweigen der Gartenbäume lieblicher und als sähen die Menschen fröhlicher und zufriedener aus. Die Hände in den Schoß gesenkt, die schönen, klaren grauen Augen auf das seine Blässe immer mehr verlierende Antlitz des ihrer Obhut anvertrauten Pfleglings gerichtet, klangen ihr seine Worte wie Musik, schien die Welt, in der erlebte und strebte, wie eine andere, wunderbare, zu der auch ihren Geist ein leises Sehnen führte, und nur, wenn Doktor Helpert zuweilen plötzlich, wie von einem ungewollt sich einstellenden Gedanken ergriffen, abbrach und traumverloren vor sich hinstarrte, empfand sie eine Beunruhigung, von der sie sich keine Rechenschaft zu geben vermochte.

Eine Veränderung war auch mit ihr vorgegangen, und sie war sogar sichtbar genug. Denn selbst Maartje, die derbe nordfriesische Küchenfee, die als Zeichen ihrer nordfriesischen Abstammung die Impfspuren auf dem drallen roten Unterarm trug, hatte sie wahrgenommen.

„Fräulein Gesine sieht jetzt immer so glücklich aus," hatte sie zu Tante Betty gesagt, und wäre nicht das Herz der guten alten Dame schwer und von ganz anderen Dingen erfüllt gewesen, so wären diese Worte wohl nicht so eindruckslos an ihren Ohren vorübergerauscht. Und noch ein anderer sah diese Veränderung, und das hatte ein ganz eigenes schalkhaftes Lächeln in seinem guten roten Gesicht zur Folge; das war Doktor Wynberg.

Mit dem feinen Instinkt des Weibes, fühlte Gesine heraus, dass etwas auf dem Grunde der Seele des jungen Schriftstellers ihr verborgen blieb. Das trug in die ihrige eine seltsame Bangigkeit. Es war ihr, als richte dies gerade eine Schranke zwischen ihnen auf, und dieses Bangen stellte sich ein, wenn jene Pausen im Gespräch entstanden, und die Lippen des jungen Mannes verstummten, während sein sonst wieder hell und freiblickendes Auge sich umdüsterte.

Diese Pausen nahmen zu, je mehr des jungen Schriftstellers Genesung fortschritt. Gesine, die, wenn Hausstandspflichten sie in Zimmer und Küche zurückriefen, dennoch oft verstohlen den Blick nach dem im Garten Weilenden sandte, sah ihn dann oft halbe Stunden lang diesem düsteren Sinnen nachhängen, das sie mit Unruhe erfüllte und ihr Herz klopfen machte. Einmal hatte sie ihn mit stockendem Atem gefragt, was ihm sei, ob die Sehnsucht nach seiner Heimat mächtig in ihm geworden.

Da war ein flüchtiges Rot auf seine feinen Züge getreten, und er hatte schnell geantwortet: „Nach der Heimat? Nein! Seltsamerweise nicht einmal nach meinen stillen Freunden, den Büchern und Handschriften in der Bibliothek und im Archiv. Meine Gedanken weilten an einem viel näheren Orte!"

Und von einem unnennbaren Glücksgefühl erfasst, war Gesine wieder fröhlich an ihre Arbeit gegangen.

In der jungen, reinen, von Liebe bisher unberührt gebliebenen Seele Ernst Helperts stritten sich zwei Mädchenbilder um den Vorrang: Das Bild Gesine van Rinschotens und das jener Unbekannten. Das erstere übte einen tiefen, sanften wohltätigen Einfluss auf ihn aus, und doch war der Zauber des Rätselhaften, der jene andere umkleidete, mächtiger. Das Hilflose, das in ihrer Erscheinung zutage getreten war, und das durch die Erzählung der rothaarigen Irländerin eine tatsächliche Bestätigung erhalten hatte, beschäftigte seine Phantasie in immer höherem Grade. Durch deren Pforte war die Sehnsucht, ihr beizustehen, sie aus unwürdigen und gefährlichen Fesseln zu lösen, geschritten.

Was mochte in der Zeit, die ihn zur Untätigkeit verdammte, aus ihr geworden sein? Jene Rätselhafte erhoffte ihre Befreiung durch ihn, und er war hier noch an das Haus gebannt. Und es war klar in ihm, dass er seine Nachforschungen nach ihr aufs neue beginnen müsse, sobald er sich wieder im Vollbesitz seiner Kräfte fühlte.

Von Karel van Rinschoten waren kurze Postkarten mit Fragen nach seiner Genesung, herzlichen Grüßen und der Klage über ihm in dieser Zeit doppelt schwere und aufreibende Amtsgeschäfte eingelaufen. Er hatte mit einigen Dankzeilen geantwortet und diese Gesine übergeben, die sie ihrem Briefe beilegte. Auch sie beklagte, dass Karel gerade jetzt abwesend sein müsse, ganz besonders aber

Tante Betty, die voll Kummer und Erwartung täglich nach ihm ausschaute.

Es war ein herrlicher Augustmorgen, an welchem der junge Schriftsteller zum ersten Male auf einen Stock gestützt, an der Seite Gesinens auf eigenen Füßen durch den Garten promenierte. Unbefangen hatte sie ihm den Arm gereicht zur Stütze, und die Wärme ihres kraftvollen Körpers flutete heiß in den Adern Ernst Helperts.

„Sehen Sie nur unser Fräulein und den Herrn!" sagte Maartje, mit ihren flinken Fingern Kartoffeln schälend, in der Küche zu Tante Betty. „Ein schmuckes Paar – ist es nicht wahr?"

„Was fällt Ihnen ein, Maartje!" sagte Tante Betty vorwurfsvoll, und konnte aber gleichfalls einen Blick auf die Spazierenden nicht unterdrücken und musste insgeheim der Bemerkung Maartjes zustimmen. Es war wirklich ein schönes Paar, Gesine fast genau von seiner Größe. Tante Betty unterdrückte einen Seufzer. So schön und stattlich war auch ihre arme Schwester gewesen, als sie Haus und Heimat im Stich ließ, um dem geliebten fremden Manne in ein ungewisses Schicksal zu folgen, das ihr Verderben brachte.

Ernst Helpert war heute ebenfalls froher und glücklicher. Vor der gesunden, starken Jugend, die an seiner Seite schritt, die ohne jede Prüderie ihm den stützenden Arm geboten hatte und an deren Seite er eine wohlige Ruhe und Geborgenheit empfand, erblasste das Bild jener Unglücklichen.

„Nun werden Sie bald völlig gesund sein, Herr Doktor!" sagte Gesine heiter. „Sie gehen schon so kraftvoll und gerade, als ob diese schrecklichen Wunden nie existiert hätten!"

„Ach," sagte Ernst Helpert, „das ist für mich erfreulich und traurig zugleich. Denn darin liegt eine Mahnung für mich, die schweren Lasten, welche Ihre Gastfreundschaft gegen mich über Sie verhängte, nicht mehr lange auszudehnen."

Die Rosen auf Gesines Antlitz verschwanden, und ihren Arm, den der Schriftsteller in dem seinen trug, durchlief ein Zittern. „Wie Sie nur so reden können!" sagte sie mit mitleidigem Vorwurf. „Ihre Anwesenheit in unserem stillen Heim ist keine Last, und an Ihr Fortgehen ist noch lange nicht zu denken. Ist denn Ihr Urlaub schon so bald abgelaufen?" setzte sie mit ängstlicher Frage hinzu.

„Er ist mir in gnädigster Weise verlängert worden," versetzte Ernst Helpert. „Und ich kann Ihnen gar nicht sagen, wie wohl ich mich hier fühle, wie ich überhaupt so schnell dieses Holland lieben lernte – und doch –"

Er verstummte und auch Gesines Mund fand keine neue Anknüpfung des Gesprächs. Schweigend legten sie die letzten Schritte bis zur Laube zurück und nahmen darin Platz. Und auch dann noch verharrten sie in Schweigen.

„Karel!" rief plötzlich Gesine aufspringend, wie erlöst vom Drukke dieser letzten Minuten.

Aus der Hintertür des Hauses trat der Kommissar. Die letzten Tage hatten ihm scharfe Furchen in Stirn und Mundwinkel gegraben.

Gesine flog ihrem Bruder entgegen. „Wie lange hast du uns auf ein Wiedersehen warten lassen, böser Bruder!"

„Dafür kann ich Euch auch diesen Tag widmen, und auch Sie gehen meine Nachrichten an."

„Mich?"

„Ja," lächelte der Kommissar trübe. „Ich bin tiefer in Ihre Geheimnisse eingedrungen, als Sie denken können. Ich habe Ihre Unbekannte aufgefunden!"

Doktor Helpert erhob sich jäh von seinem Stuhle, um dann wankend nach der Lehne desselben zu fassen. Gesines Hand fuhr zukkend nach ihrer Brust; sie fühlte dort einen plötzlichen jähen Schmerz. Der Kommissar aber fuhr fort: „Nach allem, was ich habe erfahren müssen, ist diese Unbekannte für mich d a s nicht. Auch nicht für dich, Gesine, und vor allem nicht für unsere gute Tante Betty. Und ich bitte dich, gehe und hole sie hierher – mir ist, als könne ich all das, was ich Euch mitteilen muss, leichter hier draußen im Freien aussprechen als im dumpfen Zimmer."

Gesine ging mit gesenktem Haupt, und als sie mit der Tante Betty zurückkam, war jede Farbe aus ihrem Angesicht gewichen.

Vor den Frauen und den seine Erregung gar nicht mehr verbergenden jungen Schriftsteller entwickelte nun van Rinschoten das ganze düstere Gemälde der dem Leser bekannten Tatsachen, um dann fortzufahren: „Meine Ahnung, die mich beim Auffinden des Ringes beschlich, in dem ich sofort das Gegenstück zu dem deinigen, Tante, erkannte, hat mich, wenn nicht alles trügt, nicht getäuscht. Dieses junge Mädchen, die unschuldig unter Verworfene geraten ist, diese Lizzie Potter, wie sie sich nennt, ist das Kind deiner Schwester, Tante Betty, jener Tante Anntje, die damals heimlich davonging!"

Die Wirkung dieser Worte zu beschreiben wäre unmöglich. Doktor Helpert hatte sich erhoben, und in seinen Augen glomm jener Funke der Sehnsucht, die er empfunden, als das Gefährt unter den Boompjes in der Stunde seiner Ankunft in Rotterdam die blasse Fremde seinen Blicken entführt hatte. Gesine war zusammengezuckt wie unter einem neuen heftigen Schmerze. Tante Betty aber war in ein lautes Schluchzen ausgebrochen, aus dem sich endlich die Worte herausrangen: „Ich – muss – zu – ihr!"

„Hör' erst weiter," bat van Rinschoten, „und dann überlegt Euch den Vorschlag, den ich Euch zu machen habe. Zu jenem Gewissenlosen, der die Seele Lizzies zu unterjochen und seinen verbrecherischen Zwecken dienstbar zu machen wusste, steht sie, gottlob, nur in der losesten Beziehung. Da sie denselben Namen führt wie er, so scheint sie, und sie hält sich selbst dafür, die Tochter eines Methodistenpredigers in der Stadt Frederick nahe Baltimore in Amerika zu sein, der vor mehr als vier Jahren gestorben ist und aus dessen Hause sie der Bruder des Predigers, eben dieser Potter, mit fortnahm. Er selbst hat sich, wie schon ein anderer in dieser unheilvollen Affäre, selbst dem irdischen Richter entzogen, nachdem er ein Geständnis abgelegt hat, das sich auf die Tochter deiner jüngst verstorbenen Schwester Anntje bezog. Und dieses junge Mädchen ist eine tief Bemitleidenswerte, aber keine, der wir unsere Achtung und unsere Hilfe versagen dürfen!"

„Lasst mich zu ihr!" weinte Tante Betty flehend, und auch von den bleichgewordenen Lippen des jungen Schriftstellers klang es: „Ich muss sie sehen!"

„Hört erst noch," begann der Kommissar von neuem. „Ein Kabeltelegramm, das ich nach der Feststellung dieser Tatsachen nach der Stadt Frederick sandte, ist dahin beantwortet worden, dass der Pfarrer Potter vor einer längeren Reihe von Jahren in Begleitung einer kranken Frau und eines kleinen vier- bis fünfjährigen Mädchens nach Frederick gekommen sei. Das Antworttelegramm enthielt aber auch noch die Meldung, dass seitens des verstorbenen Pfarrers bei den Kirchenältesten der Methodistengemeinde ein versiegeltes Dokument in Verwahrung gegeben worden sei, das bei Vollendung des achtzehnten Jahres Lizzies dieser ausgehändigt werden solle. Ich habe um sofortige Zustellung des Dokuments mit dem nächstfälligen Dampfer ersucht – in acht Tagen können wir den Schleier, der sich über deine Schwester Anntje und über deren uns durch den wunderbarsten Zufall zugeführtes Kind breitet, vollständig gelüftet sehen."

„Wo ist sie?" rief Tante Betty, in einem neuen Strom von Tränen ausbrechend.

„Im Hospital – im Haag," sagte der Kommissar zögernd. „Und mein Vorschlag geht dahin, sie vorläufig noch dort zu lassen, wo sie bessere und zweckdienlichere Pflege findet, als wir ihr hier zu bieten vermögen!"

„Sie ist krank?" rief der junge Schriftsteller so schmerzlich, dass Gesine ihr Herz erstarren fühlte.

Leise trat sie aus dem Schatten der Laube heraus und ging, von den anderen unbemerkt, dem Hause zu und in ihr Zimmer. Und mit starrem, trockenem Auge und festverschlossenem Munde stand sie hier, und nur das Herz klopfte ihr zum Zerspringen. In diesem Augenblick, der jenes junge Mädchen, welchem sie schwesterliche Empfindungen entgegen tragen sollte, zwischen Ernst Helpert und sie stellte, fühlte sie, dass sie liebte, liebte mit der ganzen Glut der Leidenschaft, die nur ein Weib für einen Mann zu empfinden vermag.

22 – In der eigenen Schlinge

Als Potter den Hehlerschlupfwinkel in Amsterdam verließ, war sein fester Entschluss, so schnell wie möglich Holland zu verlassen. Aber auf dem Wege zur Zentralstation wurde dieser Entschluss wankend in ihm. Eine Art Fatalismus kam über ihn, wie ihn Verbrecher nach einem misslungenen Coup leicht empfinden. Er bog vor dem Börsenneubau auf dem Damrak nach der Warmoestraat ein, wo das bekannte große Restaurant Krasnapolsky* liegt. Bei dem Zusammenfluss von Einheimischen und Fremden in diesem bedeutendsten Lokale der großen Stadt konnte er sicher sein, dass dort auch Geheimpolizisten aus- und eingingen. Geschah ihm dort nichts, so wollte er das zum Zeichen nehmen, dass Wapstras Mund durch eigenen Willen oder durch höhere Macht versiegelt gewesen war und dass auch von Lizzie aus ihm keine augenblickliche Gefahr drohte.

Der Börsenneubau (Beurs van Berlage), um 1907

Das Mädchen! Die Flucht desselben, nun sie geschehen war, traf ihn ärger, als er zuerst angenommen hatte. Mit ihr war nicht nur das gefügigste und beste Werkzeug seiner verbrecherischen Tätigkeit ihm aus der Hand gewunden, sondern ihm auch die Möglichkeit abgeschnitten, in spiritistischen Kreisen Geld herauszulocken.

Zudem war es ihm leid, sein ganzes noch bei Verheeven in der Hooi-Gracht im Haag gelassenes Gepäck einzubüßen, dessen spätere Nachsendung immer mit größeren Gefahren für ihn verknüpft war, als wenn er es mit sich genommen hätte.

Er entschloss sich, bis nahe zur Abfahrt des Nachtzuges nach dem Haag in Krasnapolyks Restaurant zu bleiben; nahm niemand Notiz von ihm, so wollte er nach dem Haag zurückkehren, einen letzten Versuch machen, Lizzie aufzufinden, sich mit List oder

Gewalt ihrer zu bemächtigen und dann ungesäumt das Land zu verlassen.

Das Herz schlug ihm doch bei jedem zufälligen schärferen Blick, den ein Eintretender auf ihn warf, als er bei einem Glase Münchener Augustiner-Bräus sitzend, Viertelstunde auf Viertelstunde verrinnen sah. Aber niemand kümmerte sich um ihn; im vorderen Lokale nach der Straße zu saßen die Zeitungsleser über ihre Zeitungen aus aller Herren Länder gebaugt; aus dem Billardsaal, in

Wintergarten Café Krasnapolsky, erbaut 1879

welchem nicht weniger als neunzehn Billards aufgestellt waren, schallte das Klappern der Kugeln und Queus, und zum Garten strömten zahlreiche Damen mit ihrer legitimen und illegitimen Begleitung.

Es war Mitternacht vorüber als Potter aufbrach und das kleine Stück Weges hinüber zum Zentralbahnhof schritt. Das Mädchen! Sie wollte er zurück haben um jeden Preis. Von ihr drohte ihm die größte Gefahr, wenn sie in die Hände der Polizei geriet; die Macht, die er über sie ausübte, war mehr denn Goldes wert.

Er blieb nach seiner Ankunft im Haag die wenigen Stunden, die ihm noch von dem Beginn des Lebens auf Straßen und Plätzen trennten, auf dem Bahnhof; dann eilte er zu Verheeven in die Hoi-Kade, um ihm Wapstras Schicksal mitzuteilen und das Entgehen der Beute, vielleicht auch Nachrichten von Lizzie zu bekommen. Verheeven nahm ihn nicht sonderlich freundlich auf, ersuchte ihn vielmehr, so schnell wie möglich sein Haus zu verlassen; er habe nicht Lust, seine Finger zwischen Ambos und Hammer zu bringen.

Wütend, aber machtlos gegen Verheevens entschiedene Weigerung, ließ Potter seine Koffer von ein paar Tagedieben, die in der Taverne „Zu den drei Seefahrern" den Sonntagmorgen mit dem Hinunterspülen einiger Gläser Genever begannen und sich gerne ein paar kleine Silberstücke verdienten, zum nächsten Droschkenhalteplatz schaffen und fuhr in ein kleines Hotel garni. Nach zwei durchwachten und durchfahrenen Nächten gönnte er sich gleichwohl keine Ruhe, sondern wusch und säuberte sich nur und schritt hinab in das kleine Speisezimmer, um sein Frühstück einzunehmen und einen Blick in den „Haagsche Courant" und das „Dagblat van Zuidholland en's Gravenhage" zu werfen, die auf dem Tisch ausgebreitet lagen.

Von dem Raube im Schloss im Bosch brachte keine Zeitung ein Wort, manches dagegen noch über den gestrigen Eisenbahnunfall. Mit einem Gefühl der Erleichterung las er, dass der „Agent Soesmans", der zu den am schwersten Verletzten gehörte, noch gestern seinen schweren Verwundungen erlegen sei.

Unter den Notizen des Polizeiberichts aber rief eine seine Sinne wieder vollkommen wach. Nach der Notiz war eine anscheinend irrsinnige junge Frauensperson in dem Augenblick von einem Polizisten ergriffen worden, als sie sich in den Signalskanal stürzen wollte. Der äußeren Erscheinung nach habe man es mit einer Artistin zu tun, die augenscheinlich ihrer Sinne nicht mächtig gewesen sei. Man habe sie aus diesem Grunde in die Beobachtungsstation des Krankenhauses aufgenommen.

Potters Züge drückten die angenehme Überraschung aus, die er empfand. Das klang nicht allzu verdächtig, und er war wenige Minuten später auf den Beinen, um das Haus, in das man Lizzie gebracht hatte, in Augenschein zu nehmen.

Der Flügel des Gebäudes, in dem sich die Beoachtungsstation zu ebener Erde befand, lag in einem Gartenabteil, den eine niedrige Mauer von der Straße abschloss. Soviel erfuhr er von einem Angestellten, der seelenvergnügt über den ihm winkenden freien Sonntag das Gebäude verließ und gern die erbetene Auskunft dem höflich fragenden Fremden gab. Dieser Flügel hatte auch einen besonderen Zugang zu einem Gitterpförtchen in der Mauer, das anscheinend tagsüber unverschlossen war; denn es passierten mehrere Leute dasselbe ohne den Flügel zu betreten, indem sie längs desselben ihren Weg nahmen und hinter ihm verschwanden.

Wenn es gelang, ihr Zimmer auszukundschaften, so war heute, am Sonntag, wo das Wartepersonal durch Urlaub verhindert war, ein Einschleichen nicht allzu gefahrvoll. Lizzie würde ihm auf sein Gebot folgen. Aber wenn das Tor geschlossen war? Potter wanderte der Mauer entlang auf und ab; das ewige steinerne Einerlei derselben verriet ihm nichts. Zum äußersten entschlossen, trat er durch die Gittertür in den Garten. Niemand nahm Notiz von ihm; denn hier ging niemand in den wenigen Gängen zwischen den hochästigen Kastanienbäumen und den wenigen Bosketts.* Aber dort entdeckte er etwas, was ihm sofort die Idee eines Anschlages gab, der gelingen konnte. Hinter einem dieser an die Mauer gehenden Bosketts standen nämlich, zu regelrechten Vierecken aufgebaut, Ziegelsteine. Wahrscheinlich wollte man in den nächsten

Tagen die da und dort defekte Mauer ausbessern und hatte das Material bereits hierher geschafft. Mit Benutzung dieser Haufen konnte man leicht auf die Mauer gelangen und sich auf der anderen Seite herablassen. Die Straße, die von einer Gracht durchschnitten war, an deren Ufern sich Bäume erhoben, war zudem wenig begangen und würde abends menschenleer sein.

Als Potter sich der Gittertüre wieder genähert hatte, trat eine Wärterin aus dem Seitenflügel. Das Gesangbuch in ihrer Hand deutete auf den Kirchgang. Er trat dreist auf sie zu und fragte nach einem Kameraden Namens so und so, der hier sei und nach dessen Befinden er sich erkundigen wolle.

„Sie müssen zum anderen Flügel hinübergehen," sagte die Wärterin; „das hier ist die Frauenabteilung."

„Um so besser," dachte Potter; also in einem dieser Zimmer ist sie. Aber in welchem?"

Vergebens sandte Potter die Blicke von einem Fenster zum anderen. „Könnte ich sie doch nur durch die Kraft meines Willens heranziehen!" dachte er. Und in demselben Augenblicke hätte er selbst fast einen Ruf des Erstaunens und der Überraschung ausgestoßen.

Eine zierliche, schmale Gestalt, gehüllt in ein Nachtgewand aus blauem Leinen, war an das Fenster getreten und eine bleiche Stirn lehnte sich gegen die Scheiben.

Gleich darauf, als Potter an die Hauswand zurückgetreten war, war auch die Erscheinung verschwunden.

„Also das erste Fenster vom Eingang!" frohlockte Potter. „Und wenn das Haus die Hölle wäre und tausend Dämonen dich beschützten, ich hole dich doch heraus, Mädchen! Meine Macht über dich ist stärker als sie alle!"

Als die Wärterin das Zimmer Lizzies betrat, sah diese sie zu ihrem lebhaften Schreck am Fenster zusammengesunken am Boden kauern.

„Was machen Sie denn außerhalb des Bettes?" schalt sie.

„Er war hier!" flüsterte Lizzie furchtsam. „Er will mich holen!"

„Unsinn! Hier herein kommt niemand!"

„Er wird kommen!" seufzte das arme Mädchen.

Als Kommissar van Rinschoten nach der Vernehmung der Witwe Blasma und der rothaarigen Peggy nach dem Haag zurückgekehrt war, trieb ihn die Unruhe noch einmal zu Lizzie.

Die Oberwärterin wies ihn in das Arztzimmer.

„Man hat bereits nach Ihnen geschickt," sagte sie.

Der Arzt kam ihm schon entgegen. „Bitte, kommen Sie herein! Das Mädchen, diese Lizzie Potter, hat wieder einen Anfall von entsetzlicher Furcht gehabt. Sie wiederholte, der Mann, vor dem sie sich fürchte, sei in der Nähe und werde sie holen. Sie müsse zu ihm, wenn er sie rufe."

„Und glauben Sie an eine tatsächliche Unterlage dieser Furcht?"

„Nach der Szene von heute morgen, ja! Dieser Mensch muss eine unheimliche Gewalt über die Kranke haben. Sie wird uns entfliehen, um zu ihm zu eilen, wenn dieser Verbrecher es wirklich wagen sollte, in die Nähe des Hauses zu kommen."

„Kann ich durch einen anderen Ausgang das Haus verlassen als durch diesen?"

„O, gewiss; zu welchem Zweck?"

„Ich will ein paar Beamte zu meiner Unterstützung aufbieten; denn wir haben es augenscheinlich mit einem gefährlichen Verbrecher zu tun."

„Und sie können beim Eintritt der Dunkelheit zurück sein?"

„Unbedingt. Noch eins: Können wir uns im Krankenzimmer verbergen?"

„Es ist eine Art Garderobe darin, mit einem Vorhang versehen."

„Das genügt."

Van Rinschoten hatte sich, als die Schatten des Abends sich immer tiefer herniedersenkten, mit seinen Leuten hinter der Gardine postiert, sich selbst zunächst der Tür. Er war in einer größeren Aufregung, als er selbst gestand. Die übernatürliche Kraft, die hier ins Feld geführt wurde, war unbehaglich und lähmend für ihn zugleich. Noch zweifelte er, dass Potter sich selbst so in die Falle liefern würde. Auf seine Veranlassung war die Tür unverschlossen geblieben; die Wärterinnen waren in das letzte Zimmer der Flucht gesandt worden, wo der Arzt bei ihnen weilte, um jede unzeitige Störung des Fremden, falls dieser wirklich den Versuch machen sollte, sich des Mädchens wieder zu bemächtigen, zu vereiteln.

Lizzie lag regungslos in ihrem Bett. Plötzlich richtete sie sich auf.

„Helft mir! Er kommt!" sagte sie.

Eine starke Erregung erfasste van Rinschoten und seine Beamten; in demselben Augenblick knarrte die Tür.

„Lizzie!" sagte eine halblaute, metallisch klingende Stimme. „Wirf diesen Mantel über und folge mir!"

In demselben Augenblick traf ein gewaltiger Fußtritt des Kommissars die Tür, dass sie ins Schloss flog, und über die im Nu herabgerissene Gardine hinweg flogen van Rinschoten und die beiden Beamten auf Potter zu, welcher einen von jenen mit schmetternder Wucht gegebenen Faustschlag empfing, der ihn zurücktaumeln machte. Aber in dem nämlichen Moment hatte van Rinschoten die Arme des Verbrechers wie mit eisernen Klammern umschlossen und der zweite die Hand an seiner Gurgel. Nicht zwei Minuten waren verflossen, und Potter war gefesselt, und alsdann führte ihn derselbe Wagen, den er gedungen hatte, um mit Lizzie davonzufahren, und der ein Stück oberhalb der Anstalt hielt, mit den Beamten zur Polizei.

Knirschend ergab sich Potter in sein Schicksal, das ihm nun besiegelt erschien. Und das von van Rinschoten am wenigsten Erwartete geschah. In dem sofort mit ihm vorgenommenen Verhöre gestand er. In einer letzten Regung des Guten in ihm befreite er durch ein Geständnis Lizzie von jeder Schuld, da sie unwissentlich, in einen Zustand versetzt, in dem sie des eigenen Willens beraubt war, seine Gebote habe ausführen müssen. Ebenso willig beantwortete er die Fragen über Lizzies Herkunft, soweit ihm diese selbst bekannt war.

In das Polizeigefängnis gebracht, zog er in dieser Nacht einen schnellen Tod der langandauernden Kerkerhaft vor, die ihn erwartete. Ein winziges Federmesserchen, das man bei seiner Visitation ihm abzunehmen übersehen hatte, genügte ihm.

Mitschuldige hatte er außer Wapstra nicht angegeben, auch van Linteloos Mitschuld bestritten. Erst als er von dessen Tod erfuhr, hatte er mit hartem Lächeln gesagt: „Suchen Sie in Ihren Registern nach einem gewissen Smeedes. Er ist ein guter Bekannter von Ihnen! Er und van Linteloo waren eine Person. Die Diamanten des Rajah sind uns teuer zu stehen gekommen. Auf ihnen muss ein javanischer Fluch lasten: Sie töten diejenigen, die nach ihnen die Hände ausstrecken!"

Das waren seine letzten Worte. Weitere Fragen beantwortete er mit einem finsteren Schweigen, bis man ihn in die Zelle führte, – die er nicht mehr lebend verlassen sollte.

23 – Quälende Zweifel

Als Karel van Rinschoten am nächsten Morgen Delft wieder verließ, um in den Haag zurückzukehren, begleitet ihn Tante Betty. Sie hatte ihren Neffen so lange gebeten, sie zu dem Kinde ihrer unglücklichen Schwester zu führen, dass der Kommissar ihrem Flehen nicht länger widerstehen mochte. Um so schärferer Widerstand hatte er den Bitten des jungen Schriftstellers, auch ihn mitzunehmen, entgegengesetzt. „Nein, lieber Doktor!" hatte er entschiedenen Tones gesagt; „einmal sind Sie selbst noch nicht kräftig genug, und dann würde ein zweifacher Besuch das arme Kind zu sehr aufregen. Auch Ihre Zeit wird kommen; aber Sie müssen noch Geduld haben!"

Trotz aller Versprechungen standhaft zu bleiben, flossen die Tränen der alten Dame unaufhaltsam, als sie das Kind der verschollenen Schwester in seiner blassen Schönheit, die mit jedem Tage nur überirdischer wurde, auf seinem Lager erblickte. Sie beugte sich über Lizzie und ihre Tränen fielen auf das blasse Gesicht.

Lizzie öffnete die Augen. „Sie weinen um mich, und ich kenne Sie nicht!" sagte sie leise. „Aber diese Tränen sind wie lindernder Tau – mir ist als hätte ich lange nach ihnen gedürstet!"

„Du wirst eine Mutter wiederfinden in mir," sagte die alte Dame erschüttert. „Denn sieh', deine Mutter hat oft in meinen Armen, an meinem Schwesterherzen gelegen!"

Wie ein himmlisches Leuchten ging es über Lizzies Züge. Sie hob die abgezehrten Hände und schlang sie um den Hals der Tante Betty. Und nun kamen auch in ihre Augen milde, lösende Tränen, und selbst van Rinschoten fühlte seine Augen sich feuchten.

Und Tante Betty, sonst die Schüchternheit selbst, war mit einem Male wie umgewandelt. „Ich bleibe bei ihr, bis sie genesen ist und nach Delft kommen kann!" erklärte sie kategorisch. „Hier an diesem Bette ist mein Platz!"

Unschlüssig sah van Rinschoten auf den Arzt. Dieser winkte ihn an seine Seite. „Ich fürchte, es wird nur noch wenige Tage dauern," flüsterte er. „Die Kräfte der Leidenden nehmen rasch ab. Sie verblüht wie eine Blume, ohne Schmerz, ja ohne Bewusstsein ihres nahen Endes. Die Vorschrift verbietet sonst eine Aufnahme von

Angehörigen in die Zimmer von Insassinnen dieser Station. Aber in diesem Falle, der meine ganze herzliche Teilnahme als Mensch und mein größtes Interesse eregt hat, will ich die Verantwortung einer Ausnahme auf mich nehmen. Ich werde noch ein Bett in diesem Raume aufschlagen lassen und auch sonst der alten Dame jeden Komfort bieten, der uns hier zur Verfügung steht."

So blieb Tante Betty bei ihrer so wunderbar wiedergefundenen Nichte, und es blieb Karel van Rinschoten nichts übrig, als Gesine sofort brieflich davon in Kenntnis zu setzen.

Damit war aber auch Doktor Helperts Aufenthalt in dem stillen Häuschen am Zuidwall ein Ziel gesetzt, und Karel konnte unter diesen Umständen eine Übersiedlung des Rekonvaleszenten in das Lubrechtsche Hotel* nur billigen, zumal sie sich, da der junge Schriftsteller jetzt kräftig genug war, längere Spaziergänge zu unternehmen, ohne jede Schwierigkeit und besonderes Aufsehen vollziehen ließ.

In Doktor Helperts Brust waren quälende Zweifel erwacht. Nun, da er aus diesem Hause scheiden sollte, war ihm, als ließe er die Hälfte seines ganzen Seins hier. Und während ihn eine von tiefem Mitleid verklärte Sehnsucht zu jenem jungen Wesen trieb, von dessen Zustand er gestern noch erschüttert durch den Kommissar vernommen hatte, fühlte er, dass etwas in ihm hier in dem Häuschen wurzelte und sich nie und nicht in fernster Zukunft daraus würde entfernen lassen.

Gesine war seit den gestrigen Eröffnungen ihres Bruders wenig sichtbar geworden. So lange Karel und Tante Betty zugegen waren, war dies Ernst Helpert weniger aufgefallen; heute morgen, nun sie außer Maartje allein im Hause waren, wünschte er ungeduldig ihre Gegenwart. Aber Gesine kam nicht. Bei Tisch saßen sie sich schweigsam gegenüber. „Er denkt nur an sie!" dachte Gesine schmerzlich, und sie hatte Mühe, eine Träne zu unterdrücken.

Und Doktor Helpert schwieg, als er sie so ernst und bewegt sah. Traurig verging ihnen der Tag, bis Karels Nachricht eintraf, die von Bettys Verbleiben im Haag meldete.

Gesine kam mit dem Briefe zu ihm. Der junge Schriftsteller begriff sofort die Situation. „Diese Nachricht trennt auch mich von Ihnen, Fräulein van Rinschoten!" sagte er gepresst. „Ich siedle noch vor Abend in ein Hotel über. Wollen Sie Maartje gestatten, mir meine Sachen ordnen und einpacken zu helfen? Ich lasse mein Gepäck dann vom Hoteldiener holen."

Gesine senkte das Haupt. Sie sah ein, dass er nicht anders handeln konnte. Aber ihr Herz bebte. „Gehen Sie nicht zu – ihr?" fragte sie scheu und leise.

Doktor Helpert schüttelte den Kopf. „Ich möchte es so gerne! Ich habe keine Ruhe, bis ich sie wiedergesehen habe. Der flehende Blick, der letzte, den ich damals aus ihren Augen erhielt, ehe Sie mich trafen, weicht nicht von mir. Er ist wie eine Anklage, die ich auf mir lasten fühle! Aber ich darf nicht eher kommen, als Ihr Bruder mich ruft – ich habe es ihm versprochen!"

Sie neigte nur wortlos das Haupt tiefer. Und in ihrem Herzen schrie es auf: „Er liebt sie – er liebt sie!"

Das Gepäck war bald geordnet. Auf seinen Stock gestützt, den er in der linken hielt, nahm er mit der scheidenden Sonne Abschied von Gesine. „Dass ich mich so schnell erholt – keinem danke ich's als Ihnen! Was Sie mir geworden sind in diesen Tagen – " er sprach den Satz nicht aus; die Bewegung überwältigte ihn.

Gesine hatte die Kraft, mit feuchtschimmernden Augen zu lächeln: „Erinnern Sie sich noch des Tages Ihrer Ankunft, als mich Karel eine gute Schwester nannte? Auch Sie lassen eine solche hier zurück."

„Eine Schwester!" Hatte es sein Mund gesprochen oder hatte er es nur notdürftig gedacht? Er hätte sich im Augenblick keine Rechenschaft darüber geben können. Und nicht wie der zweier guter Freunde, sondern scheu und nur zu kurzem Druck sanken ihre Hände ineinander. Dann ging er langsam, Schritt für Schritt, den Südwall hinauf, der Rotterdamschen Poort zu. Das Holen eines Wagens hatte er abgelehnt.

Gesine blieb zurück, und ein Gefühl grenzenloser Verlassenheit kam über sie.

Drei Tage waren vergangen; da trafen zur selben Stunde für Doktor Helpert in Lubrechts Hotel und für Gesine in dem Häuschen am Südwall zu Delft kurze Telegramme von Karel ein, und beide lauteten nur: „Kommen Sie!" und „Komm!"

Der Abgang des nächsten Zuges sah sie auf dem Bahnhofe. Schweigend traten sie zueinander.

„Lassen Sie uns diese schwere Reise zusammen zurücklegen!" bat er leise. „Ich ahne, dass es die letzte Stunde ihres Lebens ist, in der ich sie wiedersehen soll."

Sie konnte nur mit dem Kopfe nicken. Die Kehle war ihr wie zugeschnürt. Sie stiegen in dasselbe Kupee, und während der kurzen Minuten der Fahrt verharrten sie in Schweigen. Erst als sie im Haag im Wagen saßen, der sie zum Hospital bringen sollte, konnte Gesine ein leises Schluchzen nicht mehr unterdrücken.

Wachsbleich, aber mit Augen, in denen das Feuer fremder Sphären glomm, lag Lizzie auf ihrem Lager. Tante Betty hielt eine ihrer Hände gefasst. Als sie den Schriftsteller sah, spielte ein Lächeln um ihren Mund. „Endlich!" sagte sie. Ihr Blick umfasste den jungen Mann, als wolle er sich nie mehr von ihm loslösen. Dann erlosch das Feuer in ihren Augen; langsam schlossen sich die Lider darüber, und sie regte sich nicht mehr.

„Verblüht wie eine Blume!" sagte nach einer Weile in tiefer Bewegung der Arzt. „Sie ist hinübergegangen!"

Niemand schämte sich seiner Tränen an diesem Bette. Sie rannen Ernst Helpert heiß über die Wangen, als er sich niederbeugte und einen Kuss auf die Stirn der Toten hauchte.

Tante Betty und Gesine kehrten nach Delft zurück, die letztere in wortloser Erschütterung. Karel blieb bis zur Überführung der Leiche Lizzies nach Delft, wo sie ihr Grab finden sollte, im Haag; auch Doktor Helpert blieb.

✶ ✶ ✶

Die Beisetzung war vorüber. Karel van Rinschoten bat Ernst, die Angehörigen der Toten in das stille Häuschen am Südwall zu begleiten. „Das Dokument des Pfarrers Potter ist eingetroffen. Ich trage es in der Tasche; auch Sie haben ein Recht darauf, es zu erfahren."

Es waren ernste und stille Zuhörer, die das folgende Bekenntnis eines Reuigen an ihren Ohren schlagen ließen:

„Ich, der ich dieses schreibe, verkünde die Liebe und die Gnade des allmächtigen Gottes anderen, und ich selbst bedarf ihrer am nötigsten. Ich bin schuld am Tode meines Freundes, weil ich die Hand ausstreckte nach dessen Weib. Stewart Hopkins war mein Freund, als er von Europa zurückkehrte, ein junges Weib an seiner Seite, das Vater und Mutter heimlich verlassen hatte, um ihm anzugehören. Sie war sanft und gut und schön dazu, und ihr Bild brannte sich ein in mein Herz. Mein Freund war glücklich mit ihr und sein Glück die Marter meines Lebens. Sie gebar ihm ein Kind, ein Mädchen, dasselbe, für das diese Niederschrift bestimmt ist, wenn mein Leben früher endet. Ich wünschte den Tod meines Freundes herbei, auf dass sie frei werde; denn sie liebte ihn und würde nie jemandem angehört haben, so lange noch Licht in seinen Augen war. Eines Abends waren Hopkins und ich auf einer Ruderfahrt auf dem See – ich mit schwarzen Gedanken, er in der heiteren Vertraulichkeit, die ihm seiner Gattin Herz gewonnen. Ein Sturm erhob sich, und unser Boot kenterte. Wir beide klammerten uns an seinen Kiel. „Hilf mir, ich sinke!" rief er. Ich konnte ihn retten; nur die Hand brauchte ich auszustrecken; denn Hilfe nahte schon. Ich ließ ihn versinken.

Und die Frau, der all mein Verlangen galt, ward frei. Aber zwischen ihr und mir stand meine Tat. Von Stunde an sorgte ich für das Weib und das Kind, als sei es das meinige. Als das Mädchen noch nicht fünf Jahre alt war, starb seine Mutter. Ich weiß, die Sehnsucht nach dem geliebten Gatten hat sie hinübergetrieben zu ihm in die Ewigkeit. Ich zog Lizzie auf als mein Kind. Meine letzte Bitte an sie ist Vergebung, dass ich ihr den Vater raubte. Möge der Himmel einst gnädig mit mir sein!

Dies Bekenntnis lege ich in sichere Hände nieder für den Fall, dass der Tod mich früher abruft, als Lizzie ihr achtzehntes Jahr erreicht. Bleibe ich am Leben, so wird an ihrem achtzehnten Geburtstage mein Mund selbst ihr meine Missetat verkünden.

Pfarrer Potter."

„Nun ist auch der letzte Makel von unserer teuren Toten genommen! Wir dürfen in Frieden und voller Liebe ihrer gedenken!" sagte der Kommissar ernst, als er das Dokument zusammenfaltete.

„Ich reise heute," sagte Doktor Helpert nach einer langen Pause. „Ich fahre nach Deutschland zurück. Gegen das, was ich hier erlebt, gibt es nur eins: die Arbeit!"

Der Abschied ging allen nahe. Zuletzt wandte sich der Schriftsteller an Gesine: „Sie standen am Tor, als ich, noch ein wunder Mann, eintrat in den Frieden Ihres Hauses. Mir ist, als ginge ich

getrösteter von dannen, wenn Ihre Hand mich zum Tore zurück-
geleitete."

Wortlos erhob sich Gesine, und wortlos schritten sie zur Gitter-
pforte. „Haben Sie Dank!" flüsterte er in tiefster Bewegung. „Meine
Gedanken werden in Holland bleiben, wenn ich ihm auch fern
weile. Und sie werden sich teilen zwischen der Kraft des Lebens,
die ich an Ihnen bewundern gelernt habe, und zwischen – einem
Grabe!"

Damit ging er. Er wandte sich nicht zurück. Und Gesines Brust
entrang sich nur ein qualvolles Stöhnen.

24 – Sonnenschein

Der Winter war vergangen, der April mit seinen Regenschauern
vorüber, der Mai kam mit seinem jungen Sprießen und Blühen.

Der Zug von Rotterdam hielt und ein junger Mann sprang aus
einem Abteil zweiter Klasse auf den Perron. Er ließ seinen Koffer
in dem Gepäckraum des Bahnhofs und schritt in die Stadt hinein.
Wohl schweifte sein Blick rechts den Singel* hinunter, und sein
Fuß zuckte dort hinüber. Aber der junge blondbärtige Mann, dem
eine Narbe tief in die Stirn hineinlief, beherrschte sich und schritt
in die Stadt hinein. Nach dem Friedhof fragte er einen der ihm
Begegnenden, und er musste noch häufig fragen, ehe er durch das
geschmiedete Eisengitter zu dem Hofe des Friedens gelangte, über
den die Maisonne ihren Glanz ausgoss und Blüte an Blüte hervor-
zauberte aus den Hügeln, unter denen so viele einst so heiß zuk-
kenden Herzen ruhten.

Häufig sinnend stehen bleibend, als wäre der gesuchte Weg seinem Gedächtnis entfallen, fand der Fremde doch den Weg zu ei-

nem Grabe, das über und über von blühenden Veilchen bedeckt war und auf dessen marmornem Kreuze die Worte standen:

„Aus fremdem Willen
durch den Willen des Höchsten!"

Plötzlich stockte sein Fuß. Hinter dem Grabe, an dem sie gekniet, erhob sich eine junge, schlanke Gestalt.

„Gesine!"

Das junge Mädchen erbebte bei diesem Worte; ein helles Rot flammte in ihrem Antlitz auf, um einem desto tieferen Erbleichen Platz zu machen.

„Doktor Helpert!" sagte sie tonlos.

„Gesine!" sagte der Mann in warmem Herzenston. „Hätte ich Sie nicht an diesem Grabe gefunden, ich hätte Sie hierhergeführt, um Ihnen das zu sagen, was mich erfüllt. Mein innigstes Mitleid wird mich mit der Schläferin in diesem Grabe verbinden, so lange ich atme – aber meine Liebe gehört einer Lebenden! Gesine – Sie waren mir einst eine Stütze, da ich krank und wund war; wollen Sie nicht nur meine Stütze für das Leben, nein, das Weib sein, das die ganze Liebe, die ich zu empfinden vermag, nehmen darf mit dem Bewusstsein: Er ist mein; die Vergangenheit hat an der Liebe keinen Teil?!"

Gesine wollte antworten; aber kein Laut wurde hörbar. Nur in ihren schönen grauen Augen, die so still und traurig geworden waren, glomm es auf, und sie wankte.

Doktor Helpert aber breitete die Arme um sie:

„An diesem Grabe halte und nehme ich dich – und wir werden eins sein, so lange wir wandeln im Leben!"

Tante Betty war sehr verwundert, als ihr Hausgenosse von einst so plötzlich an Gesines Seite vor sie trat und ihre Nichte sich an den blonden Mann schmiegte und schlicht sagte: „Tante Betty – du wirst ihn lieb haben müssen; denn er will mich zu seinem Weibe nehmen!"

Ein Telegramm rief Karel von Rotterdam herüber, und bewegt reichte dieser dem Schriftsteller beide Hände. „Es ist das Beste, was ich habe im Leben; aber ich gebe es Ihnen! Ich weiß, Sie werden sie hüten und halten als Ihren höchsten Schatz."

Als der August wieder ins Land kam, hielt Doktor Ernst Helpert aufs neue eine Hollandfahrt. Aber diesmal galt es der Heimholung seiner Gesine. Im engsten Kreise ward die Hochzeit gefeiert.

Schon im Reiseanzug, gingen sie Hand in Hand zu Lizzies Grab. Und die Gedanken, die sie hier hegten, waren sichere Bausteine ihres künftigen Glücks.

Portrait aus „Die Elbpiraten", 1905

Kurzvita Crome-Schwienings

Carl Crome-Schwiening wird am 13.02.1858 in Syke/Bremen geboren, wo sein Vater als Rechtsanwalt und Notar tätig ist. Nach dem frühen Tod des Vaters zieht seine Mutter, eine geborene Dietz, mit zweien ihrer Töchter und Sohn Carl 1870 zu ihrem Vater nach Celle. Hier besucht Carl das Gymnasium. Sein militärisches Einjährige verbringt er im 2. Hannoverschen Infanterieregiment. Danach studiert er in Berlin und Leipzig, wo er als Journalist beginnt, und seit 1881 verfasst er auch Romane und Erzählungen. Zu nennen sind seine Historischen Romane, wie „Und Bebel sprach !" von 1893, „Von Friedrichscron bis Friedrichsruh" von 1896, „Der Peter von Danzig – Ein Roman aus einer glanzvollen Zeit" von 1906 oder „Die Bajadere – Ein anglo-indischer Roman".

1887 wird er Dramaturg an der Städtischen Bühne in Leipzig. 1890 redigiert er die Zeitschrift „Schalk", den „Kunst- und Theater-Anzeiger" und die „Allgemeine Modezeitung", die in Leipzig erscheinen. 1890 und 1891 schreibt er für Operetten des Komponisten und Pianisten Heinrich August Platzbecker (1860 - 1937) die Texte der Gesänge zu „König Lustik" und „Jenenser Studenten".

1902 nimmt er in Hannover als Nachfolger von Hermann Löns die Stelle als Chefredakteur des „Hannoverschen Anzeigers" an. Hier entstehen seine Romane „Unter dem springenden Pferd – Ein hannoverscher Roman aus dem Kriegsjahr 1866" und der Fortsetzungsroman „Der Fund in der Eilenriede", bei dem es sich um ein Findelkind dreht.

In seiner hannoverschen Zeit ist Carl Crome-Schwiening auch öfters bei seinen Schwestern im Töchterheim am Alten Bremer Weg 10 in Celle zu Besuch. Nach seinem Ableben am 24.06.1906 lassen sie ihn auf dem Hehlentor-Friedhof, dem „Bürgerfriedhof" oberhalb der städtischen Allerbrücke in Celle, bestatten.

Quelle

Crome-Schwiening, Carl : Unter fremdem Willen. Original-Roman in 27 Fortsetzungen. In: Didaskalia – Unterhaltungs-Beilage der „Frankfurter Nachrichten und Intelligenz-Blatt":

Nr.	Datum 1912	Forts. Nr.	Kap. Nr.	Überschrift
113	24. 04.	***	1	Auf dem „Kinderdijk"
114	25.	1	2	Zwei alte Bekannte
115	26.	2	3	Eine unerwartete Begegnung
116	27.	3	4	Unter den „Boompjes"
117	28.	4	5	Im Rotterdamer „Kasino"
119	30.04.	5	5	Im Rotterdamer „Kasino"
120	01.05.	6	6	Unter fremdem Willen
121	02.	7	7	Der Überfall
122	03.	8	8	Der Doppelgänger
123	04.	9	9	Taverne „Zu den drei Seefahrern"
124	05.	10	9	Taverne „Zu den drei Seefahrern"
126	07.	11	10	Der Tag der Fischer
127	08.	12	11	Dunkle Schleier
128	09.	13	12	Lizzie
129	10.	14	12	Lizzie
130	11.	15	13	Ein neuer Hausgenosse
131	12.	16	14	Ein reuiger Verbrecher
133	14.	17	15	Die Diamanten des Rajah
134	15.	18	16	Ein unterbrochener Urlaub
135	16.	19	16	Ein unterbrochener Urlaub
137	18.	20	17	Der blutende Finger
138	19.	21	18	Zwischenfälle
140	21.	22	19	Licht und neues Dunkel

Werke

Die Jugendbühne: Schauspiele für Mädchen zur Aufführung bei Schul- und Familienfesten. Leipzig : Wöller, 1894/1918:

- Die Neugierigen : Lustspiel in 1 Aufzuge. Nr. 32, 1894

- Die Launen der Königin : Historisches Genrebild in einem Aufzug für Mädchen. Nr. 34, 1894

- Die neue Miss : Lustspiel in einem Aufzuge. Nr. 36, 1895

- Die gelbe Rose : Blumenmärchen in einem Akt. Nr. 38

- Die kleine Marquise : Lustspiel in einem Akt. Nr. 40

- Der Spiegel der Erkenntnis : Märchen für Mädchen. Nr. 42

- Das Recht des Herzens : Lustspiel in einem Aufzuge. Nr. 44

- Trotzköpfchen : ein Spiel in Versen für junge Mädchen. Nr. 45

Die Jugendbühne: Schauspiele für Knaben. Leipzig : Wöller, 1916:

- Der kleine Tartuffe : Lustspiel in einem Aufzuge. Nr. 1

- Im Knaben-Pensionat : Lustspiel in einem Aufzuge. Nr. 2

- Die kleinen Weltreisenden : ein Spiel in einem Aufzuge. Nr. 3

Die Jugendbühne: Schauspiele für Mädchen und Knaben. Leipzig : Möller, 1915

- Lilli's Geburtstag : Ein Lustspiel. Nr. 1

- Tausch und Täuschung : Lustspiel in einem Aufzuge. Nr. 3.

Weitere Schriften:

Die Bajadere : Ein anglo-indischer Roman. Berlin : Duncker, 1908

Unter fremdem Willen. Fortsetzungsroman in: Didaskalia. Unterhaltungsbeilage der Frankfurter Nachrichten und Intelligenz-Blatt, ab Nr. 113 (24.04.1912, 19.05.1912 etc.), Frankfurt a.M. 1912

Der Kurier des Kaisers. Roman. 1908

Der Peter von Danzig : Roman aus einer glanzvollen Zeit. Danzig : Danzigs Neueste Nachrichten, 1906

Der Fund in der Eilenriede : ein hannoverscher Roman. Hannover : Hannoverscher Anzeiger, 1905

Unter dem springenden Pferd : ein hannoverscher Roman aus dem Kriegsjahr 1866. Hannover : Hannoverscher Anzeiger, 1905

Die Elb-Piraten : ein Roman aus dem magdeburgischen Schifferleben. Magdeburg : Faber, 1905

Philatelistisches Kommersbuch zum 15. Stiftungsfest des Deutschen Philat. Verbands. Unter Mitwirkung der Herren Carl Crome-Schwiening und A. Lenk, bearbeitet und gewidmet von A.E. Glasewald. Gössnitz, S.-A. : Dt. Philat.Verband, 1905

Die indische Briefmarke. In: Bibliothek der Unterhaltung und des Wissens 10 (1904) Stuttgart : Union Deutsche Verlagsges., 1904

Durch die Kneipp-Kur : Schwank in 1 Akte. Leipzig : Jäckel, 1903

Festspiel zur Jubelfeier des 50jährigen Bestehens der Firma Giesecke & Devrient. Dichtung. Leipzig : Giesecke & Devrient, 1902

Japanische Schauspielkunst in Deutschland. In: Illustrirte Zeitung 118 (1902), S. 126-128

Im Bühnen-Zwielicht. Roman. Leipzig : Tiefenbach, 1900

Über Presse und Philatelie : Vortrag geh. beim 10. Deutschen-Philatelisten-Tage zu Dresden. Dresden, [um 1900]

Ders.; Kautzsch, R. u.a. : Prolog und Reden zur Gutenberg-Feier der Innung Leipziger Buchdruckereibesitzer am 16. und 17. Juni 1900. Leipzig : Breitkopf & Härtel, W. Drugulin, 1900

Fritz, der Sammler : eine Geschichte für die Jugend. Leipzig : H. Krötzsch, 1899

Burlesken nach Hans Sachsens Manier.
Bd. 1: Die verlor'ne Nadel. Der Stein der Wahrheit. Das Weibermittel. Lügen steckt an.
Bd. 2: Die Wunderkur. Das Eh'-Turnier. Das Streittuch. Der fahrend Schüler. Leipzig : Reclam, 1898

Von Friedrichscron bis Friedrichsruh : Zeitroman. Leipzig, 1896

Ders.; Herold, Karl: Kapti-Tage : Schwank. Regiebuch. Leipzig : Hermann, ca. 1895

Im Horste des rothen Adlers : Ein Roman aus der jüngsten Vergangenheit. Halle a.S. : W. Kutschbach, 1895

Sein erster Mai. Erzählung. 1895

Ein Streikbrecher. Erzählung. 1895

Unter dem roten Zwang ! : Einfache Geschichten. Leipzig : Bergmann, 1894

Wir von der Infanterie! : Aus den Erinnerungen eines „Sandhasen". Berlin & Leipzig : Laverrenz, 1894

Marsch, marsch, hurra! : Lustige Geschichten aus d. Soldatenleben im Frieden. 2. Aufl. - Berlin : Neufeld & Henius, 1894

Manöverbilder : Rauchlose Soldatengeschichten. 2. Aufl. - Berlin : Neufeld & Henius, 1894

Garnisongeschichten : Heitere Bilder vom Exerzierplatz und aus der Mannschaftsstube. 2. Aufl. - Berlin : Neufeld & Henius, 1894

Der Berggeist : (Rübezahl) ; phantastisches Tanzmärchen in drei Bildern von Lucas Sunder [Text]. Leipzig : Breitkopf & Härtel, [1893]

Charley : Lustspiel in einem Aufz. Leipzig : I. T. Wöller, 1893

Der Hundertmarkschein : Schauspiel in 2 Akten. Leipzig : I. T. Wöller, 1893

Und Bebel sprach ! Zeitroman in zwei Bänden. Leipzig : Herrmann, 1893

Allerhand humoristische Kleinigkeiten : Novelletten und Skizzen. Leipzig : Reclam, 1891

Charakterspieler. Roman. 1891

Jenenser Studenten. Komische Operette in 3 Akten (Text der Gesänge). Musik von Heinrich August Platzbecker. Leipzig, 1891

König Lustik. Operette in drei Akten (Text der Gesänge). Musik von Heinrich August Platzbecker. Leipzig : Schuberth, 1890

War er schuldig ? Roman. 1890

Mit dem Musterkoffer. Lustige Geschichten eines alten Reiseonkels. 1889

Nur keinen Lieutenant : Lustspiel. Leipzig : Agentur der Deutschen Genossenschaft dramatischer Autoren und Componisten, 1889

Krieg im Frieden : humoristischer Roman aus dem modernen Garnisonleben. Zeichnungen G. Sundblad. 3. Aufl. - Leipzig, 1885

Hammelsprünge : parlamentarische Indiskretionen. 4. Aufl. - Leipzig : Licht & Meyer, [1885 ?]

Der neue Plutarch : Federzüge aus der Welt der Feder. 3. Aufl. - Berlin : Eckstein, 1885

Humoresken aus dem Soldatenleben im Frieden. 4 Bd.e, 1884/86

Mirza Schaffy im Waffenrock : Ein lustiges Vademecum für den Einjährig-Freiwilligen. Celle : Schulze, 1884

Dramatische Solo-Scenen. Erfurt : Bartholomäus, o.J.

Kaiser's Geburtstag : Lustspiel in einem Aufzuge. Berlin : Rembe & Zipf, o.J.

Die Weihnachtsfee – Ein Märchen. 1883

Reinhardt, Carl: Naturgeschichte der weißen Sklaven von Tin-te-hohn-tse. Aus dem Chinesischen übersetzt. 5. Aufl. umgearbeitet und ergänzt von C. Crome-Schwiening. Leipzig : Werther, 1888

Abbildungen und Bildnachweis

Erläuterungen

absträngen : Strängen bedeutet, ein Zugtier vor ein Gefährt zu spannen. Entsprechend wird „absträngen" für abspannen, ausspannen oder abschirren eines Tieres verwendet.

Amstelstadt Amsterdam : Der Fluss Amstel fließt durch Amsterdam in einen Meeresarm, das JI (Het JI), in die Zuiderzee.

Assistent-Resident : Ranghöchster Beamter einer Abteilung im General-Gouvernement von Niederländisch Indien. Stellvertreter des Residenten (Gouverneurs).

Blaak und Zuid-Blaak : von „blaken", glänzen. Glänzendes Wasser, alter Hafen im Zentrum Rotterdams mit Seefischmarkt. Heute zugeschüttet und eine große Straße.

Blixem : Plattdeutsch für „Bösewicht", auch „Teufel"; hier etwa: Zum Teufel!

Börsenbahnhof Rotterdam : Bahnhof „Rotterdam Beurs" gegenüber der Börse. Der Bahnhof wurde 1877 eröffnet, in Verbindung mit der Eisenbahnstrecke Amsterdam – Belgien. Dafür wurde ein Eisenbahnviadukt mitten durch die Altstadt Rotterdams gebaut und die Bahn auch als „Luchspoor", „Luftbahn" bezeichnet. Die Gleise lagen im Bahnhof auf dem Niveau des ersten Stockes, was damals neuartig war.

Börsenneubau Amsterdam : Zwischen 1896 und 1903, also während der Zeit, in der dieser Roman spielt, wurde in Amsterdam vom Architekten Berlage am Damrak eine neue Börse gebaut.
Die „Beurs van Berlage" wurde auch mit dem Synonym „Damrak" – analog zu „Wallstreet" – bedacht.

Bogenlampe/-licht : Straßenlaterne von der Form eines gebogenen Mastes.

Bollwerk : Von „Bohlwerk". Stützwand aus Pfählen und Bohlen, hier zur Befestigung des Ufers der Maas.

Boompjes : holländisch für „Bäume". Die „Boompjes" sind eine Allee in Rotterdam am Ufer der Nieuwe Maas gegenüber von Noordereiland, mit Anlegestellen für Dampfer (Boompjeskade, Boompjeskai).

Bosketts : Buschwerk, Gehölz in einer architektonisch gestalteten Gartenanlage.

Café-Restaurant Fritschy : Es gibt zwar heute noch ein „Fritschy", aber nicht auf Noordereiland an der Willemsbrug, sondern an ganz anderer Stelle.

Coolsingel : Hauptstraße im Zentrum von Rotterdam, an der u.a. das Rathaus und die Börse liegen. Cool ist der Name eines ehemals feudalen Geländes am rechten Ufer der Maas, später eines Amtsbezirkes. Singel deutet darauf hin, dass die Straße über einem ehemaligen Umfangskanal angelegt wurde.

Dampftram : Straßenbahn (Tram) auf Gleisen, die von einer Dampflokomotive angetrieben wurde. Dampfstraßenbahnen waren um 1900 weit verbreitet.

Damrak : Kanal zwischen Dam-Platz im Süden und Amsterdamer Centraal-Bahnhof in Norden. Ehemals breiteste Wasserstraße in der Mitte Amster-Dams. Als Rak wird ein gerader Teil der Amstel bezeichnet, Dam bedeutet Damm. Heute teilweise mit Straße überbaut.

de Ruyter, Michiel : Niederländischer Seeoffizier, Admiral (1607-1676). Kämpfte im 1. Englisch-niederländischen Krieg 1652/53, im 2. Nordischen Krieg 1656/59 und war Befehlshaber der Flotte der Generalstaaten in den Englisch-niederländischen Kriegen 1665/67 und 1672/74. In der Seeschlacht bei Augusta 1676 gegen die französische Flotte wurde er tödlich verwundet.

De Ruyterkade : auch Ruijterkade; Kai an der Wasserfront des Amsterdamer Zentralbahnhofes, benannt nach Admiral de Ruyter.

Delft, Oude Kerk : „Alte Kirche" mit dem Grabmal von Admiral Tromp.

Delft, Nieuwe Kerk : „Neue Kirche", die Grabeskirche des niederländischen Königshauses.

Delfter Porzellan : Bezeichnung für in Delft hergestellte Keramiken. Angeregt durch die Einfuhr von chinesischem Porzellan durch die Ostindien-Kompanie gelang es, in Delft eine Keramik herzustellen, die dem kaolinhaltigen Porzellanen sehr nahe kam.

Diamantagraffe : Mit Diamanten besetzte Schmuckspange, z.B. in Form einer Weintraube. Wird auch als Anhänger getragen.

Duppeltes Amstel Gerstenbier : ein Gerstenbier der Amstel-Brauerei (heute Heineken) mit starker Stammwürze und Alkoholgehalt, das sozusagen „doppelt" gebraut ist. Die Amstel ist ein Fluss.

Eisenbahnbrücke in Köln : Straßen- und Eisenbahnbrücke vom Kölner Hauptbahnhof am Dom über den Rhein, erbaut 1855-1859. Früher auch Dombrücke genannt. 1911 ersetzt durch die heutige Hohenzollernbrücke.

Equipage : Pferdegespann, Kutsche in unterschiedlichster Ausführung hinsichtlich Wagentyp, Anspannung, Pferderass etc. bis hin zum Livree, der Bekleidung des Kutschers.

Frankenwerft : Straße am Rheinufer der nördlichen Kölner Altstadt. Keine Schiffswerft, sondern ursprünglich ein Erdwall (eine Werft), der zum Schutz vor Überschwemmungen aufgeworfen worden war und das Ufer mit einem Bollwerk oder einer Mauer schützte. Entsprechend auch die Bayenwerft am Rheinufer der südlichen Altstadt.

Genever : aus holländisch „jeneverles", Wacholder. Wacholderschnaps, der vor allem in Holland und Belgien gebrannt wird. Grundlage ist eine Getreidemaische (Malt-Wine) aus meist Gerste oder Roggen. Vorläufer des Gin.

Gerard, Balthasar : Ermordete 1584 Wilhelm von Oranien in Delft, im Einverständnis mit dem katholischen Habsburger König Philipp II. von Spanien.

Gin : Spirituose aus reinem Ethylalkohol, der aus Getreide, Kartoffel oder Weintrauben gewonnen wird. Der neutrale Alkohol wird in einem zweiten Brand mit Aromen wie Wacholder versetzt. Keine Malzanteile.

Gin mit Bitter : Cocktail aus Gin und einer Würzzutat mit leicht bitterem Aroma, wie z.Bsp. Bitter Lemmon, Orangen- oder Grapefruit-Bitter, Angostura. Nicht zu stark gebittert rundet es das Aromaprofil eines Mixgetränkes ab.

Gottseibeiuns : euphemistische Bezeichnung für den Teufel.

Harlingen : Niederländische Hafenstadt in der Provinz Friesland. Seehafen am Zuiderzee, mit Fischereihafen (Muscheln) und Jachthafen.

Hein, Piet : Piet Heyn (1577-1629). Admiral der niederländischen Generalstaaten. Er wurde zum Volkshelden, als er 1628 vor Kuba die spanische Silberflotte aufgebracht hatte.

herkulischer Balinese : Auf der indonesischen Insel Bali beheimatete Person, von großer Stärke wie ein Herkules.

Het IJ : Das IJ, Meeresarm der Zuidersee, an dem der historische Hafen von Amsterdam liegt. Durch einen Damm mit Schleuse in Binnen-JI und Buiten-IJ getrennt und so gegen die Zuidersee geschützt.

Holland-Amerika-Linie : Die HAL war eine niederländische Reederei, die ab 1872 einen transatlantischen Liniendienst von Rotterdam nach New York betrieb. Der Passagierdienst profitierte - wie die Häfen von Hamburg und Bremen - vor allem von der europäischen Auswanderung in die USA.

Holland'sche Spoorweg : „Holländischer Spurweg", Bezeichnung für die niederländische Eisenbahn.

Hooi-Gracht : „Heugraben", Kanal im Zentrum von Haag.

Hotel Ernst : Renommiertes Hotel in der Trankgasse 1-5 am Kölner Dom, heute Excelsior Hotel Ernst.

Huygensplein (Haag): Nach dem holländischen Astronomen, Mathematiker und Physiker (1629-1695) benannter Platz.

Javastraße (Javastraat) in Rotterdam : benannt nach der Insel Java, einer der großen Sundainseln Indonesiens.

Jufferstraat : Straßennamen „Jungfrauenstraße".

Kalesche : Leichte vierrädrige Reisekutsche mit faltbarem Verdeck und vier Sitzen. Oft von nur einem Pferd gezogen (einspännig), selten vierspännig, wie hier.

Kasino : Gebäude mit Klub- und Speiseräumen, ursprünglich für Offiziere. Später auch Bezeichnung für Häuser mit Glücksspiel.

Kinderdijk : Ort auf dem Polder Nederwaard in Südholland, südöstlich von Rotterdam, am Zusammenfluss von Lek und Noord zur Nieuwen Maas. An den Flüssen lagen mehrere kleinere Binnenschiffswerften, die auch Raddampfer bauten. Bekannt sind die Mühlen von Kinderdijk, die Wasserpumpen antrieben, um den Polder trocken zu halten. Für die Entstehung des Ortsnamens gibt es mehrere Deutungen, die alle etwas mit Kindern und dem Deich (holländisch Dijk) zu tun haben.

Kolonialministerium am Plein in Amsterdam : Zuständig für die niederländischen Kolonien, allen voran in Ostindien, Indonesien. Dem Kolonialministerium war auch die Niederländisch-Indische-Armee unterstellt.

Königinnen von Holland : Um 1900 regierte in den Niederlanden Königin Wilhelmina (1880-1962), die Tochter des Königs Wilhelm III. aus dem Hause Oranien. In den ersten Jahren von 1890 bis 1898 übte ihre Mutter Emma Wilhelmina (1858-1934) aus dem Hause Waldeck-Pyrmont die Regentschaft aus. Daher wird auch von den „zwei Königinnen" gesprochen. Während der Regierungszeit der beiden „Königinnen" (1890 bis 1948) wurde um die Jahrhundertwende das gesamte indonesische Archipel von Java aus kolonisiert.

Korte Hoogstraat : Die Hoogstraat ist eine der ältesten Straßen Rotterdams. Enge Einkaufsstraße, die in gerader Linie Teil einer alten Ufermauer vom Oostport, dem östlichen Hafen durch die Stadt führt. Die „korte" Hoogstraat ist eine „kurze" Querverbindung von der Hoogstraat zum Hafen Blaak.

Krasnapolsky's Restaurant : Das 1856 gegründete Restaurant mit Grand Café und Billardraum zählt heute noch zu den großen Cafés in Amsterdam, liegt in der Innenstadt am Damplatz und gehört zum Grand Hotel gleichen Namens.

Kroyer : Holländischer Gepäckträger eines Hotels oder Gasthauses.

Laan van Nieuwoost-Indie : Allee von Neu-Ost-Indien. Gleichzeitig Bezeichnung für den Bahnhof im Zentrum von Den Haag.

Leibrock : Veraltet für „Gehrock", eine lange Jacke mit angesetztem Schoß und doppelter Knopfreihe /Zweireiher).

Leuvehaven : „Löwenhafen", der älteste Seehafen von Rotterdam.

Lobith : Alte Zollstelle zwischen holländischem und deutschem Gebiet. Grenzabfertigung der Rheinschifffahrt seit dem 13. Jahrhundert.

Lombok : Vulkanische Insel der kleinen Sundainseln, Nachbarinsel von Bali. Hauptstadt ist Mataram. Die Holländer siedelten seit 1674 auf der Insel. Das Land ist durch Landwirtschaft geprägt: Es werden Reis, Kokospalmen, Gemüse und Gewürze angebaut. Der Bergbau beutet Goldminen aus.

Lombok-Expedition : Holländische Bezeichnung für die Niederschlagung einer Revolte auf der Insel Lombok im Jahre 1891 mit Kolonialtruppen. In diesen dienten zahlreiche Ausländer, überwiegend Deutsche. 1894 wurde die gesamte Insel in das Kolonialreich „Niederländisch Indien" eingegliedert.

Lubrechtsches Hotel : Hotel in Delft, heute nicht bekannt. Vermutlich wollte Crome-Schwiening damit dem Celler Pastor August Lubrecht und dessen Sohn Theodor (1846-1919), der in Celle die Schule besuchte (sein Mitschüler ?), ein Denkmal setzen.

Luftscheibe : Ungebräuchlicher Ausdruck für ein kleineres Lüftungsfenster in Verbund mit einem größeren Glasfenster.

Mariniers : Elitesoldaten der niederländischen Marineinfanterie.

Maserpfeife : Pfeife aus Maserholz, gemasertem Holz. Das Holz stammt aus knorrigen Wurzeln mit Adern und Flecken, wie z.B. von Ahornbäumen oder Bruyere-Sträuchern.

Megäre : In der antiken griechischen Mythologie eine der drei Rachegöttinnnen (Erinnyen). Ihr Name bedeutet etwa „Zorn", hier im Sinne von „erregter Streitbarkeit".

Museum Boijmans : Von dem Rechtsanwalt Boijmans 1847 in Rotterdam gegründetes Museum mit Skulpturen und Gemälden, wie dem bekannten Turmbau von Babel von Pieter Brueghel, oder Rembrandt-Gemälden. Heute Museum Boijmans Van Beuningen, größtes Kunstmuseum in Rotterdam.

Nagelprobe : Trinkritual, bei dem mit dem Fingernagel geprüft wird, ob ein Trinkgefäß (Becher, Glas) leer getrunken ist. Im übertragenen Sinne die Prüfung, ob sich eine Person oder ein Sachverhalt als entscheidend erweist.

Nymwegen : Auch Nimwegen, holländisch Nijmwegen, am Waal, einem der beiden Hauptarme im Delta des Rheins. Römischen Ursprungs und älteste Stadt der Niederlande, Hansestadt. Binnenhafen am Maas-Waal-Kanal, der von der Waal abzweigt. Umschlaghafen für Güterverkehr.

Oudehaven : „Alter Hafen". Um 1900 bestand der Rotterdamer Binnenhafen hauptsächlich aus dem Oudehaven und den Boompjes-Kais am Fluss Neue Maas.

Palais im Bosch : Palais im „Wald", Palast Huis ten Bosch bei (Den) Haag. Zeitweilig auch königliche Residenz.

Pale Ale : Sehr helles (pale, blasses) obergäriges Gerstenbier (ale)

Pampus : Von „Pampe", dicker Brei. Fahrwasser mit Untiefen zwischen Muider Zand und Westfriesland. 1895 wurde dort eine Insel im Ijmeer mit einem Fort zum Schutze von Amsterdam gebaut. Fort Pampus

Pikett Seesoldaten : Auch Piket, von franz. piquet, einer zum Ausrücken bereit gehaltenen Truppenabteilung, hier der „Seesoldaten", der an anderer Stelle genannten „Mariniers", der Marineinfanterie.

Pschorrbräu : Bier der Brauerei der Familien Pschorr und Hacker, Großbrauerei in München.

Rajah von Mataram : Rajah, Raja oder Radscha war der Titel eines Herrschers (Fürsten) in Indien und Südostasien. Mataram war in der Frühgeschichte Indonesiens ein Reich in Zentral-Java (9. – 11. Jahrhundert). Der Autor bedient sich hier einer historischen Bezeichnung für eine Figur seines Romanes.

reputierlich : Von Reputation: Ansehen, guter Ruf. Achtung und Wertschätzung verdienend, achtbar, ehrenwert. Hier im Sinne von „ordentlich" angezogen sein.

Resident : Der für Bali und Lombok zuständige holländische Gouverneur, der in Mataram residierte.

Rheinkai Düsseldorf : In den Jahren 1898 bis 1902 wurde in Düsseldorf in Höhe der Altstadt das Rheinufer „vorgeschoben". Dadurch entstanden zwei Ebenen. Auf der oberen lag die Rheinufer-Promenade. Auf der unteren, dem eigentlichen Rheinkai, wurden Schiffe abgefertigt und es befanden sich dort die dafür notwendigen Einrichtungen. Dieser Kai muss bereits 1900 fertig gestellt gewesen sein, denn Crome-Schwiening nennt ihn den „neuen Rheinkai".

Rotterdamer Courant : Eigentlich „Nieuwe Rotterdamsche Courant", Neuer Rotterdamer Anzeiger. Überregionale Tageszeitung.

Rotterdamer Poort : Das Rotterdamse Poort war ein Tor der Stadt Delft am Zusammenfluss von Schie und Kanälen.

Ruderketten : Ketten, die am Ruderquadranten, der meist in Form eines Viertelkreises auf dem Ruderschaft sitzt, befestigt sind und die Ruderlagen vom Steuerrad auf das Ruderblatt übertragen.

Sarong : Malaiische Bezeichnung für ein großes buntes Tuch, das in Indonesien von den Frauen um die Hüfte geschlungen wie ein Rock getragen wird. Hier als männliches Bekleidungsstück um den ganzen Körper gewickelt.

Schloss Muiden : Schloss Muiderslot, mittelalterliches Schloss in Nordholland an der Mündung der Vechte ins Ijmeer, südöstlich von Amsterdam. Heutiger Bau 1370 erbaut, im 17. Jahrhundert auch Zentrum für Wissenschaft und Kunst. Beliebte Sehenswürdigkeit, von Amsterdam aus mit dem Boot zu erreichen.

Signalement : kurz gefasste Beschreibung der charakteristischen Merkmale einer Person, vor allem äußerlicher wie Größe, Haarfarbe, Augenfarbe, Haltung, Gangart etc.

Signalskanal : „Kommunikations-Kanal", Verbindungskanal.

Singel : Niederländisch für „Umfang". In den Niederlanden Bezeichnung für einen „Umfangskanal", der wie ein Ring bestimmte Gebiete, Stadtteile umgrenzt.

Steuerrevision : Überprüfung der Steuer, hier der Zollabgaben.

Surabaya : Bedeutender Hafen im Nordosten der indonesischen Hauptinsel Java. Seit dem 18. Jh. Stützpunkt der Niederländischen Ostindien-Kompanie (VOC, Vereenigde Oostindische Compagnie). Export von Zucker, Tabak und Kaffee. Zweitwichtigste Stadt nach der Hauptstadt Batavia (Djakarta, Jakarta) der Kolonie Niederländisch-Indien.

Tivoli in Coolsingel : Varieté-Theater in der Hauptstraße Coolsingel in Rotterdam. Theater mit Café-Restaurant und Wintergarten. Später als Tivoli-Schouwburg bezeichnet, mit dem ersten holländischen Kino.

Toneel : Holländisch für Szene, Theater, hier Kasino-Theater. Eigentlich die Bezeichnung für ein Theaterstück mit viel Dialogen und etwas Musik unterlegt, das um 1900 in Niederländisch-Indien (Indonesien) aus einem malaiischen Musikdrama entwickelt und europäisiert wurde.

Totschläger : Schlagwaffe, die nicht in den Körper eindringt, wie Stoff- oder Lederbeutel mit Eisenkugeln oder biegsame Gegenstände wie Gummischläuche, Riemen und Stricke, deren eines Ende mit Metall beschwert ist. Zählt zu den verbotenen Waffen.

Trarbacher, Flasche : Wein aus dem Ort Trarbach in einer Schleife der mittleren Mosel. Überwiegend werden Weißweine der Rebsorte Riesling angebaut. Die Weine schmecken etwas nach dem örtlichen Schieferboden.

Tromp : Maarten Tromp (1598-1653) war Flaggoffizier bei Piet Heyn. Als Admiral Befehlshaber der niederländischen Marine im englisch-niederländischen Krieg 1652/53. Gefallen in der Seeschlacht bei Scheveningen 1653.

Volkslogis eines Rheindampfers : Unterkünfte an Bord für die Besatzung eines Dampfers.

Warmoestraat : „Gemüse-Straße", Geschäfts- und Einkaufsstraße im Zentrum Amsterdams, parallel zum Damrak.

weichmütig : steht für weichlich, schwächlich.

Wilhelmintje : Kosename der niederländischen Königin Wilhelmina (1880-1962), die im Februar 1901 den Herzog Heinrich zu Mecklenburg heiratete.

Wilhelmus von Nassauen : Geusenlied, um 1570 zu Ehren von Wilhelm I. von Oranien- Nassau während des Aufstandes gegen die Spanier entstanden. Das Lied war so beliebt, dass es 1932 zur niederländischen Nationalhymne erklärt wurde.

Willemsbrug/Williamsbrücke/Wilhelmsbrücke in Rotterdam : Eine der drei großen Brücken über die Nieuwe Maas. 1878 fertig gestellt, 1983 abgerissen. Benannt nach König Willem III.

Willemsoord : Eigentlich der Hafen und die Werft der holländischen Marine in Den Helder. Der Name wurde hier auf das Gelände um das Palais im Bosch übertragen.

Wutparoxysmus : Sich steigernde Wutausbrüche, Wutanfälle, Wutkrämpfe.

Zündkraut : Schwarzpulver, das leicht entzündbar ist. Es liegt in alten Pistolen und Vorderladern frei in einer Pfanne. Wenn es gezündet wird, frisst sich der Feuerstrahl durch einen Zündkanal zur Treibladung im Lauf der Waffe und zündet die eigentliche Treibladung.